春到福妻到 4

風文創 688

灩灩清泉 著

風文創 688

目錄

第三十七章

成婚前夕，陳阿福伏在書案上發呆，李嬤嬤領著五個丫鬟在收拾箱子。這時，江氏來了。

陳阿福忙起身讓座，親自奉茶。下人們知道母女兩人要講知心話了，都靜靜退了出去。

江氏先講了幾句客套話，像是去了婆家要敬重夫君、孝順公婆、為夫家開枝散葉等等，然後紅著臉給了陳阿福一本書，讓她好好看看。

陳阿福知道這是這個時代的婚前必讀，假裝不好意思地低頭接下。她拿了一根燕葉沉香給江氏，只說是機緣巧合下得到的。她覺得，在陳家的這些日子，江氏裡子、面子都做給她了，尤其幫助陳世英化解了她在陳府的潛在危險，把老夫人、唐氏和陳雨暉這幾個惡人收拾了；不管江氏基於什麼目的，最終受惠的是她陳阿福。

她囑咐江氏，除了陳世英，千萬不要把這根香的出處跟別人說。

得到這根香，江氏高興不已。她已經聽說，這種香是無智大師製出來的，聽說，現在只有皇上得到幾根，還有和無智大師交情比較好的安王爺、陳老國公得到一根……

江氏拿著沉香的手都在發抖，說道：「福兒放心，我連晴兒和嵐兒都不會說，他們還小，不知道保守秘密。」

轉眼就迎來二月十日的大喜日子。

天剛亮，陳阿福就被人叫醒了。起來後，在紅楓的服侍下吃了一小碗湯圓，便去淨房沐浴。李嬤嬤和夏月幾人要去楚府，她們收拾好後會跟著嫁妝先去，所以，陳阿福由紅楓等幾個丫鬟服侍。

張嬤嬤領著全福人吳夫人進來，後面跟著陳雨晴姊妹，以及江家幾個表姑娘，紅楓趕緊笑著遞上兩個紅包給吳夫人。

陳阿福坐到床上，讓吳夫人給她梳了頭髮，又用一根棉線絞去她臉上的汗毛，再梳頭上妝、插金簪、戴鳳冠、穿喜服。

陳阿福盤腿坐在床上，見到不時有人進來看她，說著各種吉祥話，誇獎著新娘子如何漂亮，雖然新娘妝大多一樣濃，但陳阿福的五官太精緻，還是看得出她的與眾不同。

這些人十有八九陳阿福都不認識，多是江氏的親戚、朋友，也有陳世英朋友、同年的家眷，她知道陳阿玉會來，不過只能待在前院，不會進來這裡。

陳雨嵐太小，揹不動她，江氏安排陳家老家來的一個族兄揹她。其實陳阿福心裡特別希望陳阿玉能揹她，可江氏已經安排好，陳世英也同意了，只能這樣辦。

陳阿福微笑著半低著頭，任她們盡情參觀。

突然，一個熟悉的聲音傳來。「陳姨，我和哥哥來看妳了。」

是楊茜，她拉著楊超突破重圍，從人群裡擠進來。

小妮子長高了，也更活潑了，他們兄妹前幾天來給陳阿福添過妝。陳阿福以為他們會去楚家吃喜宴，畢竟他們跟楚家比跟陳家要熟悉一些。

小話簍子解了惑。「奶奶、我，還有哥哥來吃陳姨家的出嫁酒，我爹爹去楚叔叔家吃娶親酒。呵呵，我們一家人吃兩家酒。」說完還很得意地大笑起來。

她的話把眾人逗笑了，一旁的紅楓又抓了些糖果給她和楊超。

喜宴吃完，新郎來接人了。

前院鑼鼓喧天，爆竹齊鳴。屋裡又湧進許多人，一條紅蓋頭把陳阿福的視線擋住了。陪著楚令宣來迎親的人，不僅有付總兵，還有七皇子。他在正院給陳世英和江氏磕頭，改口叫岳父、岳母。

禮樂聲中，楚令宣迎出陳阿福，又去正院拜別，然後由陳家族兄把陳阿福揹上轎。

一路吹吹打打，轎子抬起來，開始走動了。陳阿福以為自己不會哭，畢竟她沒有把這個才住了十幾天的院子當成家，但轎子抬起來的那一瞬間，她還是流淚了，視線透過淚水，鮮紅一片。

憶及半個多月前，當她離開福園，看到被馬車甩在後面的王氏、陳名、大寶和阿祿時，她哭了，哭得很厲害。

那時是對娘家人的不捨，而此時心裡是對娘家的不捨吧？

到了楚家，楚家的全福夫人把陳阿福扶下轎來，將一條紅綾塞進她手裡。接著，跨馬鞍，進正廳，拜完天地，再拜祖父——不是父母。看來楚家早已做好準備，沒讓那個公主惡婆婆這時候出來噁心人，公爹楚駙馬也沒來。

進了洞房後，在一屋子婦人、孩子的注視下，坐福、掀蓋頭、撒帳、喝合巹酒，吃「子孫餃子」……陳阿福像個演員，按照導演——全福夫人的指示做著。還好男主角楚令宣她熟悉，雖然他沒有說話，但眼裡的溫柔和唇角的笑意讓她放鬆不少。

身著喜服的楚令宣俊朗挺拔，渾身透著暖意，跟他之前冷冰冰的氣質截然不同，有了那麼點溫潤如玉的感覺。

付夫人打趣道：「哎喲，原來楚大人也能笑得這樣甜，我還是第一次看到。」

眾人聽了都笑起來。

一位眼生的夫人湊趣道：「新娘子長得這樣俊，新郎官就是塊冰，也融化了，何況楚大人不是冰。」

眾人又是一陣笑。

楚令宣被她們打趣得滿臉通紅，訕訕地笑著，也不好說什麼。

全福夫人笑道：「還是付大人有眼光，把這一對湊在一起，公子如玉，美人無雙，他們站在一起，就是一對璧人兒。」

儀式終於結束，屋裡也安靜下來。

見客人們都去吃喜宴，楚令宣輕聲對陳阿福說道：「妳先歇歇，換套衣裳，我去前廳陪客。」

陳阿福點頭，她早想換衣裳了，頭上的鳳冠快把她脖子壓斷了。

屋裡是玉鐲、夏月和另一個眼生的丫鬟紅斐聽差。

拿下鳳冠，沐浴完，陳阿福換了另一套衣裳，大紅立領繡花小襖，石榴紅撒花百褶長裙。

坐在妝檯前，只在紅通通的臉上抹了一點香脂，頭髮隨意綰了個小髻，插了一支玉簪。玻璃鏡中的美人兒，即使沒有上妝，也豔麗得如三月桃花。

她坐在東側屋的炕上，向窗櫺外望了望，天色已經暗下來，紅色紗燈把院子裡照得泛著紅光。院子很大，除了看得清楚窗外的梔子花樹，遠方的景致都看不大清楚。

玉鐲和紅斐領著兩個婆子，在炕几上擺了一桌菜。

陳阿福早已餓得胃痛，一陣陣香味傳來，更讓她饑餓難耐，無論前世、今生，她似乎都沒讓自己受過挨餓的痛苦。

夏月知道自己的主子一向把肚子看得比面子更重要，低聲提醒道：「大奶奶忍忍，外面的客人已經散了，大爺快回來了。」

陳阿福白了她一眼，自己的饞相表現得那麼明顯嗎？

話語剛落，就聽到窗外傳來腳步聲，接著是下人喊「世子爺」的聲音。陳阿福已經注意到，這裡的人都稱呼楚令宣為「世子爺」，而參將府和棠園的人都稱呼他為「大爺」。看來，他對「世子爺」的稱呼非常不喜，在他的勢力範圍內，都不許下人們那麼叫他。

陳阿福站起身向外迎去，楚令宣已經進了東側屋。

他的臉色酡紅，似乎喝了不少酒。他看著陳阿福，勾起嘴角笑了，眼裡的柔情濃濃的，似化不開的蜜。「終於把妳娶回家了。」

陳阿福紅著臉沒說話。

楚令宣又問道：「還習慣嗎？」

陳阿福笑道：「還好。」又補充了一句。「比我想像的還好。」

楚令宣笑道：「那就好，這裡也是妳的家，不要拘束，半個月後，咱們就回定州府。」

待他去淨房洗漱之際，陳阿福進臥房把衣櫥打開，裡面有一半的衣裳是楚令宣的，一半的衣裳是她的。因為之前她給衣櫥內的設計提過一點建議，裡面專門安了掛衣架的木棍。

她拿了一套白色中衣、中褲出來，放到淨房門邊的架子上。

楚令宣出了淨房，陳阿福和玉鐲給他穿上一件薄薄的小坎肩，外面穿了一件棕紅色軟緞直裰。

他牽著陳阿福的手來到東側屋，兩人在炕上坐下。他拿起陳阿福面前的小白玉瓷碗，往盆裡舀餛飩。

一旁服侍的玉鐲說道：「大爺，奴婢來吧！」

楚令宣沒理她，舀了四小顆餛飩後，把碗放在陳阿福的面前，笑道：「吃吧！妳一定餓壞了。」

跟楚令宣算熟人，所以陳阿福並不矯情，拿起碗吃起來，四顆餛飩一下肚，胃便沒有那麼難受了。

楚令宣又往她碗裡挾了一些菜和魚，她也吃了，習慣使然，她吃飯比較快，但姿態還是很優雅。

楚令宣也吃了幾口菜，吃得很慢，他一點都不餓，之前在前院陪客人喝了不少酒，也吃了一些菜；但他知道陳阿福肯定餓了，怕新娘子不好意思一個人吃飯，所以才陪著她。

陳阿福只吃了六分飽便放下碗。自己畢竟是新娘子，吃太多不好，再說，過一會兒他們還要做運動……

下人們把菜撤下，兩人又先後去淨房淨面漱口、換了睡衣睡褲，漱口水裡泡了香露，漱過後，嘴裡還留有餘香。

陳阿福出來時，楚令宣已經上床，正靠在床頭等她。

古代男人不紳士，男人睡裡面，女人睡外面，是為了方便女人下地服侍男人。

陳阿福掀開她的被子，紅色的床單上還鋪了一塊白綾，顏色反差太大，極其醒目。

待她躺下，夏月放下羅帳，帳外的燭光依舊明亮，照得帳內朦朦朧朧。

楚令宣把她摟進懷裡，褪去她的衣褲，他的吻密密麻麻地落在她的臉上、胸前，讓她有些喘不過氣。

當他進入她的身體時，她輕叫出聲，沒想到會這麼痛。這傢伙，猴急又沒有輕重，讓她感到非常不適……

楚令宣就像一個什麼都不懂的愣頭青，不像二婚男人，或者他根本就不懂該如何憐香惜玉。從這點看來，楚令宣真的沒有多的女人，在這個男人有三妻四妾再正常不過的年代，楚令宣已經算是「身心乾淨」了……

她胡思亂想地分散著精力，但依舊覺得時間太過漫長。疼痛難忍的陳阿福快沒有耐性了，腦海裡突然傳來金燕子的聲音。「咦，媽咪，妳怎麼不說話呢？跟人家之前的女主都不一樣；楚爹爹也笨，都沒有說那些肉麻的話。為了聽你們這齣戲，人家高興了那麼久，沒想到一點都不好玩，沒意思，真沒意思。」

陳阿福忘了竟然還有這個小東西，她小聲罵了一句。「討厭。」

楚令宣以為在說他，趕緊道：「等等，馬上就好。」

搞了這個烏龍，陳阿福也沒有那麼痛了，忍不住笑出聲。

楚令宣一直有些緊張，覺得自己很笨拙，聽見陳阿福笑了，也放鬆下來，咬了她耳朵一下，低聲笑道：「不害臊，笑什麼？」

終於完事了，當他們洗完澡，相擁躺在床上，都沒有了睡意。

陳阿福納悶地問：「那個人今天怎麼沒來搗亂呢？害我還想了好久，若是她為難我該怎麼辦。」

楚令宣冷哼道：「她不僅想今天來接受我們的跪拜，還想咱們一成親就住到公主府去，想讓妳一直住在那裡服侍公婆。」

陳阿福嚇得眼睛一下睜得老大，急道：「不行，我不同意。」

楚令宣低頭親了親她的小嘴。「當然不行，別說妳不同意，我們都不同意。她提了這個要求後，我爺爺就跑去金殿上哭，我三嬸也去太后那裡哭，說馬氏死得突然，嫣兒被折騰成那樣，難不成還要把這個媳婦折騰死她才滿意……」

皇上和太后分別派了宮太監和嬤嬤去公主府斥責了榮昭公主，說她幾年前鬧出的事情已經丟了皇家的顏面，不許她再鬧事；而且，楚老侯爺身子骨不好，要住到鄉下去，楚令宣這個媳婦也會住在鄉下服侍他。

榮昭公主十分沒面子，氣得在府裡摔了好多瓷器，當然也就不好意思在他們大喜之日來這裡現眼了；不過，大後天還是要去公主府拜見他們，楚侯爺畢竟是親爹，不能給別人攻擊他們不孝的藉口。楚令宣讓陳阿福放心，那天楚三夫人會陪他們一起去。

陳阿福起身親了楚令宣一口，笑道：「大爺真好，爺爺真好，三嬸真好。」

楚令宣的身子一僵，不僅臉上被她香了一口，胳膊碰到那軟綿綿的地方更讓他心癢難耐，說道：「妳又來招惹我。」

陳阿福趕緊躺好，把自己的被子裹得緊緊的，閉著眼睛說道：「好了，我要睡了。」

楚令宣半邊身子壓過來。「阿福，我，我……」聲音沙啞，呼吸急促。

陳阿福睜開眼睛，看他的樣子很難受，覺得自己的身體更痛了，為難道：「大爺，我真的，真的……」

楚令宣看她神情緊張，眼裡似有了水霧，也知道不能再折騰小媳婦了，無奈地重新躺下。

兩人睡得都有些沈，一早，還是夏月在外面叫道：「大爺，大奶奶，天快大亮了。」

兩人睜開眼睛坐起身，楚令宣說道：「進來吧！」

夏月和玉鐲進來，服侍他們穿衣梳洗。

正收拾著，便聽外面的丫鬟來報。「蘇嬤嬤來了。」

楚令宣一聽，站起身來笑著。「有請。」

能讓楚令宣如此禮遇的蘇嬤嬤，肯定就是楚三夫人從宮裡帶出來的隨身嬤嬤了。

她肯定是收元帕來了。

陳阿福聽了，也趕緊站起身。

蘇嬤嬤滿臉堆笑地走進來，她四十多歲，穿著極體面，臉上的妝容也很精緻。

她一進來就向楚令宣和陳阿福福了福，笑道：「恭喜世子爺，恭喜大奶奶。」

楚令宣和陳阿福都笑著請她坐，丫鬟上了茶，夏月又拿了兩個荷包給她。

蘇嬤嬤道了謝，又喝了一口茶。喝完茶後由玉鐲領著去床前，從枕下拿出元帕，她看了看，笑著摺好，放進手裡的錦盒裡。她回過身又再次恭喜楚令宣和陳阿福，才出了門。

送走蘇嬤嬤，楚令宣和陳阿福穿著便服吃完飯後，又開始收拾起來。

今天認親，陳阿福還是要穿得喜氣、正式一些，收拾妥當後，兩人走出了上房。

他們住的院子很大，種了許多花草樹木。這個院子叫竹軒，是楚令宣小時候住的地方，之前滿院栽的都是竹子，還是在成親前把這裡修繕了一番，才成了現在這個樣子。

楚令宣笑道：「以前叫竹軒，若阿福不喜歡這個名字，就改了吧！」

陳阿福的確不太喜歡這個名字，像公子的書房，沒有家的溫馨；不過，她想著自己不會在這裡久住，名字就先這麼叫著吧！

出了院子，往左穿過一條花徑，走過一段遊廊，便來到楚三爺和楚三夫人暫住的安榮堂，這裡原本是楚侯爺和了塵住持住的正院。老侯爺當初為了讓楚三夫人順利地從楚二夫人手裡把管家權奪回來，便讓他們住進來。他們知道自己的身分，也知道自己不會在這裡久住，所以住在後罩房，其他的原封不動。

因為老侯爺住在外院，所以今天會在這裡認親。

進了正房，裡面清一色紫檀木家具，地上鋪著西域羊絨毯，空氣中飄著一股幽深的沉香味。人都到齊了，滿屋子的珠翠羅綺，只是氣氛比較沈悶，只聽得到楚三夫人和楚華的說笑聲。

這次他們成親，楚家老家湖州沒有人來，石州府的羅家人也沒來，只有二房、三房，還有楚華一家。

他們在老侯爺的面前站定，丫鬟拿來兩個蒲團，他們跪在蒲團上給老爺子磕頭，說道：「孫子（孫媳）見過祖父，願祖父福壽安康。」

老爺子接過陳阿福呈上的茶喝了一口，說道：「嗯，孫媳以後要好好服侍夫君，早日開枝散葉。」說完，後面的丫鬟遞上一個紅包。

「是。」陳阿福答應完就起身，接過丫鬟遞上來的紅包，交給身後的夏月。

接著，是給楚二老爺見禮，倒不用磕頭，萬福就行了。

陳阿福雖然沒有見過楚二老爺，但他的為人早就打探清楚了。聽說他年少時學問非常好，殘疾前還考上秀才，模樣也好，齒白唇紅，玉樹臨風，俘獲了不少貴女的芳心；只可惜天妒英才，殘疾了，少了一條胳膊。殘疾後，性情大變，喜怒無常。老侯爺和已經仙逝了的老夫人疼惜他，哥哥和弟弟讓著他，養成了他吃喝玩樂、眠花宿柳的壞習慣。

楚家的男人都不納妾，但為了讓楚二老爺收心，老夫人只得給他抬了兩個通房丫鬟。一個丫鬟非常有心計地倒了避子湯，為二老爺生下庶長子，被抬成房姨娘。

本來就殘疾，又有了庶長子，楚二老爺更不好找媳婦了。在他十九歲時，家裡終於給他找了個媳婦，就是楚二夫人。楚二夫人的爹原本是個七品小官，楚侯爺找關係給他升了兩級，又幫他找了個比較有油水的官位，才嫁了自己的閨女。

楚二夫人長得還行，白皙秀氣，又出身官家。剛開始楚二老爺頗喜歡這個媳婦，也同意家裡給他捐個小官，想浪子回頭，管管家裡的庶務，為妻兒撐起一片天；但時間一久，便看出楚二夫人眼界小，說話做事沒有章法，貪財，這些毛病一暴露，沒少招人笑話。

楚二老爺憂傷了，老毛病也就又犯了。

雖然他別的不行，但會生孩子，楚大老爺和楚三老爺都只有兩個孩子，但他有五個，兩子三女，分別是：二爺楚令奇，庶長子；三爺楚令安，嫡子；二姑娘楚珍，嫡女；三姑娘楚琳和四姑娘楚碧同為庶女。

陳阿福按下心思，來到楚二老爺面前，雖低垂著目光，還是能看到楚二老爺的眉眼跟楚令宣有幾分相似，但氣質完全不同，比較陰鬱文弱，而且左袖子是空的。

陳阿福給他屈膝福了福，說道：「見過二叔。」

楚二老爺點點頭，話都懶得說，拿了個紅包遞給她。

接著又拜見楚三老爺、楚二夫人和楚三夫人，楚三老爺和楚三夫人都笑著說了幾句早日開枝散葉的吉祥話，楚二夫人只「嗯」了一聲，各自拿了個紅包給她。

見完禮後，去祠堂拜牌位。

兩人回到淨房洗漱完，吃了晌飯，楚令宣就去了前院，他有事要跟楚三老爺商談。

陳阿福坐在廳屋的八仙桌旁，讓院子裡的人來給她磕頭。

竹軒之前有六個丫鬟、四個婆子，夏月給她們每人一個裝著銀錁子的荷包。

陳阿福決定了李嬤嬤是她的管事嬤嬤，夏月、青楓、玉鐲、紅斐是大丫鬟，其他為二等、三等丫鬟，四個婆子仍然各司其職，由花嬤嬤管小廚房，負責做飯或是燒水，其他三個婆子是粗使婆子。

玉鐲在定州府的時候就訂親了，這次把她的未婚夫婿余永順也帶來了。兩個月後他們就成親，玉鐲就是竹軒的管事嬤嬤，將長期在這裡看管竹軒；而余永順則管著陳阿福在京城的鋪子，直接受曾雙的領導，賣福運來提供的農作物。

當屋裡只剩下李嬤嬤和夏月，夏月才把紅包拿出來。

紅包裡裝的都是銀票。老侯爺送的是六百兩銀子，楚三老爺和楚三夫人各送了四百兩銀子，楚二老爺送了二百兩銀子，楚二夫人則送了二十兩銀子。

夏月鄙夷道：「二夫人真是的，一個長輩給二十兩銀子，也好意思。」

陳阿福扯了扯嘴角沒吱聲。二夫人不光是眼皮子淺，連點面子都不願意做。

她帶著夏月去後院的廚房，花婆子已經把麵醒好了。這裡沒有烤爐，許多點心不能做，她做了黃金糕，還偷偷把事先壓碎的一點燕沉香粉放入麵粉裡。

小半個時辰便做好了，給長輩每人八塊，其他主子每人四塊，還給了幾個有體面的下人每人兩塊，讓丫鬟分別給他們送去。

傍晚，楚令宣回了竹軒，兩人一起去安榮堂吃飯。除了年節，楚家人平時都在自己房裡吃飯，但今天是新人認親，所以晚飯在這裡吃。

男人們在廳屋說話，女人們在西側屋。楚三夫人坐在羅漢床上，懷裡抱著恒哥兒逗弄，見陳阿福來了，她便招手把陳阿福叫到身邊坐下，幾人說笑著。

楚二夫人則跟楚珍一起低聲說笑，兩個庶女傻坐著，楚令奇的媳婦宋氏站在她身後服侍。

楚二夫人一會兒說要喝茶，一會兒說要吃果子，一會兒又說肩膀痛，忙得宋氏團團轉。她們好像說好了似的，只有宋氏一個人忙，下人們都傻站著不動。

末了，楚二夫人滿意地跟楚三夫人笑道：「令奇媳婦賢慧，一進門就知道服侍婆婆，禮讓小姑，是個伶俐的好孩子。」

楚三夫人喝了一口茶笑道：「我都不知道該信二嫂哪句話了，前幾天妳還抱怨令奇媳婦像個棒槌，扎一下、動一下，現在又說她伶俐了？」

楚二夫人滿臉通紅，想反駁又不敢，訕訕道：「那是玩笑話，弟妹還當真了。」

楚三夫人又笑道：「哎喲，我這個人老實，人家說啥就信啥，不過，我記得咱們婆婆活著時，可是遠近聞名的和善人，從來不讓兒媳立規矩，總說兒媳婦也是爹娘疼惜著長大的。府裡有這麼多下人，難不成供著下人把兒媳婦當奴才？」又無比真誠地說道：「二嫂，我如今管著這個家，若有那奴大欺主，二嫂支使不動的下人，二嫂跟我說，我馬上把他們賣出去。」

這話不僅讓宋氏紅了臉，也讓楚二夫人身後的幾個下人嚇得一哆嗦。

兩個人的戰鬥力不是同一等級；一個是蚊子，一個是大象，楚二夫人慘敗，還不敢說話，只得低頭喝茶裝傻。

看了熱鬧的楚華笑得眉眼彎彎，悄悄跟陳阿福耳語。「若李氏敢欺負大嫂，大嫂別客氣，三嬸會幫著妳。」

陳阿福笑著點點頭。她只在這裡住半個月，不想多事，但若李氏做得過分了，她肯定不會由著她。

飯擺在兩進的花廳，男人一桌，婦人、孩子一桌。

宋氏站在楚二夫人身後服侍，給她挾菜舀飯，楚三夫人又說話了。「令奇媳婦坐下吃飯吧！要孝敬婆婆，或是揉搓媳婦，回二房怎麼樣都行，在我這裡，我看著奴才站著發呆，主子忙得停不下來，就忍不住想收拾人。」

幾句話一說，楚二夫人便不敢再找事了。她不怕屏風另一邊的老侯爺和二老爺，但怕華昌怕到了骨子裡。

楚二夫人瞪了一眼宋氏說道：「老二媳婦今兒是怎麼了？平時也沒見妳這樣勤快，快去坐下吧！糊塗的，又該說我是惡婆婆，苛待庶子媳婦了。」

宋氏氣得滿臉通紅，含著眼淚還不敢哭出來。每次都這樣，私下讓她這樣做，可一旦出事又把責任都推到她身上。男人讓她忍，說分家就好了，可這個家什麼時候才分得了呢？

楚三夫人冷哼道：「我就是那個糊塗的，還真以為二嫂是在苛待庶子媳婦呢！」

楚二夫人脹紅了臉，宋氏更是嚇得戰戰兢兢。

陳阿福瞥了楚二夫人一眼，說白了，今天她針對的都是自己，她做得這樣明顯，自己也不需要再給她留面子，便笑著用公筷給楚三夫人挾了幾樣菜，說道：「我來京城之前，婆婆特別叮嚀我，要孝敬三嬸，還讓我多跟三嬸學學，如何懷菩薩心腸，行霹靂手段。三嬸以後要多教教姪兒媳婦，怎樣籠絡心善的，怎樣打擊作惡的，可不要藏私。」

楚三夫人格格笑道：「哎喲，什麼菩薩心腸，霹靂手段，大嫂把我說得忒好了；不過，籠絡人心和打擊惡人這些小手段，我倒是會兩手，老大媳婦想學，我就教，保證不藏私。」

飯後，眾人又去廳裡說了一會兒話才散去。

回到竹軒，陳阿福把楚二夫人只給了二十兩銀子見面禮、如何找事、楚三夫人如何收拾她的事，跟楚令宣說了。

楚令宣說道：「二嬸人蠢又自以為是，她那點小伎倆不足介意，只當看在二叔的面子上，不與她一般計較；不過，若她敢公然挑釁妳，妳也不必客氣。」

兩人洗漱完換上便服。陳阿福穿了一件半舊的豆色綢子小襖，丁香色長裙，打散的頭髮如黑色緞子一樣垂下。

楚令宣心裡不由一蕩，一下把陳阿福拉進懷裡，李嬤嬤趕緊領著兩個丫鬟退下去。

陳阿福紅了臉，嗔道：「當著別人的面，也不害臊。」

楚令宣說道：「我摟我媳婦，有什麼害臊的。」

陳阿福由著他摟自己的腰，頭往後微仰著，伸出雙手把頭髮在頭頂綰了個丸子頭，又在旁邊的妝檯上拿起一支玉簪把頭髮固定好。

楚令宣溫柔地看著她，喃喃說道：「那次我回棠園，看見妳在教嫣兒背『小燕子』的童謠，妳就是穿著這種顏色和樣式的衣裳，裙子也是這種顏色，還梳著這種頭髮。那時正是傍晚，彩霞滿天，我覺得妳像從霞光中飛出來的仙女。」

陳阿福想了想，那應該是她剛去棠園上班沒多久的時候，她喜孜孜地看著他笑道：「那個時候你就看上我了？」

楚令宣卻搖搖頭，讓陳阿福很受傷，小嘴也嘟了起來。

楚令宣勾了勾嘴角，把她的小腰摟得更緊了，輕聲說道：「那時候我在想，這麼美麗、良善、聰慧的姑娘，不知道哪個男人有幸能夠娶回家。那時，我根本沒想到自己會是那個幸運的男人。自從家裡出現變故，我從來沒想過女人，沒想過娶妻，心心念念都是如何幹大事……妳這麼好的姑娘，我根本不敢想，怕保護不了反而會害了妳。後來接觸久了，我覺得再也離不開妳，想天天跟妳在一起，覺得妳才是我人生中的一件大事，第一大事……我就開始謀劃，怎樣才能保護妳的安全，怎樣不讓那個女人把手伸到妳身上，怎樣讓長輩心甘情願接納妳……想好了這些，才開始想該怎樣把妳娶回家；若不是七皇子搗亂，讓我們在那種情況下倉促訂親，我會讓妳和妳的父母看到我更大的誠意……」

陳阿福被感動得眼眶發熱，前世夢寐以求而不得的一紙婚書，這個男人給她了。

突然，她感覺身子一下子懸空，被楚令宣橫抱在懷，驚得「哎呀」叫出聲來。

腦海裡又響起金燕子激動的聲音。「媽咪是不是雙腳懸空，被楚爹爹抱起來了？哇，要上演大戲了！真、真、真是太令人期待了……」

陳阿福心裡默唸，把這小東西的聲音當成「我願意」的背景音樂吧！不能讓牠再把情緒攪亂了……

兩個人夜裡要了兩次水，起來時已經辰時初，李嬤嬤叫了好幾次，他們不好意思不起來。

雖然侯府只有老侯爺一人是大房的直系長輩，他們不需要晨昏定省，但新娘子被傳出去睡懶覺，總是件丟臉的事。

今天要回娘家，回娘家的禮單，楚三夫人已經派人送到竹軒，陳阿福看過一遍，心下很是滿意。

兩人到了陳府，站在門口迎客的是陳雨嵐和那個揹她上花轎的陳家族兄，沒看到陳阿玉，陳阿福總有些失望。

陳雨嵐迎上來給楚令宣作揖道：「大姊夫，請。」

楚令宣也笑著抱拳回禮，又跟那位族兄抱拳問候。

陳雨嵐低聲對陳阿福說道：「大姊，妳出門後，爹爹都流淚了，我也好捨不得。」

陳阿福笑道：「姊姊也捨不得你們。」

一對新人去了正院，給陳世英夫婦磕頭。

之後，陳世英領著男人們，也就是兩個陳家族人和幾個江氏娘家的人，一起去了前院。女眷請了江氏的娘家姊妹來作陪，都見過面，相處還算愉快，至少比跟楚家二房相處愉快得多。

中途，江氏把陳阿福叫到另一間房，低聲問道：「女婿對妳怎麼樣？楚家其他人對妳還好嗎？」

陳阿福點頭道：「好，大爺對我很好，侯府裡的人也不錯，特別是三嬸，非常照顧我。」

江氏笑得很真誠。「那妳爹和我就放心了……」

她又說明天他們就回定州府，陳世英要上衙，陳雨嵐要上學，她不放心府裡，老太太和陳雨暉還在家。

晌飯後，又歇息了一陣，陳阿福和楚令宣才告辭回家。

陳世英囑咐陳阿福道：「回了定州府，就回娘家一趟，爹想跟妳多說說話。」

今天人多，他不好意思跟閨女說話說太久。

陳阿福出嫁後，似乎對陳世英，甚至是江氏，感情都更濃了一些，於是她點頭答應。

楚令宣的酒喝得有些多，他沒有騎馬，也坐進陳阿福的馬車，把夏月幾人趕到另一輛車去，他拉著陳阿福的手說道：「過兩天空下來，咱們就請妳阿玉堂弟，還有楊明遠一家人吃個飯，就在鴻運火鍋大酒樓請客，再帶妳看看京城的繁華富庶。」

沒讓陳阿玉揹著上花轎，陳阿福心裡一直不自在，跟楚令宣念叨過好幾次。楚令宣勸她。「岳父、岳母如此安排也正常，雖然妳不熟悉陳家族兄，但畢竟有血緣關係，他們從內心深處不願意認可妳跟阿玉的姊弟關係，也情有可原。」

陳阿福聽了楚令宣的話，笑得見牙不見眼，說道：「好，我也真有些想他們了。」

回了侯府，楚令宣直接被老侯爺叫去前院，半夜才回來。

他見陳阿福還倚在床頭看書，親了她一下笑問：「等我嗎？」

「嗯。」陳阿福放下書。

楚令宣摟著她說道：「瑞王爺明天會帶著瑞王妃一起去公主府。妳別看瑞王玩興大，其實極聰明，三嬸說瑞王妃為人不錯，以後妳最好能跟瑞王妃交好，京城多個好朋友，才不會寂寞。」

「好。」陳阿福答應。

翌日，陳阿福沒有打扮得太出眾。這次楚老侯爺和楚三夫人當眾掃了榮昭的面子，已經讓她更恨自己，嫉妒能讓人喪失理智，多一事不如少一事，她不想給自己和楚家人惹麻煩。

她穿了一件樣式普通的玫瑰紫錦緞長褙子，丁香色繡竹葉馬面裙，梳了圓髻，戴了支酒杯那麼大的蝴蝶赤金釵。她自己化妝，平眉，粉腮，朱唇，顏色都偏濃豔，打扮得比較老氣，雖然不能掩蓋美麗的容顏，但是已經沒有之前那麼突出和清麗。

楚令宣看她如此，疼惜地說：「委屈妳了，總有一天，我會讓妳大大方方地出現在她面前，不需要任何掩飾。」

陳阿福笑道：「嗯，我相信。」

楚令宣更低調，穿了一件湖藍色錦緞箭袖長袍，只有八成新。

今天要孝敬楚駙馬和榮昭公主各一雙陳阿福「親手做」的鞋子。

陳阿福之前送楚老侯爺、楚三老爺和楚三夫人的鞋子，都是她親手做的，而楚二老爺、楚二夫人，再加上楚駙馬和榮昭公主，這四人的鞋子都是丫鬟們做的。其實，她內心很想親手做雙鞋子孝敬楚侯爺，覺得他真的不容易；可她怕被人發現端倪，就都讓丫鬟做了。

兩人一收拾好，便去了安榮堂。這次楚令宣只讓陳阿福帶上一個丫鬟紅斐，另外又派了兩個三十歲左右的婆子同行。這兩個婆子高大粗壯，應該有兩手功夫；紅斐也比一般丫鬟手腳索利些，個子也要高些。

來到安榮堂，楚三夫人已經收拾好了，楚二夫人和楚珍也在這裡，榮昭也邀請她們了。

馬車裡，楚三夫人拉著陳阿福的手說：「不要怕，有三嬸，雖然她是公主，我是郡主，但我不怕她。」

陳阿福笑道：「我信三嬸。」

馬車走了半個時辰，便到了榮昭公主府。眾人下車，又換乘小轎來到昭陽堂，繞過紫檀玉雕富貴花開大插屏，看見穿著華服的男女坐滿一屋子，還有好幾個身著繡盤龍蟒袍或鳳袍的人。陳阿福沒敢細瞧，知道肯定不只瑞王夫婦來了，還有其他的皇家人。

榮昭公主和楚駙馬坐在正位上，只不過，公主府跟別家不同，公主坐在尊貴的左側，駙馬坐右側。

寒暄完畢，楚三夫人去旁邊坐下，楚令宣和陳阿福來到楚侯爺和榮昭公主的面前。丫鬟拿來兩個蒲團放在西域出的織花羊絨毯上，楚令宣和陳阿福雙雙跪下。

楚令宣羞憤難當，這是他第二次跪這個女人，第一次是陪著馬氏敬茶，他費了很大的勁，才忍住沒讓十指緊握在一起。

為了九皇子和十一皇子，為了袁家最後一點血脈，父親忍了那麼多年，他也必須學會忍。

陳阿福先給榮昭公主磕了一個頭，說道：「兒媳見過婆婆，願婆婆萬福金安。」然後雙手把茶碗舉過頭頂。

榮昭公主覺得這個陳阿福有些面熟，似乎在哪裡見過，但一時又想不起來。她的嘴角扯了扯，都說陳阿福是絕色，也不過如此嘛，就是眼睛大些、嘴巴小些，離「絕色」兩字差得遠了，就是比陳世英，也差了不少。

原以為一個四品小官的女兒，自己能弄進公主府隨意折騰，不說折騰死她，也不能讓她生出兒子來；未料，老爺子和華昌，跑去皇上和太后那裡哭訴，還把之前的事都翻出來……

榮昭看著陳阿福的頭頂，臉色陰晴不定。

一旁的楚侯爺皺眉道：「公主殿下。」

榮昭一下子反應過來，格格笑道：「瞧我，見到兒媳婦高興，就忘了接茶了。」她接過茶在嘴邊碰了一下就把茶碗放在桌上。「大兒媳婦抬起頭來，讓本宮好好瞧瞧。」

陳阿福只得抬起頭。

榮昭看了兩眼，用帕子擦擦嘴笑道：「聽說兒媳婦是絕色，勾得老七追了好幾條街；可百聞不如一見，這顏色雖然不錯，卻過於豔俗，又不會打扮，跟名字一樣充滿了鄉土氣息……」

陳阿福氣死了，說她土她認了，可明明白白地說她勾引男人，勾引的還是皇子，這事絕對不能認。

陳阿福淚光閃爍，搖頭小聲辯解道：「公主，兒媳冤枉。」又悲切地對楚令宣說道：「大爺，這個罪名我不能揹，如今只有撞死在八仙桌旁，以全名節。」

楚令宣一下把陳阿福拉住說道：「阿福，妳是怎樣的人我最清楚，讓妳為保名節撞死在這裡，我枉為人夫。」說完怒視著榮昭說道：「公主殿下，妳雖貴為皇家公主，也不能隨意污人名節。我的妻子端莊守禮、貞靜賢良，沒做過那寡廉鮮恥的事，妳若再惡意中傷，我只有去皇上那裡講理。」

瑞王也不高興了，大聲說道：「皇姊，妳胡說什麼呢！我什麼時候追女人追了幾條街？妳針對楚令宣的媳婦，也不能把我拉出來說嘴啊！」說完趕緊向對面的瑞王妃解釋道：「王妃，別聽我皇姊的，她想整治楚令宣的媳婦兒，想弄臭她的名聲，卻拿本王當墊腳石。」

瑞王妃沒吱聲，這時候她說什麼都不好。

楚侯爺冷冷說道：「公主殿下，咱們現在就進宮面見皇上和淑妃娘娘，這日子沒法過了。」說著就起身準備往外走。

榮昭雖恨楚家人掃了她的臉面，但還是捨不得駙馬爺，趕緊抓住他的袖子說道：「楚郎，快消消氣，你誤會我的意思了。」

楚三夫人說道：「榮昭，妳剛才的話這屋裡的人可都聽到了，今宣的第一個媳婦就在妳府裡死得不明不白，難不成還想讓這個媳婦也死在妳府裡才甘心？」

榮昭沒理楚三夫人，跟楚侯爺解釋道：「楚郎，我剛才那話的意思是，原來我聽了一個傳言，說令宣媳婦顏色好，讓老七追了幾條街。當然，那話我是不信的，現在親眼看到兒媳婦，就更不信了。她雖然長得還行，可明顯當不得老七那樣地追求，就更加說明那個傳言是假的，不可信。」

這話說得多難聽，說她長得不好就算了，還非得把另一個男人扯進來，皇家人就是這麼明顯地欺負人！

楚令宣氣得臉色鐵青，拉著陳阿福說道：「阿福，我知道妳的為人，我相信妳，今天讓妳委屈了，都是我沒用。」

楚侯爺哀傷道：「不是宣兒沒用，是你爹沒用。」又對榮昭說道：「妳從來都是胡攪蠻纏，胡說八道。長輩不慈，也不要怪晚輩不孝，我這就讓他們回去。」

榮昭見楚侯爺氣得不輕，趕緊陪笑道：「楚郎快莫生氣。好，是我的不是，我道歉。你知道的，我性子直，有話就說，也沒甚壞心思。好了，好了，得罪人的話我就不說了。令宣媳婦也莫委屈，本宮剛剛是口誤，本宮知道妳是個賢良人兒，乖巧懂事，再有那嚼舌根的，本宮定不放過他。」

楚三夫人冷哼道：「還『得罪人的話不說』！得罪人的話已經被妳說完了。榮昭，妳非得讓這小倆口來給妳見禮，人家來了，妳又跟人過不去，口口聲聲說對駙馬爺原配的兒子沒惡意，都是下人背著妳做的，可妳連點面子情都不做，妳那話誰信啊？」

楚侯爺聽了這話，臉色更沈了。

榮昭又跟楚侯爺解釋道：「楚郎，你莫要聽華昌挑撥咱們夫妻關係，她就是見不得我過得好。我對令宣從來都是視如己出，他的媳婦我自然也從心裡喜歡。」她不高興地瞪了一眼楚三夫人。「華昌，我跟妳有什麼仇？妳不僅挑撥我跟皇祖母的關係，現在又來挑撥我和駙馬爺的關係，若妳不願意待在我家，就回去吧！」

二皇子馬上當和事佬。「兩位皇妹，都是一家人，這吵吵鬧鬧的，讓人聽了笑話。楚駙馬也不要嘔氣，皇妹就是這副直脾氣，她也道歉了，好了，總得讓新人把給公爹的茶敬了吧？」

榮昭和楚三夫人便都不再說話。

榮昭公主身後的內侍送上一個托盤，上面放了一柄玉如意和一本《女誡》。

陳阿福擦擦眼睛，壓下眼裡的不甘，接了玉如意和《女誡》，又奉上一雙鞋子。

之後，楚令宣和陳阿福又跪到楚侯爺的面前。

陳阿福磕頭說道：「兒媳見過公爹，願公爹福壽安康。」

楚侯爺喝了茶，輕聲說道：「今天委屈兒媳婦了，是公爹沒用。兒媳婦以後要好好孝敬妳祖父，服侍好夫君，早日為楚家開枝散葉。」說完，給了她一個紅包。

他打心眼裡喜歡這個兒媳婦，雖然她出身不高，但是賢慧，聰穎，識大體，最最關鍵的是把十一皇子帶得非常好。

陳阿福接過楚侯爺給的紅包，又把一雙鞋子奉上。

楚侯爺拿著鞋子滿意地點點頭，還是忍不住誇了一句。「不錯，兒媳的手工很好。」

陳阿福有些心虛，改天一定孝敬他一雙自己親手做的鞋子。

見完公婆，又被丫鬟引見其他人。除了幾個楚家人，還有二皇子夫婦、瑞王夫婦、八皇子夫婦，以及幾個馬家人。

這些人，除了瑞王夫婦的態度尚可，其他人都是淡淡的。

陳阿福剛坐下，長公主跟死去的薛駙馬所生的薛寶宜來給她見禮。

今年十三歲的薛寶宜，穿著水紅色撒花煙羅小襖，月白色百褶如意撒花長裙，梳著雙螺髻，模樣挺清純，可眼裡帶著戾氣，明顯看不起陳阿福。她敷衍地福了福，又肆無忌憚地打量著陳阿福說道：「長得不怎麼樣，名子更土，配不上我大哥。」很是為楚令宣抱屈的樣子。

她公然跟公主頂嘴不行，卻不能被這小丫頭打臉。

陳阿福說道：「可我夫君卻說我這麼穿戴好看，還說我的名字取得好，會給夫家帶來福運。」

薛寶宜沒想到陳阿福敢跟她還嘴，一愣，罵道：「土包子。」又把手裡陳阿福給她的荷包扔給一個丫鬟，說道：「什麼破東西，賞妳了。」

皇家人都是變態的，希望大寶認祖歸宗後，還能保持現在的純良心態。

陳阿福沒理小姑娘，低頭發呆。坐在一旁的瑞王妃側過頭對她笑笑，低聲說道：「楚大奶奶，有些話和事莫往心裡去，氣壞了身子，遭罪的是自己。」

瑞王妃白皙清秀，態度溫婉。

陳阿福點點頭。剛才榮昭公主說的話，不僅打了陳阿福的臉，也打了瑞王爺和瑞王妃的臉，可瑞王妃明顯沒有記恨她，兩人低聲說起了話。

此時，榮昭沒有工夫往這裡看，她正和楚三夫人妳來我往打著嘴仗。

她們兩人一直不和，見面總要爭執幾句，但今天格外不同，楚三夫人好像抓住榮昭不放，一直把榮昭的注意力吸引到她身上，氣得榮昭不行。

她們兩個是同一年出生，只相差兩個月，從小就不和，也從來不會姊姊、妹妹地叫得親熱，都習慣互叫封號。後來兩個人先後嫁進了楚家，成了妯娌，因為眾所周知的原因，更加不和。

二皇子看楚三夫人的眼神沈了沈，他知道華昌的用意，心道：妳得意吧！反正也得意不了多久，明年妳就會當寡婦，之後便鬱鬱寡歡，不到半年就病死；若不是知道楚廣開是個短命鬼，明年會出意外摔死，自己根本容不得他當這麼大的官而不讓外祖家出手……

二皇子環視了屋裡一圈，這一世有幾個變數，這屋裡就有兩個。

一個當然是楚廣徹娶了榮昭，這是自己和母后的手筆。第二個是這個陳阿福，前一世根本就沒有這個人，還好她的身世不顯，當不了楚家助力。不過，之前總覺得她在鄉下長大，沒什麼見識，可今天她的表現好像跟自己的認知不太一樣……

還有一個，單婕妤前一世只生了九皇子一人，這一世卻又多生了一個孩子，卻是死胎……

哼，除了自己的媳婦和老八媳婦，這屋裡的女人將來都必須當寡婦，跟前世正相反！本來想放過老七，可這人實在不聰明，跟華昌和楚家越走越近。

還好他重生的時候，楚家還沒有權勢滔天，外家的權力也沒被皇上奪了，一切都按自己的計劃進行著……不過，楚廣徹倒真是能屈能伸，前一世狂妄得不可一世，這一世被踩在塵埃裡還能如此忍耐。

楚廣徹和楚令宣父子兩人將來都是變數，哪怕老九瘸了也不能放過他們；等楚廣開死了，想辦法讓他們去陪葬，越快越好。

楚家徹底倒了，他才能高枕無憂。等把老三和孫家解決了，父皇就是不傳位給自己都不行。

他一直不明白，父皇怎就那麼不待見他，老九都瘸了，父皇想讓袁家血脈繼承大統的願望實現不了了，為何還要把老三扶持起來跟他鬥？前世扶持老三是為了跟他抗衡，可這一世似乎真的對老三疼愛有加。自己出身中宮，這一世又改了許多缺點，出身、德行都是繼承大位的最佳人選，可皇父就是在他和老三兩人之間搖擺不定……

想到這裡，二皇子的拳頭又緊了緊。前世，母后、自己、外家都死得那麼慘，這一世一定不能走老路！

第三十八章

吃晌飯了，女人在西廳，男人在東廳。

陳阿福沒有坐到桌前，而是站在榮昭身後。

陳阿福給榮昭挾了幾筷子菜，榮昭沈臉道：「令宣媳婦就沒先打聽打聽本宮喜歡吃什麼菜？」

楚三夫人接話道：「令宣媳婦向我打聽了，我說妳最喜八寶金盆，鳳尾魚翅，蓮蓬豆腐，麻仁鹿肉，她給妳挾的沒錯啊！」

榮昭冷哼道：「我這幾天有些上火，不能吃鹿肉。」

陳阿福趕緊說道：「兒媳不知。」

榮昭不耐煩地揮揮手。「好了，好了，本宮不耐煩妳服侍，越服侍越氣人。」

陳阿福見薛寶宜和楚珍中間有一個空位，便坐進那裡。

眾人正吃著，突然，一聲淒厲的尖叫響起來，是楚珍的聲音。

一個侍女端著一盤菜一下子倒在楚珍的左肩上，肉和油湯順著她的胳膊往下流，陳阿福的右胳膊也被濺到幾滴油湯。

侍女嚇得趕緊跪在地上，哭道：「奴婢不知是怎麼回事，胳膊一麻，菜就翻了……」

楚三夫人站起身怒道：「榮昭，這是怎麼回事？」

榮昭愣在那裡還沒反應過來，楚侯爺等幾個男人就從西廳走過來。

楚侯爺沈臉說道：「宣兒，帶你媳婦走吧！爹無能，在這個府裡護不住你們。」

楚令宣早就不想待了，聽了楚侯爺的話，拉起陳阿福就向外院走去。

到了外院，直接坐馬車回永安侯府，陳阿福洗漱完就躺在床上閉目養神。

這大半天過得比跑馬拉松還累……

楚令宣把下人打發下去，躺在她旁邊，抓起她的一隻手說道：「對不起，我一直覺得我能護好妳，可還是讓妳受委屈了。」

楚令宣非常內疚。

陳阿福睜開眼睛說道：「大爺，還有爺爺、三嬸，你們已經把我保護得非常好了，跟了塵住持……不，跟婆婆比起來，我這點小委屈不算什麼。」她轉過身，看著楚令宣說道：「過去，我特別為婆婆抱不平，覺得她被逼進庵堂，青燈古佛，遠離親人，是最最可憐的了；可我今天突然覺得公爹才是最可憐的，甚至比婆婆還可憐。婆婆雖然遠離塵囂，可她不用演戲，每天活得真實、輕鬆；而公爹，天天對著蠻橫霸道的榮昭演戲，若他本身性格溫順平和也就罷了，可他明明不是那種性格……他活得真累。」

楚令宣深深嘆了一口氣，原本他特別怨父親，覺得他堂堂男兒，卻做出逼迫妻子出家，逼得兒子、女兒遠走邊關，娶了那個不要臉的女人。還是在去年聽爺爺說起才知道，父親原來是為了九皇子和十一皇子忍辱負重。

皇上繼承大統後，為袁家平了反，又立元后生的大皇子為太子，可沒想到太子剛剛被封兩天就遇害了。這件事，王皇后不無辜，孫貴妃也有分。皇上氣得咬牙切齒也不能動她們，一個原因是他沒有直接證據，另一個原因是這兩個女人的娘家王家和孫家，剛剛助皇上打敗逆王成功繼位，加上他們權勢滔天，一時動不了，也不願意讓人覺得他卸磨殺驢。

皇上覺得對不起袁家，對不起元后，連袁家這麼點血脈都沒保住。他鐵了心要把皇位傳給與袁家有關的人，覺得這樣將來才有臉去見元后，才對得起為大順朝立下汗馬功勞又被自己所累的袁大將軍。

三年後，皇上在一次微服私行時看上了一個明眸皓齒的民女單靈靈，不僅當夜便寵幸了她，還將她帶進皇宮；可新鮮了幾日後，又覺得單靈靈其實也沒有那麼好，木訥又無學識，只封了個才女，便置之腦後。

其實，這個單靈靈是元后親哥哥的女兒，袁大人的親孫女袁林。

在行刑前的夜裡，皇上只想留下一點袁家的血脈，他知道男孩是無論如何留不下來，便救了當時才十二歲的袁林。

若是先太子好好地活下來，順利地繼承皇位，皇上和袁林不會有任何交集，可先太子死了，袁家也只剩下袁林這一條血脈。於是等到已改名為單靈靈的袁林長至十五歲，又被帶回京郊，恰巧被皇上看到……

單靈靈命好，幾次恩寵就懷孕，生下九皇子。母憑子貴，皇上封了單才人為婕妤，還給九皇子取名為李澤平。這對母子就是一個隱形的存在，皇上根本不待見他們，只在九皇子六歲的時候，指了楚令宣給他當伴讀。

九皇子母子過著平靜的日子，儘量減少自己的存在感，也從不跟其他人起衝突。

那時，皇上最中意的就是孫貴妃所出的三皇子，覺得他聰慧寬和，孫貴妃也頗得皇上寵愛，所以遲遲不立王皇后生的二皇子為太子。

在二皇子滿十五歲後，許多朝臣都上書，二皇子出身中宮，又德才兼備，理應冊封太子，可皇上都找各種藉口拖著。這讓王皇后和二皇子，以及國丈王侯爺非常忌恨孫貴妃母子，他們之間的明爭暗鬥從來就沒斷過。

二皇子和三皇子鬥得難分難解，甚至二皇子還被三皇子和四皇子害得受了重傷。而傷好之後的二皇子突然性情大變，並沒有馬上對付三皇子，卻和王皇后、馬淑妃設局，讓當了寡婦又從小愛慕楚廣徹的榮昭公主，和仕途暢達的楚廣徹出了醜事。

楚廣徹是皇上暗中幫九皇子培養的人，皇上雖然寵愛長女榮昭公主，但也不會讓她阻了九皇子的路，斷了楚廣徹的前程。正猶豫著該怎樣把這事壓下去的時候，九皇子卻遭了意外，殘廢了是不能繼承大統的……

九皇子受傷後，皇上氣得發瘋，雖然猜到是二皇子做的手腳，但也沒動他；不僅是顧及王家，還是想維持平衡，讓二皇子和三皇子繼續爭，王家和孫家繼續鬥。只有這樣，他才能有足夠的時間緩衝，救治九皇子的同時，再讓單婕妤生個兒子，或是九皇子生個兒子，繼續培養楚家的勢力……

若老天實在不讓他的心願實現，他只能扶持七皇子。那兩個女人害死了他最心愛的兒子，他是不會把皇位傳給她們兒子的。皇上考慮了兩天，撤了楚廣徹的御林軍統領職位，還給他封了個虛銜柱國將軍，讓他娶了榮昭。給人的感覺是楚廣徹徹底遠離權力中心了，其實他暗中還是在為皇上辦事，皇上又開始扶持遠在邊關的楚廣開。

為了不讓單婕妤被害，讓她帶髮去京郊的皇恩寺出家，說是為九皇子祈福……

這些只有話本裡才有的情節，他父親耗費了十一年的光陰去搬演，不知還要再演多少年，想到快康復的九皇子，父親的苦應該快到頭了吧？

想到這些，楚令宣的眼圈也紅了。「想到我爹，我覺得我非常幸運。我邂逅了最愛的女人，又如願以償地娶了妳，以後還能跟妳在鄉下過平靜的日子。」說完，拉著陳阿福的手在嘴上親了親。

陳阿福幽幽說道：「公爹和婆婆年輕的時候，何嘗不是這樣？相遇，相愛，成親，還生了兩個兒女，一起度過數年的平靜日子；只是後來，公爹要當忠臣，他委屈了自己，也委屈了他的妻子和兒女。」

楚令宣繼續吻著陳阿福的手，說道：「快了，等二皇子一黨倒了，我爹就能把我娘接回來了。」

陳阿福搖頭說道：「雖然我知道公爹是身不由己，也很同情他，但若我是婆婆，我不會毫無芥蒂地回來跟他過日子。他是個好臣子，卻不是個好丈夫，他的做法可以理解，但不能原諒。若我是婆婆，我寧願在影雪庵裡繼續生活，也不會再回到讓自己傷心欲絕十幾年的男人身邊，何況這個男人還給別人用了十幾年。」

楚令宣聽到最後一句話，臉一下紅到耳根，不高興地說道：「妳胡說什麼，什麼叫給別人用了，真難聽，那是我爹，不許這麼說。」

陳阿福說道：「話醜理端，所以你記好了，若你也打著這個心思，想先當好臣子，再回來當好丈夫，哪怕你是身不由己，我也不會原諒你，我會躲得遠遠的，讓你永遠找不到。」說完，把手從他的手中抽回來。

楚令宣自從知道楚廣徹娶榮昭公主的真正目的後，一直等著九皇子或十一皇子順利當上太子，穩當繼承大統後，父親把母親接回來一家人團聚；可聽了陳阿福的話，看看空了的手，又不確定起來。

母親能原諒父親，破鏡重圓嗎？

陳阿福看楚令宣皺著眉頭想心事，笑著給他揉著眉頭說：「好了，這些事是公爹和婆婆兩個人的事，咱們說什麼都沒用，婆婆溫婉賢淑，願意原諒公爹也不一定。」

楚令宣嘆著氣說：「我娘看著溫婉，實則脾氣很拗，對有些事非常有原則。我記得小時候，我娘懷著我妹妹，我爹喝醉了，一個大膽的丫鬟爬上我爹的床……我娘什麼話也沒說，只把自己關在屋裡哭了整整一宿，我爹就在門外站了一宿哄我娘；還是下人看不過，把我外祖母請來，我娘才開了門。從那以後，我爹除了御宴會喝少量的酒，就再也沒碰過酒了，直到出了那件事……我爹和我娘自成親以來非常恩愛，是所有人都羨慕的一對，也因為這樣，小小年紀的榮昭才口出狂言，說出『非楚家大郎不嫁』這種不知廉恥的話……」

陳阿福八卦道：「那個爬床的丫鬟呢？」

「還能怎樣，被我爹賣了。」楚令宣答道。

陳阿福又好奇地問：「你爹哄你娘哄了一宿，他都說了些什麼？」

楚令宣笑了，說道：「那時我還小，只記得我爹反覆說：『雲兒莫哭，哭壞了身子，為夫心疼。』後來，我就被乳娘拉走了。」

兩人說著話，安榮堂的下人來稟，楚三夫人回來了，請他們去一趟。

兩人去了安榮堂，老侯爺已經在那裡了。

楚三夫人笑著問陳阿福道：「沒事吧？」

陳阿福搖頭，又問道：「二妹妹呢？她傷著沒有？」

一提起楚珍，楚三夫人就沈下臉，罵了一句。「那個傻丫頭，跟她娘一樣沒長腦子。」又道：「你們放心，那盤菜是涼菜，只是弄髒了珍丫頭的衣裳。」

楚令宣沈臉道：「這又是榮昭搞出來的事？可惡！」

楚三夫人呵呵笑道：「這次不是榮昭，是我，是我讓人做的。那榮昭忒可惡，不知下晌還會折騰出什麼事，我就讓人先下手為強，既讓你們早些離開，又成全了她……」

原來，楚三夫人手下的一個婆子，在丫鬟上菜的時候，把手裡的一顆小石子彈出，正中丫鬟的胳膊，丫鬟手裡的盤子就向楚珍那邊傾倒。

陳阿福身後的一個婆子動了手腳，讓丫鬟手裡的菜大半灑在楚珍身上，陳阿福身上也濺了幾滴油，楚侯爺便趁勢讓楚令宣把陳阿福帶走了。

他們走後，楚珍被領進另外的小屋換衣裳，楚二夫人和楚珍那兩個傻棒槌，不知道順著楚三夫人的意思說是公主府的下人想害楚家人，反而都在哭罵陳阿福是禍水，讓楚珍替她揹了禍……

聽得楚三夫人直冒火，恨不得用大耳光抽那兩個人。

楚三夫人又說：「還好讓你們走了，榮昭還真給宣兒準備了一個通房丫鬟，宣兒媳婦不好拒絕帶回來，哪怕宣兒不收用她，也噁心人不是？後來還讓我幫忙帶回來，說是她做婆婆的體恤兒媳，派的幫手，我沒帶，直接頂回去了。」

陳阿福感激地說道：「三嬸，謝謝妳，妳一直在幫我，今天若是沒有三嬸，我不知道還會吃多少虧。」

楚三夫人笑道：「榮昭被我皇伯父和馬淑妃慣得不像樣，又是個膽子大的，啥事都敢做，啥話都敢說，不然也不會做出那不要臉的事。那潑皮破落戶兒，其他幾位公主都怕她，也只有三嬸敢跟她對著幹。因為三嬸也被我皇祖母慣壞了，也是一個潑皮破落戶兒，我和榮昭啊！從小打到大。」說完，自顧自地大笑起來。

古代女人這樣笑，一般都會用帕子捂著嘴，可楚三夫人才不管那麼多，十六顆牙都露出來了，或許只有皇家出生的貴女敢笑得如此肆無忌憚。

霸道卻不作惡，陳阿福喜歡楚三夫人的性格，她馬上拍著馬屁道：「三嬸跟榮昭公主不一樣，三嬸這是豪爽，是女漢子……」

楚令宣不贊成地阻止道：「阿福。」

楚三夫人哈哈聲笑得更清脆了，笑道：「女漢子，這話說得好，比潑皮破落戶兒好聽，還特別有形象，三嬸可不就是女漢子嗎？」又拍拍胸口說：「等廣開回來了，我一定跟他說，讓他也樂呵樂呵。」

楚老爺子可沒有那麼高興，那兩個糊塗蟲，在家裡糊塗就算了，在外面還這樣拎不清，說道：「若是老三媳婦過去一直在府裡就好了，我把珍兒交給妳管教，她也不致如此。現在，唉，可憐老二了，身子骨不好，娶了這樣一個不著調的媳婦，還把閨女也教壞了。」

楚三夫人雖然是貴女，卻極其尊重和孝敬夫家的人，見楚老爺子難過了，馬上說道：「公爹莫愁，以後每天讓珍丫頭來我這裡待一個時辰，我抽空調教調教她，再派一個嬤嬤去教她規矩，扳正她的性子。」

楚老爺子聽了，點頭說道：「如此，我也就放心了。過些天我便會回鄉下，老三媳婦不僅要把這個侯府看好了，還要把珍兒那丫頭教好。」

楚三夫人點頭答應。

陳阿福打從心裡佩服楚三夫人，她是太后最寵愛的孫女，是皇上最愧疚的姪女，是真正的貴女；可她為了楚廣開，是真正把楚廣開喜歡的家人，當成自己喜歡的家人一樣對待。

四人說了一陣子話，楚老爺子和楚令宣去了前院，陳阿福回竹軒領著人做點心，她想做些蛋塔孝敬楚三夫人。

前些天楚廣開的一個朋友送給楚府一些芒果，可楚家人都不愛吃，覺得味道怪怪的。

陳阿福前世就喜歡吃芒果，穿越到這裡後，還是第一次吃到芒果，十分喜歡。楚令宣知道她喜歡吃後，便把各院子的芒果都要了過來。

今天她想做芒果蛋塔，再加點料，這些人肯定喜歡吃；只不過這裡沒有烤爐，要用鍋蒸，這就有些考手藝了。

她蒸了幾鍋，正好到了吃晚飯的時間。派人送到每個院子，長輩每人四塊，其他主子每人兩塊，幾個有體面的下人也一家送了兩塊，竹軒的下人一人吃了一塊。

楚令宣有近水樓臺之便，吃了八塊，他笑道：「還是爺有福氣，娶了個賢妻，不只把閨女教得好，還擅做美食，咱們加把勁，年底生個兒子，那人生真是完美了。」

陳阿福一聽孩子就興奮，沒有一點新娘子該害羞的覺悟，嘟嘴道：「萬一生了個閨女，大爺的人生就不完美了？」

楚令宣大樂，笑道：「今年生閨女，那就明年——不，後年生兒子，爺的人生照樣完美。」

陳阿福笑咪咪地點點頭，繼續吃著飯。

吃完飯，幾個長輩都派人來給賞，他們吃得高興，意思是讓陳阿福繼續努力。

楚三夫人還讓來送禮的下人說，明天她要進宮見太后，讓陳阿福再做些這種蛋塔，她好帶進宮孝敬太后。

陳阿福自然答應得痛快，想起今天上午楚侯爺給的紅包，打開一看，是一千兩銀子。她笑咪咪地從妝檯抽屜裡拿出一個洋漆描花小木盒，盒子裡裝著一疊厚銀票和幾錠銀子，她把銀票放進去，又讓夏月上了帳。

楚令宣打趣道：「媳婦現在不缺錢了，怎麼看見銀票還笑成這樣？」

陳阿福把木盒放進抽屜裡，笑道：「大爺沒有缺錢過，永遠體會不到窮過的人的感受。」

楚令宣失笑，起身從櫃子裡拿出一個紫檀小盒子說：「這是我的一部分私房，妳收著，喜歡什麼就買，記著，妳有不缺錢的夫君，妳也不會缺錢。」

陳阿福接過盒子，她知道這盒子是他晚飯前從外院帶過來的。

本來楚令宣想給陳阿福多買些首飾，但想到小妻子似乎更喜歡銀子，便把鴻運酒樓的分紅，又加了些金子，直接給她。

他如願以償地看見小妻子笑得眉眼彎彎，她數好後，又放進妝檯的抽屜裡。

兩人躺下歇息，自是一番恩愛不提。
第二天天還沒亮，陳阿福就起床了，她今天要做芒果蛋塔，要先進空間拿點「料」。她看楚令宣睡得沈，先走進淨房，把門關好，閃身進了空間。
空間裡靜悄悄的，陳阿福喊了幾聲。「金寶，金寶……」
「人家在這裡，媽咪不要叫了。」金燕子從一個小金屋子裡伸出小腦袋。
金燕子聽了她的來意，不滿道：「媽咪，妳這兩天用燕沉香用得有些勤啊！今天是給太后做點心，人家就給妳了，下次可不能三天兩頭來向人家討要了。」
陳阿福想著，等有空再拿一碗水進來，要點燕沉香泡在水裡，到時候用那碗水當味精就行了。
陳阿福如願拿到一小根燕沉香，蒸了許多蛋塔，讓楚三夫人拿去孝敬太后。
下晌，楚三夫人回來了，還給陳阿福帶回來一疋妝花緞，是太后娘娘賞的。
太后非常喜歡吃那道點心，說香甜軟糯，比御膳房做的還好吃。她留了一半，還送了一半給皇上。
大寶傳說中的親老爹竟然也吃上自己做的點心！
陳阿福高興地謝過，說道：「太后娘娘喜歡吃我做的點心是我的榮幸，我在京城的這些天，隔兩天就做一次，讓三嬸帶進宮孝敬她老人家。」
太后已經年近七十，在古代算是高齡了。陳阿福希望她能多活幾年，她是三夫人的後檯，三夫人又是自己的後檯，陳阿福不僅希望太后活久點，也希望皇上活久點，畢竟九皇子還沒有徹底康復，大寶還沒有長大。

楚三夫人拉著她的手笑道：「極好，我也是這麼想的。」

幾日後，陳阿玉來了竹軒。此時的陳阿玉又多了幾分幹練和成熟，他現在是鴻運火鍋酒樓總店的二掌櫃，幫楊明遠管著許多事物。他說再學習兩年，積累一些經驗和人脈，以後就把興隆大酒樓開到京城來。

陳阿福比較滿意陳阿玉的表態，他沒有說自家可以在京城重新開個大酒樓，把二房甩開，他像陳實，比陳業大氣，比陳阿貴機靈。若真把二房甩開了，想著自己賺大錢，幾兄弟中希望自家最好，那麼他還真過不上想過的好日子。

看著俊朗又穩重的陳阿玉，陳阿福是真心喜歡。阿祿和阿堂還小，又要走科舉，陳氏家族第二代的經濟，要靠他來掌舵和發揚光大了。

陳阿福說道：「阿玉今年十六歲了吧？先別急著訂親，姊姊幫你看看，在京城找個有些背景的好姑娘，以後也算是你的一個助力。」頓了頓，又說：「當然，若是你看到了極中意的好姑娘，也可以先訂下。」

陳阿玉有陳阿福這個堂姊，也算跟永安侯府有了關係。不說官家，那些大商人家還是願意跟他聯姻；再加上他本身穩重聰明，樣貌又不錯，一些小官家的閨女或是族親，也願意嫁給他。

關鍵是要找個人好的，若找個像榮昭，或是李氏、胡氏那樣的害人精，可就糟心了，不僅害了男人，害了婆家，還會毀了下一代。

陳阿玉紅了臉，點頭道：「弟弟聽姊姊的安排。」

再過幾日，皇上的聖旨終於來了永安侯府，陳阿福被封為三品淑人。

接完旨後，楚家大房和三房高興地在安榮堂喝茶聊天，楚華也帶著恒哥兒來恭賀。楚華乘機敲陳阿福的竹槓，讓新任誥命夫人請客。

陳阿福掏了五十兩私房銀子出來，置辦了四桌酒席，主子兩桌，有體面的下人兩桌，晚上二房也被請來安榮堂喝酒。

吃飯的時候，座位的安排刻意調整過，這次把楚珍直接安排在楚華和陳阿福中間，楚珍紅著眼圈想跟楚二夫人撒嬌，楚三夫人一挑眉，嚇得楚珍趕緊坐直身子，楚二夫人脹紅了臉也不敢吱聲。

楚三夫人的厲害讓陳阿福好笑不已，暗道，雖然對待李氏母女只有這種非常手段最管用，但三夫人的做法也是強硬得可以；還好她的心思正，對婆家人也心懷善意，否則真會把家裡攪得天翻地覆。

楚三夫人是典型的愛恨分明，她不喜歡的人，絕對不會裝作喜歡，但她喜歡的人，她看著都會把眼睛笑彎，特別是跟丈夫楚廣開的相處模式，非常令人羨慕。兩個人沒有男尊女卑之分，也沒有皇家、臣子之分，互相調侃、聊天、打趣，沒那麼肉麻，外人看著卻能感覺到兩人散發出來的甜蜜。

不像楚侯爺和榮昭，雖然榮昭嬌滴滴地「楚郎」、「楚郎」叫得歡，但楚侯爺隨時都淡淡的表情，一看就不和睦。

楚三夫人除了時常感嘆沒生出一個可愛的閨女來，也算圓滿了。

正想著，只見楚三夫人拿起酒杯對另一桌高聲笑道：「恭喜三老爺，賀喜三老爺，你姪兒媳婦當了誥命夫人，這是咱們家的大喜事。」

今天大家高興，所以兩桌之間連屏風都沒立。

楚三老爺聽了，也舉杯哈哈笑道：「夫人同喜，夫人同喜。」

然後兩人飲了杯中酒。

這兩人有時候恩愛得讓人無語，要恭喜也應該恭喜楚令宣和陳阿福這兩個正主啊！

陳阿福和另一桌的楚令宣相視一笑。

楚二夫人不喜歡三夫人，看到他們兩口恩恩愛愛更是不自在，卻又拿人家沒有辦法，正好瞧見楚令宣和陳阿福的小動作，便撇嘴低聲說道：「令宣媳婦，要跟自己男人恩愛就躲回屋裡去恩愛，在大庭廣眾之下跟男人眉來眼去的，不莊重，也會帶壞了弟弟、妹妹們，怪不得榮昭公主會說妳勾人……」

她的聲音很小，只有坐在她左邊的陳阿福和右邊的宋氏聽得清。她認定陳阿福剛才的行為不要臉，又是鄉下人，被她罵也只有受著。

陳阿福大怒，這還真是欺善怕惡，桃子挑軟的捏。楚三夫人的腳都踩在她臉上了，她不敢吱聲，卻拿自己出氣，自己受榮昭的鳥氣是沒辦法，卻不能受她的欺負。

陳阿福挑眉怒道：「二嬸，我一直尊妳是長輩，可妳哪一點像長輩？剛才的話妳有本事再跟長輩們說一遍，看看是我這個晚輩不尊重，還是妳為老不尊。」

陳阿福的聲音大，連男桌都聽見了，幾個男人都向這邊看過來。

「怎麼了？」老侯爺問道。

楚宣令更是起身走了過來，問道：「阿福怎麼了？」

陳阿福起身落淚道：「在外面，我被人欺負了沒處說理，可就連家裡長輩都如此辱罵我，把我說得如此不堪……」

楚二夫人脹紅了臉，趕緊解釋道：「我也就說說，妳的氣性還真大，我是長輩，教訓教訓晚輩有何不妥？」

楚三夫人冷哼道：「就妳這拎不清的，還想教訓別人？」又問宋氏道：「妳說，妳婆婆剛剛說宣兒媳婦什麼了，讓她這樣委屈？」

宋氏哪裡敢說，只得紅著臉囁嚅道：「我，我沒聽清。」

楚二老爺瞪了自家夫人一眼，罵了句。「無知蠢婦。」起身走了。

楚老侯爺不好處罰兒媳婦，只得對陳阿福說道：「宣兒媳婦，祖父知道妳受委屈了，老二媳婦拎不清，妳莫跟她一般見識。唉，這個家的人心散了，連頓飯都吃不清靜，我死了就好了，你們分開過，也就清靜了。」然後也起身走了。

楚三老爺趕緊起身，扶著老爺子走出去，一路勸著他。

楚三夫人痛快多了，瞪著楚二夫人說道：「這下妳高興了，人都被妳氣走了。得，妳走吧！走吧！無事我也不敢請妳了。」她揮著手一臉嫌棄地攆起了人。

楚二夫人「哼」了一聲，起身離開，二房的人都紅著臉跟著她走了。

楚令奇和楚令安走在最後，一個給楚令宣和陳阿福抱拳，一個給楚三夫人躬身。他們兩人七歲後都住到外院去，由老侯爺親自教養，所以比二老爺夫婦強得多。

回了竹軒，陳阿福不好意思地跟楚令宣說道：「對不起啊！我一時沒忍住，讓爺爺難過了。」

楚令宣嘆道：「這不怪妳，妳不給二嬸一點厲害，她會一直找事欺著妳。二嬸本就狹隘，自私，貪財，祖母活著那幾年還能壓制她，祖母去世後，祖父不好管教兒媳，又疼惜二叔，就有些縱容了她。我雖然在這裡長大，對這裡已經沒有任何歸屬感，我們回棠園，那裡才是我們真正的家，妳暫且忍耐幾日，二十一日就離京。」

榮昭和李氏，一個在外面作亂，一個在家裡作亂，把永安侯府折騰得烏煙瘴氣，若不是楚三夫人回來鎮著，還不知道會是什麼樣。或許，她們打的就這個主意，讓侯府的正主永遠回不來。

鬧成這樣，雖然也有楚家男人故意上演哀兵之計的成分在，但偏分的把正分的擠對得不想回家，總是讓人意難平。

陳阿福問道：「祖父和祖母給二叔找媳婦的時候，就沒讓人打聽打聽，怎麼找了這種拎不清的？」

楚令宣道：「怎麼沒打聽，他們原來相中的是二嬸的姊姊，誰知道在他們訂親前二叔不知怎麼就看上了二嬸，鬧著要娶她。」

不知道楚二夫人使了什麼小手段。

翌日上午，楚令宣帶著陳阿福去鴻運火鍋大酒樓。

酒樓在京城的順安街，最繁華的街道。這裡酒樓、銀樓、茶肆、錢莊、繡坊林立，俱是粉牆黛瓦，朱色雕花門窗。街道也寬闊，馬車能並排八輛。

獨特的吃法和口味，加上楊明遠超強的能力，還有楚家撐腰，使鴻運火鍋大酒樓在短短的一年內就成了京城第二大酒樓，還在全國開了四家分店，展店速度令人咋舌。雖然後來也有人陸續開了火鍋酒樓，但都趕不上鴻運。

楚令宣和陳阿福一進酒樓，陳阿玉就滿面春風地迎上來，直接把他們請去三樓一個包廂，楊明遠、楊超和楊茜已經在這裡等著了。

楊茜一看見陳阿福，就撲了過來，叫道：「陳姨，陳姨，妳怎麼現在才來看我呢？我很想妳啊！」

陳阿福笑著把她抱起來，親了親她的小臉說：「陳姨也想妳。」

現在離吃飯時間還早，幾人坐著喝茶敘話。

楊茜小朋友不時在旁邊搗亂，以引起陳阿福的注意。楊明遠沈下臉，楊茜看爹爹在瞪她，嘴癟了起來，眼淚含在眼眶裡要落不落。

陳阿福趕緊抱起她哄道：「茜姊兒不哭，走，陳姨給妳買花戴。」

鴻運大酒樓西面隔了兩家，就是著名的水玲瓏繡坊，陳阿福早想去看看，準備多買些東西帶回去。王氏沒少提起水玲瓏，說裡面的繡品是整個大順朝最好的。

她牽著小姑娘，帶著幾個下人走出酒樓，向西走去。

水玲瓏比定州府的霓裳繡坊還大、還氣派，裡面繡品繁多，看得人目不暇接，眼花繚亂。

陳阿福現在不缺銀子，替楊茜買了四朵絹花、兩個荷包後，便大肆採購起來。

下人們抬著東西走了，陳阿福牽著楊茜跟在後面，出繡坊的時候，看見一個七、八歲的小男孩走進繡坊。

小男孩長得白皙清秀，穿著藍色粗布衣褲。陳阿福覺得他長得有些面熟，便多看了兩眼。聽見身後繡坊的人在招呼那個小男孩。「王小弟，今天又拿什麼來賣？」

那男孩笑道：「李掌櫃，這次是個中件，『貓滾繡球』，可作炕屏，也可作擺件。」

她又回頭看了一眼那小男孩的背影，單薄瘦弱，又是一個為生活奔波的孩子。

她沒多想，牽著楊茜回了酒樓。

三個男人正說得熱鬧，楊明遠主講，陳阿玉附和，楚令宣只時而說兩句，他除了同陳阿福和楚含嫣話多，跟別人都惜字如金。

陳阿福坐下喝了幾口茶，兩桌火鍋已經擺好了。三個男人一桌，陳阿福領著兩個孩子一桌。可陳阿福總覺得心裡有什麼沒辦似地，有些坐立不安，吃了一半，她的腦海裡一下靈光閃現，想到自己為何一直覺得心裡有事。

原來她剛才碰見的孩子長得像陳阿祿，而陳阿祿長得像王氏，那孩子也姓王……雖然小舅舅改名叫李狗剩，但他六歲被賣，自己原本的名字肯定記得，後來再改回來也有可能。

只是現在隔了這麼久，那孩子已經走了吧？不管離開了沒，去打聽清楚總沒有遺憾。

陳阿福對兩個孩子身後的乳娘說道：「妳們照顧好哥兒、姊兒。」起身又對另一桌的三個男人說：「你們慢吃，我去水玲瓏繡坊有點事。」

楚令宣問道：「什麼事？」

「剛才我在水玲瓏碰到一個男孩，覺得他長得有些像阿祿，又姓王，想去看看。」

楚令宣知道陳阿福一家有多盼望能找到王成，起身道：「我陪妳去。」

見楊明遠和陳阿玉也起身要一起去，陳阿福笑道：「那男孩也不一定真的跟我舅舅有關，哪裡有那麼巧，我就是去看看，你們繼續吃飯。」

陳阿玉說道：「過了這麼久，那孩子肯定已經離開了，我跟水玲瓏的掌櫃熟悉，幫忙打聽打聽。」又對楚令宣和楊明遠說：「楚將軍和楊老闆繼續喝酒，我陪我姊去就行了。」

於是陳阿福姊弟帶著幾個人去了水玲瓏，那個孩子已經走了。

陳阿玉問掌櫃知不知道他家住在哪裡，家裡有什麼人。

呂掌櫃說：「我只知道他叫王小弟，他娘姓吳，家住京城東郊，來賣的是他娘的繡品，其他的就不知道了。」

陳阿福聽了極是失望。

陳阿玉安慰陳阿福道：「姊姊莫急，下次王小弟來賣繡品的時候，讓呂掌櫃通知我一聲。」

呂掌櫃笑道：「那陳二掌櫃可要等久些，你也知道，我們水玲瓏收外面的活計非常挑剔，必須繡工精細。這慢工出細活，小繡品一般兩個月才能繡一幅，中繡品要半年以上才能繡一幅，王小弟的娘身子不好，做活計就更慢了。王小弟今天來了，再來可能要等三到四個月以後了。」

陳阿玉又跟陳阿福說：「姊姊放心回鄉，等王小弟再來繡坊時我問清楚，若他真跟姊姊的舅舅有親，我就讓人給姊姊送信。」

這時，一個小二走過來說道：「陳二掌櫃，那王小弟好像跟你們酒樓的伍二強很熟悉，有一次我看到他跟伍二強在說話。」

陳阿玉聽了，高興地說道：「這就好辦了。」

他們回了鴻運酒樓，陳阿玉把一個十七、八歲的夥計叫過來，問道：「二強，你跟經常去水玲瓏賣繡品的王小弟熟嗎？」

伍二強跟陳阿玉說道：「我跟王小弟是鄰居，當然很熟了。二掌櫃想知道他什麼事？」

陳阿玉說道：「事無鉅細，只要是王小弟的事情，都說。」又道：「去包廂裡說。」

三人回了包廂，聽伍二強講了王小弟的情況。

王小弟和伍二強都住在京城東郊的九里村，距京城大概有十幾里的路程。

他的父親三十幾歲，在左衛營裡餵馬，因為左手少了四根手指頭，人稱王六指。這個綽號叫久了，他的真名反倒無人提及，連伍二強也不知道。

母親人稱吳氏，繡藝很好，年輕時就開始給水玲瓏繡坊做繡品，但身體不是很好，除了做繡品，幹不了重活，他還有一個五歲的妹妹。

家裡的日子不太好過，住的是幾間草房。

陳阿福問道：「王小弟的父親在軍隊裡餵馬，應該有軍餉；他母親會做繡品，特別是能賣給水玲瓏這樣的繡樓，價錢應該不低，家裡就四口人，怎麼會日子不好過？」

伍二強說道：「王嬸子的娘家就是我們村的，因為她的繡藝好，娘家人一直不願意把她嫁出去，說她有一手好繡藝，誰家娶了她，就等於娶了一個聚寶盆。她娘家要一百兩銀子的聘禮，才願意把她嫁出去，能出得起一百兩聘禮的人家，誰還稀罕一個繡娘啊！所以一直沒有人去提親。在她十八歲的時候進京城賣繡活，被人調戲，軍爺王六指救了她，兩人就看對眼了，王大叔沒有那麼多錢，借了一些銀子也才湊夠三十兩。他去跟王嬸子的娘家商量，每年還十兩銀子，吳家便同意了，七十兩銀子，再加上利息，到現在還沒還完。」

這娘家也夠可惡的了。

不過，聽了這麼多，只有三件有用的信息，也跟王成比較貼近，就是姓王，三十多歲的年齡，在軍隊裡幹活。

這些信息已經讓陳阿福很高興了，她想去九里村王小弟家看看。

楚令宣說道：「現在出城去九里村，坐車至少要一個半時辰，天晚了，一個婦人不方便；再說軍營裡的人不會天天回家，妳去了也不一定能見到王六指。左衛營裡有我認識的兄弟，我現在讓人騎馬去營裡打聽他的情況，最遲明天就能知道確切消息；若是那人像妳舅舅，我再陪妳去。」

吃完火鍋，楚令宣又陪陳阿福去銀樓裡買了一些首飾和擺件，讓羅源去買了京城知名小吃及特產，回鄉的東西大致買齊了。

不過，若王六指真跟王成有關係，二十一日是不能按時回鄉的了。

第三十九章

這一宿，陳阿福都是在焦急等待中度過的。

隔天巳時，去打探消息的親兵回來了，不僅親兵回來，還把王六指帶來了。

楚令宣讓他們直接來竹軒稟報，廳屋裡立了一扇屏風，楚令宣在外面接見兩人，陳阿福躲在屏風的另一面偷看。

當穿著士兵服的王六指跟著親兵進來的那一剎那，陳阿福的眼淚就流了出來。她已經肯定，這個人就是小舅舅王成。因為他長得非常像王氏和陳阿祿，雖然留了短鬍，但仍能清晰地看出他的長相，眼睛不大，有些內雙，鼻子很挺，嘴唇有些薄，身材也偏瘦、偏小。

王六指不知道自己為什麼要來侯府見楚將軍，緊張得要命。他一進來就要給楚令宣下跪，一旁的楚懷趕緊把他扶住了，楚懷已經知道王六指的可能身分，不敢讓他跪下去。

楚令宣請王六指坐下，讓人上了茶，和顏悅色地說道：「不要緊張，是我的一位親戚覺得你像她的故人，讓我幫忙問問。你的名字叫什麼？今年多大？老家在哪裡？」

王六指趕緊起身抱了抱拳，楚令宣又讓他坐下回話。

王六指道：「小人叫王成，今年三十二歲，老家是冀北省永州府轄區夷安縣小李村。我是被賣到那裡的，由於年紀小，已經忘了真正的老家在哪裡，我只記得自己叫王成，但養父給我起名叫李狗剩。十九年前，我朝跟西域開戰，我從軍去了前線，養父一家對我非常不好，一進軍營我就把名字改回了王成……」

他的話還沒說完，就聽見從屏風的另一面傳來女人的啜泣聲。

楚令宣也激動起來，毫無疑問，這個王成就是阿福的親舅舅！

「阿福，出來吧！」

陳阿福哭著走出來，對已經站起身一臉詫異的王六指說道：「舅舅，我娘叫王娟娘，我是你的外甥女阿福。」

王成聽到姊姊的名字，也一下哭了起來，哽咽道：「妳是我姊姊的女兒？天啊！怎麼會這麼巧。姊姊，我的姊姊，是小時候對我最好的人……我只記得小時候的三件事，我叫王成，姊姊王娟娘當了童養媳，姊姊叫我小弟……為了紀念我姊姊，還給我兒子起了王小弟的名字……我一直想多攢點錢拿回小李村，向我養父家打聽我的身世，想找到我姊姊，可是我無能，攢到現在也沒有攢多少……」

王成邊哭邊說，還有些詞不達意，但陳阿福聽懂了，哭得更厲害，楚令宣拍著她的背安慰著。

下人們端來盆子，兩人淨了面，又開始絮叨起來。

陳阿福講了王氏的近況。王成聽說姊姊過得很好，看到外甥女竟然嫁給侯府世子，又是喜極而泣。

之後，王成大概講了一下他這些年的生活。十九年前，他進了軍營，雖然年紀小，但從小受的苦多，小小年紀什麼活都幹過，又學過打鐵，練就了靈活的身形和快速的反應，所以被編去了斥候營。

陳阿福知道，斥候相當於前世的偵察兵或特種部隊。

王成由於吃得了苦，又沒有後顧之憂，屬於敢打敢拚又不怕死的那種人，積攢了不少小軍功。兩年後，他又被派去完成一項特別重要的任務，他們知道了敵國一個王子要來前線慰問敵軍，還知道他要離開的路線和時間，任務就是去刺殺王子。

執行任務之前，他的長官趙將軍說，讓他好好幹，這次回來就給他升官。

其實這就是一支敢死隊，為了不引起敵軍的注意，只有五十名成員，即使九死一生才完成任務，活著回營的也沒有幾人。

王成還是很高興，想著自己死了也就死了，但若萬一能活著回來升官，養父一家便不敢惹自己了，就能問出自己原來的家在哪裡。他榮歸故里，也能給姊姊當助力，他知道童養媳的日子不好過。

他們偷偷進入敵人腹地，埋伏在王子必經的一個樹林裡。當那個王子騎馬路過的時候，埋伏在樹上的他們同時放箭，把王子射成了一個篩子。

護送王子的有幾百人，以少敵多，最終只有幾人帶傷逃了回來。王成的半隻手掌被削斷，多處受傷，一跑回軍營就暈了過去。

當他醒來後，趙將軍非常難為情地告訴他，他們這次任務完成得非常好，葉元帥非常高興，說要重賞回來的這幾人；可是，由於他的傷勢過重，以為他活不過來了，他的軍功就被人冒領了，而那人的來頭非常大，他們都惹不起。

本來那人告訴趙將軍，王成哪怕沒死都要弄死他，但趙將軍於心不忍，找了關係把王成弄去另一個離這裡比較遠的軍營裡。由於王成已經殘廢，就派他去餵馬。

王成老實，知道自己惹不起那些當官的，更不想為趙將軍惹禍，只得忍下這事絕口不提。由於他肯鑽研，餵的馬都健壯少病，便留在軍隊裡，哪怕戰爭結束了長官都不捨得讓他回鄉，後來軍隊換防，又跟著軍隊來到這裡。

王成一直想存些錢回去問自己的身世，所以也沒有娶媳婦，還是在九年前，他二十三歲的時候，遇到吳氏被人調戲。他救下吳氏，吳氏感謝他，便大膽表白，願意以身相許。他見吳氏繡工好，這點很像自己的姊姊，便允諾娶她……

楚令宣氣得一拳砸在桌子上，罵道：「可惡至極，喪盡天良，這種軍功他們也敢冒領！那次刺殺宛國王子事件非常有名，我也知道，為我軍取得最終勝利打下基礎。據說去了五十名死士，只活著回來三人，連皇上都下旨嘉獎……這事必須徹查，給舅舅一個交代。」

王成趕緊說道：「那事已經過去這麼多年，肯定不好查了。楚大人切莫為了小人去得罪不該得罪的人，趙將軍說那人的後臺非常硬，我們惹不起，我已經這樣了，就這樣吧！」

楚令宣安慰道：「無妨，那個時候我三叔也在邊關，請他幫忙查，定能查出來。」

陳阿福沒管冒領軍功的事，她不停地抹著眼淚，為多災多難、半生坎坷的王成心疼。她看著王成的左手，從食指往下半個手掌都沒了，只剩下小半個手掌和拇指、一小截食指，腰也有些挺不直，心疼得不行。

王成笑著安慰陳阿福。「阿福莫難過，跟那些死了的兄弟比起來，舅舅已經很滿足了。雖然殘廢了，但還在軍裡做事，有軍餉拿，還娶了媳婦、生了兒女，現在又找到妳和姊姊，上天已經待我不薄了。」說完，也抹起了眼淚。

陳阿福又問道：「聽說舅母的身體不好，怎麼回事？」

王成嘆道：「也是我沒用，成親的時候，要給她娘家聘禮，又要買地修房子，小弟他娘日夜忙著做繡活，月子沒坐好，就生了病。眼睛不好，不能長時間地做繡活，還腰痠背痛，不能走遠路，嚴重的時候要扶著牆走……」

王成的軍餉是每月一兩銀子，在鄉下娶個媳婦日子應該還過得去。成親前他攢了二十幾兩銀子，本來想再攢些拿回小李村給養父一家，好讓他們告訴自己身世。但遇到了吳氏，吳氏清秀勤快，他很中意，便想著成親後再繼續攢錢，錢攢夠了再回小李村。

成親要先給吳氏娘家三十兩，買地修房要十兩，成親也要花用，他就向幾個同袍借了三十兩銀子，把親事辦了。

吳氏要還娘家錢，又很過意不去把丈夫打聽身世的錢用光了，拚命做著繡活。開始幾年確實掙了不少銀子，把王成同袍的錢都還清，吳氏娘家也還了五十兩；但後來隨著身體越來越不好，繡活越做越慢，平常只敢做小件的繡品，銀子也就越掙越少……

陳阿福問道：「還差舅母娘家多少錢？」

王成道：「本錢已經還完了，二十幾兩的利息錢也還了大半，還差九兩銀子。」

陳阿福說道：「舅舅別讓舅母再做繡活了，那點銀子我替你們還了。舅母娘家也真狠心，要了舅母那麼多銀子不夠，還要收利息，逼著女兒拖著病體還債。」

王成紅著臉說：「唉，都是舅舅無用。」

楚令宣不贊成地說道：「舅舅怎麼會無用？舅舅可是我大順朝的功臣，等以後把事情查清楚了，該還舅舅的都會還上。」

飯菜已經擺上，三人坐一桌吃晌飯。

飯後，楚令宣出去了。他要先跟老爺子說一聲，改天再回鄉下，同時還要跟楚侯爺和三老爺商量對策。明面上楚老侯爺是楚家的家主，私下楚侯爺才是楚家真正的家主，朝廷大事老爺子和三老爺都會聽他的。

陳阿福和王成留在屋裡敘話。今天王成會在楚家住一宿，明天一早，陳阿福先跟著他一起去九里村王家，過兩日再安排王成一家，跟著陳阿福一起回鄉與王氏團聚。

半夜，陳阿福正睡得迷迷糊糊，聽見窸窸窣窣的聲音，原來是楚令宣躺上了床。

楚令宣親了她一口，說道：「阿福，妳的名字取得好，妳就是我的福星。」

他喝了酒，酒味不小。

陳阿福清醒了，睜開眼睛問道：「什麼意思，我又給你帶什麼福了？」

楚令宣低聲笑著說道：「妳把舅舅帶來楚家——真是踏破鐵鞋無覓處，得來全不費工夫……」說著，又低頭去親她。

陳阿福急得不行，擋住他的嘴說：「你真急人，到底怎麼回事啊！說啊！」又威脅道：「不說不給親。」

楚令宣笑起來，躺好說道：「聽三叔說，那次刺殺回來了三個人，另外兩人沒問題，有問題的肯定是楊慶。三叔原先就納悶，楊慶怎麼會親自參與刺殺宛國王子那麼危險的任務，還刺殺成功回來。當時三叔曾暗中打探一番，楊慶確實參與這次任務，受了重傷，我三叔還覺得是自己小看了他，原來他也是條漢子。

「楊慶是王國舅的一把尖刀。他因為刺殺宛國王子有功，又有王家的幫助，之後仕途非常順暢，一步一步爬到陝西總兵的位置，王家還把自家的女兒嫁給了他。打仗免不了有冒領軍功的人，但大多是冒領那些死亡將士的軍功，可他卻踩著活人的肩膀往上爬，實在可惡；這事若壓下就壓下了，若揭開、坐實了，是欺君大罪……若能把楊慶拉下來，二皇子一黨便損失了一員大將。」

聽說冒功之人的勢力這麼強大，陳阿福不免擔心起來。「他們權勢滔天，又過了這麼多年，能查出來嗎？那幾人都做了偽證，一旦查實他們也犯了大罪，能說實話嗎？再者，楊慶會不會殺人滅口？」

楚令宣說道：「肯定不好查，但只要做了就會有破綻，把舅舅留下來，或許就是趙將軍自保的一招。趙將軍是個聰明人，應該還有別的證據。三叔在西部經營了二十年，慢慢查，會有結果的。」

說完，他又去親陳阿福。

陳阿福聽了這些話，心情又好了幾分，但楚令宣的酒味實在太濃了，她把臉轉開，嗔道：「哎呀，你喝了多少酒？」

楚令宣笑道：「今天高興，爹、三叔還有我，我們都多喝了幾盅。」

陳阿福推開他又湊過來的臉，半真半假說道：「你的酒味好重，不給親。」

楚令宣笑著把頭埋在她的頸窩裡，笑道：「好，不親嘴就是了。」

隔日，王成在外院吃過早飯就來了竹軒。

楚令宣告訴他，楚三老爺會派人核查這事，但要暗中進行；自己會跟林統領打招呼，讓王成去自己軍營，還讓他切莫把這件事說出去。

林統領就是瑞王妃的父親，調動一個馬伕還跟他回報，也是殺雞用牛刀了，或許，楚令宣是想讓林統領對王成這個人有個印象，為以後鋪路吧！

王成起身答應，咧開大嘴直樂。到了楚將軍的營裡，離姊姊家就更近了；但他還是怕楚令宣，長官一問話，就習慣性地站直身子回答。

楚令宣又請他坐下，告訴他，去了自己的軍營，還是只能讓他當士兵，自己不可能無故給他升官。但是，王成必須留在軍營，若楊慶冒名頂替的罪名坐實了，才好為他請功。

楚令宣因為有事要忙，不能陪陳阿福去王家，陳阿福便帶著幾個護衛，以及一些下人，還有回春堂的一位老大夫，坐著車和王成一起向城北門駛去。

一個半時辰後，馬車便到了九里村，馬車在一個院子前停下，陳阿福下了車。

這是一個籬笆牆圍成的小院，裡面有三間草房，王小弟正蹲在雞圈前餵雞。

這畫面讓陳阿福有些既視感，覺得這個小院就是響鑼村她之前的家，正在餵雞的是陳阿祿。

王小弟看到王成領著這麼多人來家中，有些怕，直起身說道：「爹，他們……」

王成笑道：「小弟，傻了？快，快來叫表姊。」

陳阿福幾人已經走進院子。王小弟雖然有些懵，還是給陳阿福躬了躬身，紅著臉說道：「見過表姊。」

陳阿福笑著摸了摸他的總角。這孩子越看越像阿祿，不光長得像，還都瘦弱、害羞。

夏月趕緊遞給王小弟一個裝著兩個銀錠子的荷包。王小弟怯怯地看了父親一眼，見父親笑著點頭，他才伸手接下。

這時，一個不到三十歲的年輕婦人和一個小女孩從草房裡走出來，驚訝地看著這一大群穿著華麗的人以及馬和馬車。

王成大聲笑道：「小弟他娘，我找到姊姊了，這是外甥女阿福。」又對王小弟說道：「快去鄰居家多借些桌椅，請客人們喝茶。」

王小弟腦袋清醒了些，趕緊答應著跑出小院，幾個下人也有眼力地跟著他一起出去。

反應過來的吳氏流了淚，哭道：「太好了，終於找到姊姊了。阿福啊！快，快請進。」又對女兒說：「小妹，快叫表姊。」

王小妹嚇得跑過去抱著王成的腿，瞪大眼睛看著陳阿福，就是不敢叫人。

王成對陳阿福笑道：「鄉下孩子，沒見過世面。」

陳阿福笑了笑，幾人走進屋子。

一進屋便是廚房，擺設跟之前響鑼村的房子大同小異。他們向右拐進了東屋，吳氏的行動不便，走路非常慢。

進屋後，吳氏拉著陳阿福的手流淚道：「終於找到你們了，不然我死了都閉不上眼睛，我當家的因為娶我，花光了找姊姊的銀子，我的罪過大……」

王成笑道：「看妳說些什麼啊！今天高興，不說這些不開心的事。」

吳氏擦擦眼淚說：「好，好，不說。」又要拿茶碗兌糖水，還讓王成去買肉。

陳阿福勸住了她，夏月等人過來沏茶，又擺了些糖果和水果在桌上。另外兩個婆子在廚房裡忙碌開了，肉、菜、蛋都帶來了。

陳阿福把王小妹拉到身邊，輕輕捏捏她白得泛青的小瘦臉，拿了幾塊糖塞進她手裡，笑道：「妳叫小妹，是吧？」

王小妹點點頭，「嗯」了一聲。

夏月又拿了一個荷包遞給王小妹。

王小妹拿著荷包看了看，高興地走到吳氏跟前小聲說道：「娘，這個荷包很好看，咱把它賣了還姥姥的債。」

吳氏臉紅了，嗔道：「胡說，這是表姊給小妹的，怎麼能賣了。」

王成搓著手，不好意思地說道：「家裡窮，讓阿福見笑了。」

陳阿福笑道：「我們家前些年的日子也不好過，也就這兩年日子才好些。」說完，就讓老大夫給吳氏看病。

王小弟領著幾個下人，跟鄰居家借了桌椅擺在院子裡，除了李嬤嬤、夏月、玉鐲，還有兩個做飯的婆子，其他的護衛、下人們就坐在院子裡喝茶。

村裡人聽說王家來了貴客，都跑來看熱鬧，把籬笆院圍得水洩不通，李嬤嬤又讓下人給他們發糖吃。

幾人正敘著話，就聽見院子裡一個尖利的聲音傳來。「喲，女婿家來貴客了……」

陳阿福向窗外看去，一個四十多歲的婦人正覥著臉跟玉鐲媚笑著，她以為玉鐲是王成的親戚。

吳婆子笑道：「小姐，妳就是我女婿的外甥女吧？哎喲喲，真像天上的仙女下凡來，忒俊俏。我是我女婿成子的岳母，我家老頭子讓我來請你們去家裡做客。」又對正在倒茶的王小弟說：「快跟你爹說，怎麼能在你這簡陋的家裡招待貴客，走，去姥姥家，姥姥已經讓你舅舅去買大肉了。」

王小弟最怕姥姥，紅著眼圈看看姥姥，再看看院子裡的人，他不願意表姊和這些人去姥姥家，可又不敢說。

玉鐲知道舅老爺的岳家一直欺壓舅老爺，當然不會給吳婆子好臉色，沈臉說道：「妳叫錯人了，我只是我們大奶奶的丫鬟，我們大奶奶是來舅老爺家做客的，不會去不相干的人家。」

吳婆子一聽這穿金戴銀的人只是個丫鬟，天啊！那女婿家的親戚不知道有多富貴。她笑得更歡了，趕緊往屋裡走去。「哎喲，那我得去見見貴客，請貴客去咱家吃飯，這裡窮得要命，哪有好飯、好菜待貴客。」

玉鐲過去把她攔下，說道：「我們大奶奶是誰想見就能見的？驚了大奶奶，小心挨板子。」

護衛們原先以為這婆子是舅老爺的親戚，便沒有攔，但一看玉鐲的態度，就知道大奶奶不待見這個人，都起身說道：「幹什麼的，我家大奶奶是妳能隨便見的嗎？去，去，去，滾出去！」

這時，王成和李嬤嬤走了出來。

吳婆子一看見王成，就喊了起來。「喲，女婿，你可出來了，快讓你的外甥女去我家，你家這窩棚大的地方，怎麼能招待貴人。」

王成看了吳老太太一眼，說道：「岳母，走吧！這就去妳家，我去把九兩銀子還了，我們兩家終於兩清，小弟他娘終於不用再做繡活了。」

一想到終於要跟老吳家兩清了，王成心頭一片輕鬆，但想到媳婦的病，又難過不已。

吳婆子心裡一沈，女婿不僅不讓自家高攀貴客，還要跟自家兩清，這跟自己和老頭子的期望不一樣啊！她急了，忙說道：「我說女婿，你攀上了高枝，也不能不讓我閨女孝敬她老子啊！啥叫兩清了？啥叫兩清了？這話說得多沒良心。」

王成難過道：「你們把閨女賣了一百兩銀子，還要加利息，一共一百二十六兩銀子，妳閨女做繡活做得眼睛都快瞎了，月子裡也不敢閒著……京城裡的大夫說，她不能再做繡活了，若再不好好診治，活不過兩年。」

圍在籬笆牆外的鄉人們都聽見王成的話，他們也知道這兩家的事，七嘴八舌議論起來。

吳婆子聽說閨女不能再做繡活，更不得了了，大聲說道：「我閨女怎麼可能不能做繡活！女婿，當初本是讓我大丫自梳、終生不嫁，是你看上她上門提親，我和老頭子才成全了你們，你怎麼能忘恩負義？告訴你，我閨女是在娘家，跟她奶奶學的好手藝，是我吳家的手藝，人嫁進你家，手藝可還是娘家的。」

李嬤嬤恨不得抽她兩耳光，上前喝道：「天下竟有這麼狠心的父母，為了滿足自己的私慾，居然讓親閨女當自梳女。天下還有這麼蠻橫霸道的丈母娘，竟能說出『人嫁去了夫家，手藝卻要留在娘家』的歪理，嘖嘖，我今天真是開了眼界！」

羅源也來了，他說道：「李嬤嬤，不需要跟這貪心壞婆子費口舌，把九里村的里正叫上，一起去老吳家把帳結清；若老吳家不願意，就直接去縣衙，請縣太爺決斷，讓青天大老爺看看，在他的管轄內，還有這樣不顧理法、不要臉皮的刁民。」

王小弟自告奮勇領著人去找里正。

吳婆子坐在地上尖聲哭道：「女婿，你有了富貴親戚，也該幫襯岳家才是啊！你怎麼能仗勢欺人，想著撇清咱們兩家的關係呢……」

何里正跟著王小弟來到王家，路上已經聽王小弟講了經過。他先跟院子裡的幾個護衛抱拳笑道：「我家離得遠，不知道王家來了貴客，失敬，失敬。」他皺眉看了幾眼吳婆子，又道：「讓幾位大爺見笑了，老吳家除了吳大娘子是個好的，其他人都好吃懶做、拎不清。現在就去吳家吧！他們兩家的事我清楚，我作見證。」

何里正指著坐在地上大哭的吳婆子，對一旁看熱鬧的幾個婦人說：「把她拖去吳家，丟人現眼的東西。」

外面終於安靜下來。

陳阿福看著窗外這一幕，那老吳家就是吸血蟲，想讓吳氏養一輩子，哪怕這九兩銀子還清了，還會用別的名目讓他們繼續給錢。這個吳婆子比丁氏還壞，丁氏是虐待繼子，而她卻是虐待親閨女。

看看哭得傷心的吳氏，陳阿福勸道：「舅母快別哭了，剛才黃大夫說了，妳不能再費眼，不能哭。」

吳氏哭道：「不怕阿福笑話，我當姑娘的時候，我爹、我娘一直不想讓我嫁人，讓我自梳。我十八歲那年遇到我當家的，是我老著臉皮求他娶我的。我想脫離娘家，可我爹娘不答應，我還是上了吊才把他們嚇住，又答應給一百兩銀子，他們才鬆口讓我嫁人……」

吳氏的祖母之前是大戶人家的丫鬟，有一手好繡藝，不知怎麼得罪了當家主母，被折斷手腕賣給吳氏的祖父。

吳氏長到五歲，她祖母就手把手地教她。吳氏本就聰慧，不僅把祖母的手藝都學會了，還能發揚光大。吳氏十二歲的時候，祖父、祖母相繼去世，她的父母又生了三個弟弟，一家人的生活重擔就都壓在她的身上。

有一次，她在去祖父母上墳回家的路上，遇到一個流浪漢調戲她，被路過的王成救了。王成雖然殘疾了，但手裡有刀，還是把那個流浪漢嚇跑了。

吳氏見王成正直，人好，又是拿軍餉的軍爺，也顧不得他是殘廢、歲數大，主動表白……

陳阿福聽了唏噓不已，在這萬惡的封建社會，苦命的女人何其多；不過，吳氏不僅手巧，也心思通透，沒有屈服於父母的淫威，最終把自己嫁了出去。她比老實舅舅聰明得多，有了這個賢內助，自己再幫一把，舅舅一家的日子應該能好過起來。

本來陳阿福是想讓舅舅一家準備準備，後天跟他們一起啟程去通縣，現在看來，下午就得帶著他們回京城。侯府裡有一些空著的小院，讓他們暫時住兩天。

她便跟吳氏說了自己的想法。

吳氏長出了一口氣，喜道：「好啊！好啊！當家的終於能跟姊姊團聚，我也終於能徹底擺脫他們了……」又擔心道：「我爹比我娘還難纏，那個帳能結清嗎？」

陳阿福笑道：「舅母放心，定能結清。」

鍋裡的肉香飄了出來，饞得王小妹直吞口水。

陳阿福似乎又看到兩年前那個饞得直舔嘴唇的大寶。她起身牽著王小妹去廚房看了看，滷鍋裡的豆腐乾和豬肝、豬頭肉已經滷好了，她讓婆子撈出來切了一小碗，把小碗遞給王小妹，笑道：「吃吧！」

王小妹笑得眉眼彎彎，大聲說道：「謝謝表姊。」然後捧著小碗進了東屋，對吳氏說道：「娘親，吃肉肉，這麼多。」

吳氏笑道：「娘不吃，小妹吃。」

王小妹給吳氏餵了兩口肉後，才自己拿著小碗吃起來。

大概過了小半個時辰，王成和李嬤嬤幾人一臉喜色地回來了。

吳氏緊張地問道：「如何？」

王成點點頭，笑道：「咱們跟妳娘家終於兩清，咱們不欠他們一文錢了，妳不用再做繡活了。」

吳氏聽了，又喜極而泣。

李嬤嬤小聲講了一下經過，果然吳老漢比吳婆子更難纏，即使有何里正在場，還是又哭又鬧，說閨女學了自家的祖傳手藝，不能只顧夫家不顧娘家……

還是兩個護衛連嚇帶罵，要把他拖去見縣太爺，說他違反了大順朝的理法，不僅要挨板子，還要坐牢房，這才把老頭嚇著，把借據拿了出來。

陳阿福又跟王成說了自己的意思。

王成點頭應允，他也看出來了，等陳阿福他們一走，老吳家肯定又會來鬧事，他不怕，但他怕吳氏的身子受不住。

三人商量著，既然這是他們家在這裡的最後一頓飯，就把里正以及幫過他家的人都請來喝酒，並商量後續事宜，像是這間小院子的去留，考量到留下，會被不要臉的吳家占去，就請里正幫忙賣了，過陣子讓護衛來收錢。

商量完畢，王成和王小弟分別去請人，幾個婆子又忙碌起來。

陳阿福等人回到侯府已經天黑了，他們先去竹軒吃飯，又吩咐人去收拾院子，還拿了十兩銀子出來，讓府裡的針線房給王家人趕製幾套衣裳。

把王家人送到暫時的院子後，已經夜深了，楚令宣還沒回來。自從出了王成這件事，楚家的幾個男人更忙碌了。

翌日，楚令宣依然沒有回來，只讓親兵來跟陳阿福說一聲，讓她繼續準備回鄉的東西，五日後下晌便啟程，那時天氣暖和，運河解封，坐船回去。

縱使陳阿福歸心似箭，還是只能耐心等待，閒時又蒸了幾十個蛋糕，除了給楚家主子和王家幾人，還有太后，就是沒給楚二夫人。

楚二夫人聽說後，氣得跑去老爺子那裡，說陳阿福沒把她這個長輩放在眼裡，她連個下人都不如，還說陳阿福把窮親戚帶進府裡吃喝，讓針線房給那幾個窮鬼做衣裳，忒沒有規矩……

老爺子早對楚二夫人失去了耐心，說這個府以後就是楚令宣和陳阿福的，人家高興怎麼做就怎麼做，花的也是他們自己的錢，然後直接讓她滾蛋，把楚二夫人氣得大哭。

出發前一晚，陳阿福剛吃過晚飯，楚令宣就回來了。

他風塵僕僕、臉色死灰，看得出來這幾天沒休息好，陳阿福趕緊讓人準備吃食和洗澡水。

等他吃過飯，又幫他擦乾頭髮，楚令宣一碰到枕頭，便傳出鼾聲。

陳阿福把羅帳放下，輕手輕腳去西屋收拾箱籠。侯府不是她長住的地方，嫁妝裡，除了不好帶的大件，絕大多數東西都會打包送回棠園。

夜裡，陳阿福知道金燕子要出來，一直沒睡著。她想著心事，覺得左手心有些癢，是金燕子在給她暗示，牠要出來了。

她把左手伸出羅帳，感覺金燕子一下躥了出來，從半開的窗戶飛出去。

兩口子早早起床，楚令宣直接去外院，連早飯都在那裡吃，陳阿福則領著下人收拾箱籠。

晌午，眾人都去安榮堂的花廳吃飯，也把楚華一家請來。陳阿福讓人去請舅舅 家，王成說他們留在院子裡自己吃就好。

楚二夫人託病沒有來，其他人都來了，包括應該上衙的楚三老爺、楚二爺和楚三爺。

吃飯的時候，突然有下人來跟楚三夫人耳語幾句，楚三夫人聽了，哈哈大笑起來，連眼淚都笑出來了。

楚華笑道：「三嬸，有好笑的事情也該拿出來說說啊！讓我們一起樂呵樂呵。」

話音剛落，屏風另一邊傳來幾聲男人的驚嘆聲。

楚三夫人瞥了一眼屏風，壓低聲音說道：「今天上午出了一件稀罕事，榮昭母女去宮裡看望淑妃娘娘，她們正走在路上，突然從四面八方飛來好些鳥兒，黑壓壓的一片，據說足有千隻。榮昭母女和一些宮人驚奇不已，抬頭看熱鬧之際，那些鳥兒突然開始拉糞，一陣噼哩啪啦，完後迅速散開，她們被拉了一頭一臉……哈哈哈……聽說有不少人張著嘴看熱鬧，還吃了鳥糞……哈哈哈……」話沒說完，楚三夫人已經笑得上氣不接下氣。

瑞王妃、楚華等人先是吃驚，再一想到那情景，也都忍不住笑了起來；但她們只能用帕子捂著嘴笑，而不敢像三夫人那樣。

男人那一桌也得到了這個消息，但畢竟榮昭是公主，又是他們楚府的媳婦，所以他們不好意思笑出聲，憋笑憋得內傷，只得不停地咳嗽。

一邊笑聲不斷，一邊咳嗽聲不斷，頗具喜感，倒把離愁沖淡了。

陳阿福知道，肯定是金燕子去給自己報仇了，小傢伙真好，回去給牠一個吻。

飯後，眾人把老侯爺和楚令宣一家送至外院，王成一家已經在這裡等著了，眾人灑淚道別。

傍晚，大隊人馬來到了通縣驛站，一夜無話，隔天早上再去運河碼頭坐船。

船駛至黃昏時刻，終於抵達定州府外的運河碼頭。

眾人剛下船，參將府的楊總管已經領著人來這裡接他們了，當一行人坐車回到參將府時，天已經黑了。

陳阿福這次進參將府，可不是當初的針線師傅，而是以當家主母身分回來的，是以正門外，有許多下人等著迎接他們。

陳阿福等人直接去了正院，王成一家被安排在一個小院裡，楚令宣則留在外院處理一些事務，還要去給付總兵等關係好的人家送禮。

正院是一個兩進宅院，還帶一個西跨院，進垂花門就是抄手遊廊，連接東、西廂房。

院子裡繁花錦簇，中間碎石鋪就的十字甬道，把院子裡的綠色大草坪切割成四塊，靠垂花門的兩塊草坪中種著兩棵石榴樹，草坪四周擺了許多盆栽，正房和廂房前面還栽了多棵黃角蘭、三角梅等花樹。

陳阿福非常滿意這個院子，雖然不會長住這裡，但這裡也是自己的家，站在這裡，她才真正嚐到了當家作主的滋味，在侯府裡，總覺得憋屈。

陳阿福接見參將府內院的主要管事，又把東西整理好，她的嫁妝有一半會放在這裡。另外關於丫鬟人手的配置，她已經想好了，除了玉鐲領著小紅、小紫等幾個丫鬟守在京城侯府之外，她打算讓青楓帶著小綠留在這裡看守正院，同時注意府裡的情況，她只帶夏月、紅斐、小墨和花嬤嬤去棠園。青楓的歲數也不小了，會在參將府給她找一個後生成親，讓她當正院的管事嬤嬤。

楚令宣直到後半夜才回來，還是把陳阿福吵醒，兩人辦了事，陳阿福即使迷迷糊糊不清醒，也能感覺出來楚令宣非常高興和放鬆。

隔天一早，陳阿福就遣人去陳實家，讓陳實兩口子來參將府一趟，又讓人給陳府遞了帖子，表示他們中午會去吃飯，飯後就直接回棠園。

原定計劃會在參將府住幾天，要請楚令宣的同僚和朋友來家做客，再去陳府玩一天；但因為找到了王成，他們要趕回去讓王氏他們姊弟團聚。

陳阿福和楚令宣在陳世英家吃過晌飯後，來到城外時，王成一家已經等在那裡了。

時近黃昏，一隊車馬終於來到上水村的小路上，車裡的人都把車簾掀開，看著極目處的一大兩小三個院子。

王成聽車外的羅源說，那處最北邊的小院是祿園，姊姊一家就住那裡。他忍不住痛哭起來，哭聲大到坐在前一輛車裡的陳阿福都能聽見，她的眼淚也含在眼眶裡。

這時，天空飛來一大一小兩隻鳥兒在馬車上空盤旋，「娘親」、「姨姨」地一通亂叫。

馬車到了棠園不遠處的那個小樹林，看到王氏和陳名相攜著跑在最前面，阿祿牽著大寶和楚含嫣緊隨其後。

王氏前幾天就收到信，知道他們找到王成了，並交代了歸期，她激動得天天哭，恨不能馬上見到弟弟。

今天，她從上午開始，就在這條小路上等，晌飯只隨意回祿園吃了一口，又來繼續等，一直等到日近黃昏，終於看到大隊車馬向這邊駛來。

馬車停了下來，王成一家和陳阿福等人都下了車。

王成知道那個跑在最前面的一定是姊姊，也哭著跑步迎上前去。

王成跑到王氏面前停下，兩個人都呆呆地看了對方幾眼。那相似的眉眼，一看就是期盼已久的親人。

王氏伸出手，撫摸著王成的臉頰哭道：「你是姊的小弟，你是成子？」

王成哭道：「姊，我是小弟，我是成子，我一直記得姊姊叫我小弟，我一直記得姊姊閨名叫娟娘，一時一刻也不曾忘記。」

王氏聽了，抱著王成嚎啕大哭起來，王成也抱著王氏失聲痛哭，旁邊的人也都抹起眼淚。

王氏哭了一陣子，又捧著王成的臉哭道：「姊姊天天想你、盼你，今天終於盼回來了，姊姊也有臉去見娘了。」

王成哭著不停地喊「姊」。

當王氏看到王成那只剩一根拇指的小半個手掌，哭得更厲害了。「可憐的小弟，你究竟遭遇了什麼，怎麼變成這樣……」

王成哭道：「姊姊莫難過，這是十幾年前受的傷，已經不痛了……」

陳阿福被兩個「小負擔」抱著哭，想去勸勸王氏根本脫不了身。楚令宣很受傷地站在一邊，叫了半天「閨女」，楚含嫣都不理他，只知道抱著陳阿福大哭。

特別是大寶，哭得跟王氏和王成一樣傷心，不停地說：「娘親，妳怎麼這麼久才回來，兒子天天想妳，以為妳不要我了，以為妳嫁了人，就永遠不要我了……」

陳阿福只得解釋道：「娘不會不要你的，娘也想兒子……」

跟來的羅大娘勸著王氏。「親家太太，上天有眼，保佑舅老爺平安回來了，雖然受了傷，但你們姊弟總算團聚了，這是好事……」

陳名也說道：「娟娘，讓成子回家吧！有話回家裡坐著說；還有弟妹、姪子、姪女，他們舟車勞頓，也辛苦了。」

站在後面的吳氏牽著王小弟和王小妹，上前跟王氏見禮。

一家人相見完畢，王成和王氏相攜著往祿園走去，阿祿這次牽的是王小弟和王小妹。

楚令宣終於吸引到閨女的注意，如願以償把她抱進懷裡，只不過，閨女只看著他抿嘴樂，完全沒有剛才跟阿福相見時的激動。

陳大寶則是被陳阿福抱著，他的雙手緊緊地摟著她的脖子，小臉貼著她的下頷，不停地叫著。「娘親，娘親，娘親，娘親……」

一直留在棠園的羅管事，走過來跟楚令宣稟報著，陳家送大奶奶的嫁妝在十日那天上午由祿園送來棠園了，家具已經擺去正房，嫁妝也收進庫房。那天，雖然大爺和大奶奶不在這裡，但棠園還是請了十幾桌客人，客人的禮單等著大爺和大奶奶過目。

因為大寶不願意離開王氏等人，所以一直住在祿園，如今他的院子已經整理好，隨時可以住進去。

眾人走到棠園門口，陳名一家領著王成一家沒有停留，繼續向祿園走去。

陳名向楚令宣和陳阿福說道：「女婿和阿福，晚上來祿園吃飯。」

陳阿福點頭應允，先回了棠園，稍後才回娘家。

陳阿福凝視著百公尺外的福園，再次回來，現在那裡只是自己的別院和兒童樂園了。她想起了家裡的另外兩個成員，問懷裡的大寶道：「追風和颯颯呢？颯颯生了幾個寶寶？」

大寶臉上終於有了笑容，說道：「颯颯當娘親了，生了兩隻小狗，很可愛。我和妹妹給兩個寶寶取了名字，我給狗哥哥取名叫長長，妹妹給狗妹妹取名叫短短。」

「這是什麼奇怪的名字？」陳阿福問道。

大寶笑道：「因為長長的鼻子要長些，短短的鼻子要短些。」

棠園的下人們都站在大門口迎接主子到來，楚老爺了走在最前面，楚令宣一家人緊隨其後走進大門。

他們先去外院的正廳，羅管事帶著所有下人向陳阿福磕頭，改稱「大奶奶」。陳阿福也發表了恩威並施的演說，又讓人給他們一家賞了一個裝銀錁子的荷包。

最後對羅管事笑道：「這個月下人們都拿兩個月的工錢。」

羅管事躬身道：「是。」

陳阿福幾人回了內院。燕香閣不大，遠沒有竹軒和參將府的正院開闊。正房是三間帶兩間耳房，東、西廂房都是三間房，小院裡栽著兩棵西府海棠，樹上已經結出星星點點的花朵；後院只有三間後罩房，院裡種有幾棵翠竹和兩棵芭蕉樹。

楚令宣和陳阿福坐在廳屋裡的羅漢床上，陳阿福要接受楚含嫣的跪拜。

楚含嫣聽說給姨姨磕了頭就能喊「娘親」了，歡喜得不行。看見丫鬟把蒲團擺好，也不用別人叫，馬上跪下磕了一個頭，嬌糯糯地喊道：「娘親。」

喊完，眼裡竟然湧出了眼淚，這是她想了好久好久的願望，今天終於實現了。

看她這樣，陳阿福也紅了眼圈，說道：「好閨女，起來，到娘親這裡來。」

從此以後，她們就是母女了。

陳阿福身後的夏月端上盛著一套衣裳和一套首飾的托盤遞上去，巧兒上前接了過來。

楚含嫣起身撲到陳阿福的懷裡撒著嬌，不停地喊著。「娘親，娘親……」

陳大寶見了，也撲進娘親的懷裡。

陳阿福一手摟一個，一邊應付著兩個小麻煩訴說各自的思念，一邊指揮著下人把東西整理好，這情景溫馨又感人。

第四十章

祿園裡，王氏拉著王成坐在炕上，各自講著一些經歷。

陳名覺得差不多了，笑道：「娟娘，該讓成子他們去看看住處了，走了這麼遠的路，得讓他們洗漱一番。」

王氏聽了，起身拉著王成去了東廂。「你們一家以後就住在這裡……」她這才注意到吳氏走路不太索利，邁門檻還要婆子攙扶，又問道：「弟妹身子骨不好？」

王成說道：「是月子裡落下病根。」

王氏趕緊去把吳氏扶著，說道：「哎喲，怎麼不早說呢？這個病不能累著，快，坐到床上，我讓人給妳熬碗參湯來。」

吳氏看到王氏眼裡的焦急和心疼，感動得眼淚都流出來了，自己娘家有那麼多個至親，卻沒有一個人對自己有一分疼惜。

王氏讓王成一家在東廂洗漱，她去廚房讓穆嬸熬參湯。

吳氏倦了，洗漱後就上床歇下，王成又領著兩個孩子去上房。

天已經黑透，天幕上布滿星星，飯菜都做好了，但陳名還是沒讓人上菜，他們要等女婿一家。

當楚令宣和陳阿福領著兩個孩子、兩隻小鳥和一車禮物來時，一進祿園，追風和颯颯就一隻叼著一個小狗崽向陳阿福跑來。

陳阿福蹲下，從牠們的嘴裡接過兩隻狗寶寶。小傢伙剛生下來十天，眼睛還沒睜開，繼承父母的優點，有著白毛、灰耳朵；再仔細瞧瞧，的確一隻的鼻子長些，一隻的鼻子短些，趴在陳阿福懷裡小聲哼哼。

陳阿福喜道：「天，真是兩隻漂亮寶寶，我還從來沒看過這麼可愛的小狗。」

跟這一家子敘了一會兒別情，又把禮物給牠們，陳阿福才進了上房。

楚令宣一家四口又給陳名和王氏跪下磕頭，楚令宣早已經改口了，楚含嫣從今天開始叫陳名和王氏「姥爺」和「姥姥」。

飯菜擺上桌，王氏指著一盤醃菜炒油渣說道：「成子，你小時候最喜歡吃這道菜，這是姊姊特地下廚炒的。」

王成吃了一口，點頭道：「嗯，是這個味道，我想了好些年，後來小弟的娘也炒過，但都沒有這麼好吃。」

王氏笑道：「喜歡就多吃點。」然後，不停地往他碗裡挾菜。

把王成的碗堆滿了，王氏才注意到楚令宣，不好意思說道：「讓女婿見笑了，一看到成子，我就什麼都顧不得了。」

楚令宣笑道：「哪裡，岳母客氣了。」

王成剛才一直沈浸在跟姊姊團聚的喜悅裡，楚令宣的一句話又讓他清醒過來。他在軍營裡待了近二十年，連個九品小官對他都是呼來喝去，不高興了還會挨兩腿，現在這麼大的官坐在他身旁吃飯，哪怕是外甥女的夫婿，也讓他心驚膽顫。他一害怕，手又有些發抖。

楚令宣很無奈，用哄楚含嫣的聲音說道：「舅舅莫怕，在家裡，咱們是親戚，你還是我的長輩，若你這樣，回家了阿福會跟我生氣。」說完，笑著舉起酒杯，敬了王成和陳名一杯。

吃完飯，楚令宣對王成說道：「我明天要回衙門，舅舅就在家裡多陪陪岳母，半個月後再去軍裡報到。」

楚令宣手下的兵營分成兩處，少數兵士和他的衙門留在定州府城，大多數兵士在城外，他把王成安排在定州府的衙門裡，那裡條件好些，也便於楚令宣照顧。

一說到王成的差事，現實問題就來了，王成在定州府城當差，家該安在哪裡呢？

王氏捨不得弟弟，說道：「就在我家附近買塊地建房，方便我照顧弟妹，成子跟女婿一樣，休沐的時候再回家。」

陳阿福不贊同地說道：「舅舅的身子骨不太好，不能長時間騎馬，回家只能坐馬車；若把家安在這裡，舅舅休沐不方便回家。」

坐馬車比騎馬要慢得多，來回的確不方便。

王成想了想也是，說道：「那就把家安在府城的城郊吧！那裡建房便宜，我回家也方便。」又對王氏說道：「放長假的時候，弟弟一家就來叨擾姊姊和姊夫，姊姊、姊夫無事，也可去我家裡玩。」

陳阿福笑道：「舅舅不用住到城郊，我給舅舅在府城買一座小院。」

王成笑道：「謝謝阿福了，妳已經為我花了那麼多錢，不好再讓妳破費……」

陳阿福笑道：「舅舅的錢留著慢慢用，外甥女再孝敬你一個小院。」

王氏想著女兒錢多，也就笑著勸王成。「成子，收下吧！你外甥女不差銀子。」

商量完，陳阿福把帶來的禮物分配了一下，絕大部分是給陳名一家的，還有些是給大房，以及胡老五、武木匠等關係好的人家，讓陳名幫忙轉送。

之後，楚令宣和陳阿福領著幾個孩子，以及七七、灰灰和追風一家回棠園。旺財十分捨不得追風一家，將牠們送到棠園門口才回去。

陳阿福笑著跟牠說：「兩家離得近，旺財常來玩。」

一回到棠園，楚小姑娘和大寶也跟去燕香閣，他們都不想離開娘親，手牽手站在門口等著。

這時，突然傳來幾聲燕子的呢喃聲，楚含嫣眼睛一下子亮起來，喜道：「哥哥，金寶回來了。」

大寶還有些懵，問道：「妹妹確定牠是金寶？」

楚含嫣點頭道：「嗯，我還聞到牠的味道了。」又抬頭四處望著說道：「金寶快出來吧！不要跟我們躲貓貓了，我和哥哥好想你。」

大寶動了幾下鼻子，說道：「我怎麼沒聞到牠的味道呢？」

話語剛落，一隻燕子就從窗外飛進來，站在楚含嫣的肩膀上唧唧叫道：「臭大寶，小嫣嫣，咱們又見面了。」

大寶當然聽不懂他的話，但認得牠，一看真是金燕子，一把把牠抓過來，喜道：「果真是金寶，你終於回來了，我和妹妹天天都在想你。」捏得金燕子直翻白眼。

楚令宣看到這兩個小東西又跟來了，皺眉道：「現在天晚了，你們該回自己院子歇息了。」

兩個小人兒一聽，急忙一人抱著陳阿福一條大腿，同仇敵愾地看著楚令宣。

楚含嫣糯糯說道：「娘親回來，姊兒捨不得。」

大寶大聲說道：「娘親和爹爹睡了這麼多天，也該和我跟妹妹睡一晚了。」

陳阿福感到又好氣、又好笑，楚令宣則是愣在那裡不知說什麼好，當值的紅斐和小墨忍著笑去了側屋。

陳阿福用指頭戳了他的小腦袋一下，嗔道：「胡說八道什麼。」

大寶含著眼淚對陳阿福說道：「娘親，妳不想我和妹妹嗎？我們想妳想了很久。」

楚含嫣也補充道：「嗯，我和哥哥要跟娘親睡。」

陳阿福也捨不得他們，跟楚令宣商量道：「要不，今天就讓他們在這裡睡吧！就一晚。」

陳阿福的話音一落，兩個小人兒就高興地跳了起來。

楚令宣很想反駁，但看到兩個孩子高興成這樣，也只得忍下。「你們兩個記著，只能在這裡睡一晚，明天就回自己院子裡。」見兩個孩子使勁點著頭，他又道：「不過，大寶是男孩，嫣兒是女孩，不能睡一張床。嫣兒和娘親睡暖閣，大寶和爹爹睡大床。」

陳阿福也說道：「正該這樣，誰不同意就別在這裡睡。」

大寶本來要反對，但一聽娘親的話，只得說道：「我們要一起聽娘親講故事，聽完故事再分開睡。」

這個要求不過分，陳阿福點頭同意。

四個人在大床上鬧夠了，陳阿福才把楚含嫣抱去暖閣睡。

天還未亮，陳阿福便被紅斐叫起來了。這是她頭天晚上吩咐紅斐的，若大爺起來，她還沒醒，就把她叫起來。

作為妻子，她覺得自己應該送丈夫上班。

下人已經把飯擺到西屋，楚令宣吃過早飯後，陳阿福把他送出燕香閣。

楚令宣見四周沒人，親了她一下，低聲說道：「妳不能心軟，今天一定要把大寶和嫣兒打發去他們自己的院子裡歇息。」

陳阿福笑道：「好，知道了。」

楚令宣又道：「妳去了影雪庵，幫我跟娘告個罪，改天我再去看她。聽說無智大師不在寺裡，妳就別去靈隱寺了。」

陳阿福有些納悶，楚令宣怎麼知道無智不在寺裡，但還是答應了，又囑咐他道：「現在天還沒亮，路上多加小心。」

楚令宣點頭，轉身向外院走去，背影消失在濃濃夜色中。

陳阿福望了望天邊那顆星星，它正一閃一閃眨著眼睛，現在時辰尚早，她又回暖閣裡睡了個回籠覺。

陳阿福之前從來沒睡過回籠覺，當她起來後，大寶已經去上學了。

李嬤嬤笑眯了眼睛，說道：「大奶奶，妳本該二十五日的小日子，現在還沒來，會不會是？」

陳阿福一想，是啊！自己應該二十五日來月信的，天天忙碌，倒把這事忘了，如今遲來了四天……不過，這麼短的時間也不一定。

「才四天，也不一定是。」

李嬤嬤笑道：「不管是不是，大奶奶都要注意些。」

陳阿福點了點頭，用過早飯後，她領著楚含嫣去了勁院——這裡是大寶的院子。

她打算之後，讓做事沈穩的小紫給他當丫鬟，再讓信得過的魏氏給他當管事嬤嬤。

羅管事是楚令宣的絕對心腹，經常會幫主子辦一些機密大事，已經猜到大寶大概的身分。一聽讓自己的兒媳當大寶的管事嬤嬤，十分驚喜，趕緊跪下表白決心，不僅因為兒媳照顧好大寶將來更有前程，也因為主子的信任。

陳阿福看羅管事如此激動，也猜到他大概知道大寶的身世，這樣更好，魏氏會更盡心。

日子一晃到了三月初，李嬤嬤算著大奶奶的小日子已經遲來四十多天了，大夫應該能清楚摸出滑脈，她便說大奶奶沒精神，讓人去縣城請大夫來看病。

一個時辰後，縣城的老大夫便被羅源接來了。

陳阿福躺在床上，羅帳放下，她的手伸出羅帳外，李嬤嬤把絲帕搭在她的腕上，老大夫才進臥房把脈。

稍後，老大夫笑道：「恭喜大奶奶，這是滑脈，大奶奶是懷孕了。」

儘管已經猜到，李嬤嬤等人還是喜出望外。

李嬤嬤問道：「我家大奶奶需不需要吃幾副安胎藥？」

老大夫笑道：「大奶奶的身子骨兒非常好，胎兒也好，完全沒有必要吃藥，只須食補即可。」又寫了幾個孕婦食補的方子。

送走大夫，李嬤嬤讓小墨去前院和祿園，向老侯爺和親家老爺、太太報喜。

老侯爺聽了大喜，趕緊派人去各地親戚家報喜，還賞了棠園下人每人一兩銀子。

王氏聽說後更是喜不自禁，讓穆嬸拎著四隻母雞，又選了一百個雞蛋，和吳氏一起去燕香閣看望陳阿福。

陳名不贊成地說道：「雞和蛋能值多少錢？我還有些燕窩，拿去給阿福吃。」

王氏搖頭說道：「燕窩、人參這些補品，閨女才不稀罕，咱家的雞和蛋比外頭買的香多了，這東西閨女才喜歡。」

吳氏也說道：「還真是，我也覺得姊姊家的雞湯要好喝些，雞蛋也要香些。」

王成說道：「不管外面買的香不香，雞和蛋總是補人，我這就去村裡再買些，給外甥女送去，也是咱們的心意。」

這事下晌就傳到了響鑼村，陳老太太和胡老五媳婦、武木匠的兩個兒媳婦都送了雞和蛋。

最喜形於色的還是楚含嫣，當她聽說自己要有弟弟或妹妹的時候，先是發出幾聲清脆的笑聲，就撒開腿向前院跑去。

宋嬤嬤趕緊把她拉住，急道：「哎喲，姊兒，妳這麼急著去哪裡？」

「我要去告訴哥哥這個好消息。」楚含嫣掙開宋嬤嬤的手，繼續往前跑去。

澤院裡，廖先生正晃著腦袋讀文章。

楚含嫣知道澤院的位置，卻沒有進來過，她已經忘記了害怕，急急忙忙地跑進去，循著聲音跑到講堂門口。

也不管廖先生愣愣地看著她，站在門口就大聲說道：「哥哥，小舅舅，娘親懷寶寶了，咱們就要有弟弟和妹妹了！」

陳大寶和陳阿祿聽見了，都情不自禁地站了起來。

廖先生見狀，沈下臉說道：「現在是上課時間，無論什麼事也不許分心。你們將來要做朝廷的棟梁，應泰山崩於前而色不變，怎能被小女娃的一句話攪得無心向學？」

阿祿和大寶聽了，又趕緊坐好。

小姑娘看到自己的喜悅沒有分享給哥哥和舅舅，反讓他們挨罵了，「哇」地一聲大哭起來，追上來的宋嬤嬤趕緊把她抱起來回了內院。

大寶和阿祿雖然繼續坐著聽課，但已經沒有心思了；特別是大寶，高興得心已經飛去了娘親身邊。

娘親終於要生寶寶了，自己終於要有親弟弟或是妹妹了，自己除了娘親和嫣兒妹妹以外，終於又有其他親人了。

他被先生打了兩次手心，疼得眼淚都快流出來了，但一想到弟弟、妹妹，便不覺得疼了，還咧著大嘴笑起來。

阿祿也被捏了兩次耳朵，痛得他直咧嘴。

終於盼到下課時分，兩個人狂奔去海棠廳。現在阿祿每天晌午也在海棠廳吃飯，和大寶去勁院歇了晌，再去澤院上課，傍晚才回祿園。

老侯爺正樂呵呵地跟陳阿福說著話，讓她注意身體、不要勞累，好給自己生個大胖重孫子。

兩個小子一進屋，就被李嬤嬤攔住說道：「哎喲，寶哥兒、舅爺，不能衝撞太奶奶。」

陳阿祿很自覺地站在距陳阿福一步遠的地方，笑道：「姊姊，我又要有小外甥了？」

陳阿福笑著點頭。

大寶則覺得李嬤嬤真是多此一舉，這事還需要她提醒嗎？他走過去輕輕摸著陳阿福的肚子，老氣橫秋地說：「娘要安生養胎，不要再操心嫁妝鋪子和嫁妝莊子的事；再多吃些好吃食，像颯颯那樣，一胎生兩個，弟弟、妹妹都有了。」

眾人大樂，楚老侯爺也比著大拇指笑道：「大寶說得好。」

陳阿福哭笑不得。老爺子盼孫子的話已經讓她壓力山大了，這小子更好，還巴望她生龍鳳胎。

陳阿福知道自己至少在懷孕三個月以後，才能去廚房做自己愛吃的東西。她是個吃貨，現在更是挑剔得厲害，不喜歡吃棠園廚娘做的飯菜，便讓花嬤嬤和另外兩個廚房婆子去福園廚房做主子的三餐，她只說那裡的水質似乎要好些，做出來的飯菜香。

老爺子深有同感，他也喜歡吃福園做出來的吃食，點頭說道：「極是。」

傍晚時分，楚令宣就快馬加鞭趕回來了。

陳阿福等人領著楚含嫣幾個孩子正從福園往棠園走，看到楚令宣從棠園門口向他們走來。

楚含嫣看見爹爹了，大喊著向他跑去。「爹爹，爹爹，姊兒要有弟弟、妹妹了！哥哥說的，娘親會跟颯颯一樣，一下生兩個。」

謠言就是這麼傳播的！

李嬤嬤等人又笑起來，楚令宣聽了更高興。

他牽著楚含嫣走到陳阿福面前，笑得一臉燦爛，說道：「怎麼不在房裡歇著，還到處亂跑？」

陳阿福笑道：「天天待在房裡甚是無趣，出來慢走，跟孩子們一起玩玩，心情要好許多。」

楚令宣點點頭，伸出胳膊想去扶陳阿福，又覺得大白天不太好，只得把伸出來的手縮回來摸摸自己的後腦勺，看著陳阿福呵呵笑著。

看他激動得手足無措的樣子，像是第一次當父親的愣小子。

他的喜悅，也的確是第一次當父親的喜悅。

楚令宣雖然現在極疼楚含嫣，但是當初他得知馬氏懷孕的時候，不僅不高興，還有一種憋屈甚至噁心的感覺。他恨馬家所有人，包括那個硬被馬淑妃和榮昭塞給自己的女人；若不是第二天會有宮裡的女人來收元帕，他根本就不會碰馬氏。

後來，他知道馬氏是因為不願意聽榮昭的話，而被榮昭冷落甚至經常訓斥，她夾在不認同她的夫家，以及讓她跟夫家對著幹的娘家中間兩頭為難，才鬱鬱寡歡，以至於身體羸弱，最終死在生產的時候。

楚令宣的心裡曾經有過一絲憐憫，但也僅限於一絲憐憫；若從頭再來，他及楚家人仍然不會待見她，他們仍會站在對立面。她，本就是榮昭和馬淑妃用來噁心他和他家的棋子……

如今陳阿福肚子裡的孩子，卻是他期盼已久的。

兩天後的晌午，陳阿福正在祿園裡跟王氏和吳氏說笑，下人們來報，親家夫人來了。

陳阿福納悶道：「我娘就在這裡啊！」

下人又笑說：「是府城的親家夫人。」

原來是江氏。

陳阿福趕緊起身，對王氏說：「娘，我去了。」

王氏點頭道：「去吧！江氏對妳能做到那一步，已經非常不易了。」

陳阿福見孩子們玩得開心，也沒叫他們，由李嬤嬤和小墨陪著，向棠園走去。

江氏和陳雨晴、陳雨霞在燕香閣廳屋坐著。

陳阿福進屋，先給江氏屈膝行了禮，又和陳雨晴、陳雨霞兩姊妹拉著手說笑幾句。

不過，陳阿福已經發現江氏的眼圈略紅，臉色也有些死灰。

陳阿福笑道：「母親和妹妹就在這裡多住兩天吧！鄉下的風景很不一樣呢！咱們女人也能隨時出院子走走看看，不像在城裡，出個門都要勞師動眾的。」

「以後吧！今兒早上妳爹去外地公幹了，家裡有老太太，還有那個不省心的主兒……」

江氏住了嘴，又一揮手，說道：「唉，她只有嫁出去了，家裡才安穩。」

江氏沒有繼續說下去，陳阿福知道她指的「主兒」肯定是陳雨暉，不知道那丫頭又做什麼妖了，把她氣得這樣狠。

江氏問了陳阿福一些情況，又說了一些孕婦的注意事項，讓人把從家裡帶的人參、燕窩等禮物拿出來；同時，還有一份送陳名一家的禮物，陳阿福讓人送去祿園。

今天因為江氏三人來了，陳阿福就沒有去海棠廳吃飯，而是在西屋擺了一桌。飯後，陳大寶、楚含嫣和陳阿祿還是來燕香閣給江氏見了禮。

江氏是第一次見大寶和阿祿，拉著他們的手說笑幾句，還給了見面禮。

陳雨晴趁江氏跟兩個孩子說笑的時候，悄悄跟陳阿福耳語道：「那陳雨暉真是差勁，連那不要臉的事都想得出來，祖母還要幫著她，我娘氣得不行；爹爹倒好，說聲公務忙就走了，把爛攤子丟給我娘，還讓我娘把她們看好了。我娘氣得差點沒犯病……」說著，陳雨晴也紅了眼圈。

陳阿福看看江氏，非常憔悴，本來就長相一般，哪怕珠翠滿頭，綾羅裹身，還施了厚厚的粉黛，依然比她實際年齡大上許多。

陳世英長相俊美，才高八斗，溫潤如玉，年輕有為，對誰都和顏悅色；但他有那不省心的娘和不省心的女兒，又不喜操心內宅的事，哪個女人嫁給他都辛苦。

陳阿福不耐煩知道陳府的那些破事，便沒往下問。

陳雨晴的聲音更低了，小嘴幾乎貼到她的耳朵，悄聲說道：「大姊，妳和姊夫以後若回娘家要注意些……切記！」

然後，她就坐直了身子，像沒說過這句話一般。

這莫名其妙的話，讓陳阿福的心裡直打鼓，剛想問清楚些，江氏便起身告辭。

陳阿福只得起身，把江氏三人送出棠園，不僅棠園給陳府準備了回禮，祿園也準備了。

她想再拉著陳雨晴問清楚一些，可江氏一路都牽著她的手說話，到了門外，又囑咐了一陣子，母女三人才上車。

陳阿福回屋想了很久，便有些想通這話裡的意思了。此事跟楚令宣也有關係的話，那只能說明那兩個女人又打上了他的主意。

陳雨暉和老太太一直認為楚令宣是陳雨暉的女婿，是陳世英和江氏硬給陳阿福謀奪過去；但自己嫁給楚令宣已成事實，她們只有退而求其次，想辦法讓陳雨暉給楚令宣當妾。她現在懷了孕，一般大戶人家都會給男人抬個通房或是納個妾，正是好時機，所以陳雨暉是想給楚令宣當妾了？那她何止是差勁，簡直是恬不知恥。

陳阿福著實有些氣著了，便關上門進了空間。

金燕子在裡面，牠正躺在地上，昨天下晌回來便偷偷鑽進空間，一人一鳥還沒說過話。

空間裡的香氣讓陳阿福精神為之一振，看到金燕子如此模樣，心情好了許多。

金燕子看了眼陳阿福的肚子，鬆開翅膀大方地說道：「為了媽咪好，也為我的弟弟、妹妹好，人家給妳拿點綠燕窩。」然後飛進黃金屋又飛出來，尖嘴上啣著一丁點綠燕窩。

陳阿福大喜，翹起蘭花指，把綠燕窩接過來放在舌尖上，香得她好久才緩過勁來，她又把金燕子捧在手裡親了一口，笑道：「謝謝寶貝，你真大方。」

金燕子勾著嘴角舔了舔小尖嘴，又重新躺下，唧唧笑道：「媽咪，昨天人家無事飛去京城玩耍，看到那個壞公主在參加桃花宴。人家就站在樹枝上，偷偷往她頭上拉了一坨糞，她還不知道，頂著那坨糞到處走，別人看到也不敢說。」

陳阿福想到那個有趣的情景哈哈大笑，直誇牠幹得漂亮。

楚三夫人前些日子遣人送信來，說榮昭被群鳥拉了糞後，引起京城的恐慌。皇上專門讓欽天監看了天象，說無異象才放了心；不過卻是不待見榮昭了，讓她多在家相夫教女，少出去招搖，無事不要進宮。

榮昭母女如今成了京城貴族圈不受歡迎的人，許多人都躲著她們，覺得她們不祥，母女兩個也躲在公主府裡不敢出去見人。

沒想到她們耐不住寂寞，沒躲多久又出去現眼了。這一出去，又被拉了鳥糞，榮昭就更說不清楚了。

金燕子看主人高興，又說道：「那榮昭壞是壞，寶貝卻多得緊，改天去她家多偷些首飾，建房子的黃金是夠了，但還缺幾顆上好寶石。」

陳阿福說道：「她的東西隨便偷，若能再偷些銀票……」想著銀票會被查出來，不一定用得出去，又改口道：「若能再偷些金子啊、夜明珠啊、貓兒眼啊……哎呀，只要值錢，啥都好，你不需要、我需要。」

「好說，這次要做筆大生意。」金燕子唧唧笑著，轉著眼珠想著壞主意。

隔天，金燕子就甩開跟屁蟲七七和灰灰，單獨飛了出去，一去數日不歸家。

幾日後的夜裡，陳阿福正睡得沈，被金燕子的唧唧聲叫醒了。她睜開眼睛，明亮的月光透過小窗把屋裡照得朦朦朧朧，她隱約看到金燕子把一個大包裹拖上床。

這麼大的包裹，金燕子這次肯定大有斬獲，陳阿福高興地坐起身，穿著睡衣就跟牠一起去了空間。

金燕子得意地說道：「媽咪，打開包裹瞧瞧。」

陳阿福打開包裹，只見花花綠綠一大堆。有喜上眉梢冰種翡翠擺件、和闐玉睡觀音擺件、白玉浮雕玉蘭花插、龍鳳呈祥翡翠珮，還有幾樣小擺件。另外，還有十幾樣鑲嵌珠玉貓眼的步搖和簪釵，五光十色，流光溢彩，極其漂亮。還有兩個錦盒，裡面裝了五顆夜明珠和五顆鴿子蛋大的珍珠。

陳阿福沒有形象地樂了起來。這些寶貝全是上上品，真是發了！這些好物肯定不能拿出來用，也不能賣給大順朝的人，以後有機會賣給番人。

金燕子唧唧笑道：「人家趁他們開庫房的時候鑽了進去，待在裡面選了兩日。只是這個包裹用了三層布，結非常不好打，人家打了半日才打好。」說完，一副邀功的小模樣。

陳阿福捧起金燕子親了兩口，表揚道：「寶貝真能幹，媽咪承你的情了。偷金大盜光顧了公主府，還偷了這麼多寶貝，榮昭哭死也沒用。」

金燕子想到了什麼，躺在地上唧唧笑起來，笑得直打滾，然後又爬起來說道：「因為那個壞女人恨鳥，人家都不讓兄弟姊妹再去她家；人家還是夜裡偷偷去的，一直躲在樹上沒出來，那棵樹正好在壞女人的窗外……哎喲，楚爹爹的爹好可憐……」說完，又用翅膀捂著嘴壞笑起來。

「怎麼說？」陳阿福八卦地問道。

金燕子笑道：「人家臉皮薄，都不好意思說，但媽咪這麼感興趣，就說了吧……」

牠的臉皮還薄？陳阿福白了牠一眼，但沒打斷牠，她太想知道楚侯爺怎麼可憐了。

金燕子繼續說道：「楚爹爹的爹要那個之前，都要先把自己灌醉，一碰那個壞女人，她就叫得像隻貓……」

「停、停、停！」陳阿福不能再聽下去了，再聽下去，以後都不好意思再見楚侯爺了，又嗔道：「小孩子家家的，以後不要去看這些，要長針眼。」

金燕子見主人不喜歡聽，罵了句。「假正經！」自己又躺在地上傻樂起來。

三月底，王成一家去了定州府城，王氏與陳名和他們一起去，並會在他家住一段時日。

陳阿福已經讓曾雙在城裡給他們買了一處四合院，也大概裝修了一番，還買了一些家具，一搬進去就能入住。同時，也幫王小弟找了一家私塾。

陳阿福在養胎中過著閒適小日子，做做針線，看看漂亮孩子，當當兒童心理輔導師，再盼望楚令宣歸家，日子過得飛快，一晃到了六月底。

西瓜又大賺了一筆。雖然價錢沒有上年賣得高，也有其他瓜農用上年的「定州甜瓜」種子種了西瓜，但因為是他們把名氣打出去的，外地人大多還是找福運來商行買瓜，所以他們依然賺得最多。而且，今年的西瓜跟上年的瓜一樣好吃，應該是種子的基因得到徹底改善，這令陳阿福非常高興。

照這麼看來，小麥種子和水稻種子、玉米種子也應該徹底改善了。

旺山村和棠園的冬小麥也迎來大豐收。味道香些是其次，最主要的是用這種「番幫」種子種出來的小麥，最高畝產達到了三百八十斤，和上年的「定州水稻」、「定州玉米」一樣，產量翻了一倍，創造了這個時空的歷史之最。這當然不只是因為「番幫」種子的關係，還因為播種前浸泡了種子。

陳世英對西瓜的事沒放在心裡，畢竟不是糧食，對興農大計起不了多少作用。但當他聽說旺山村的小麥又是大豐收，產量或許又能翻倍時，大喜過望，又親自去了旺山村，還把這種小麥的名字定為「定州小麥」，並做了指示，開始讓三青縣、中寧縣以及華江縣三個定州府所屬的縣，開始大面積推廣「定州小麥」、「定州玉米」、「定州水稻」。

同時，開始收集那幾樣糧食的各種資料及特徵，準備寫一份金光閃閃的奏摺，等到今年的水稻和玉米豐收後，就可以上報朝廷了。

陳阿福可以預見，陳世英在不遠的將來又要高升了，自己悶頭賺、發大財的同時，無意中給陳世英積攢了太多的政績。在古代，興農是大計，糧食改革不僅能讓老百姓吃飽飯，更能大大增強國家的實力。

只有一樣不太好，那就是陳阿福太能吃，肚子長得太快，人也胖了許多。原來的鴨蛋臉變成了銀盆大臉，五官也有了變化，眼睛腫了，鼻子大了，臉上還長了痘，才四個月的肚子挺得老高，很多婦人都說像是六個月的肚子。

前幾天，專門把府城的大夫請來給她把脈，說是雙胞胎。

這真是一個大喜訊，老侯爺非常高興，又往京城和府城送信，還大擺筵席，請了親家和兩個村關係好的人家，也讓下人跟著大吃一頓。

陳阿福有些汗顏，老侯爺開口重孫子、閉口重孫子地叫，萬一生兩個閨女怎麼辦？她不會嫌棄，相信楚令宣也不會嫌棄，可老侯爺就不一定了。

七月中旬下晌，靈隱寺的歸一小和尚來棠園通報，說他師父要去雲遊四海了，讓陳阿福明日去一趟。

老和尚要雲遊四海，照他之前的情況看，三、五年是回不來的。

陳阿福還是很不捨老和尚，他雖然少了某些高僧該有的品質，但還是位讓人尊敬的高僧；畢竟他全力救治九皇子的宗旨是讓生靈免遭塗炭，讓大寶少了許多危險，也給自己提了一些預警……

陳阿福一早就起床，領著花嬤嬤在小廚房做素食點心，打算去靈隱寺後，還要去影雪庵看望了塵住持。

等到楚小姑娘起床吃過飯，幾人剛走出棠園，就看到一個人騎馬跑來棠園門口。

來者是一個衙役，他說知府大人會帶著府城的官員來上水村和響鑼村視察，看看「定州玉米」和「定州水稻」的種植情況，讓種植這些糧食的莊戶做好準備。

陳世英是她爹，陳阿福只得回燕香閣，等明天再去靈隱寺。

在這兩個村，棠園是種植這兩樣作物的大戶。羅管事讓人去通知陳名和陳業父子，以及種植這兩種作物的地主，還叫來兩個村的里正，負責接待了這些官員。晌午，又請他們吃了飯。

跟青天大老爺一起吃飯，讓這些人激動異常。

未時後，其他官員們都回城了，只有陳世英留在棠園。他去燕香閣看望閨女，打算明天再回去。

此時的陳世英躊躇滿志，年輕俊朗，溫潤如玉，歲月在他的身上幾乎沒有留下任何痕跡；雖然上唇邊留了一小條短鬚，依然當得起公子如玉的讚譽。

陳世英還是第一次看到懷孕後的陳阿福，笑道：「得知福兒懷的是雙胞胎，爹很是開心。」

陳阿福摸了摸自己的肚子，笑道：「爹這麼年輕，哪裡像要當姥爺的樣子。」

陳世英哈哈大笑，說道：「看閨女說的，爹爹老了。爹爹還要感謝阿福，妳從無智大師手裡得來那些種子，不計代價用自己的土地培育出好糧食，這是為民造福。爹爹在奏摺裡提到了妳，讓聖上知道妳也立了大功。」

陳阿福說道：「不只是我，還有我另一個爹，他也不計代價地用他的土地最先種了這種糧食。」

陳世英笑道：「福兒放心，爹也寫了，不會漏了他。」又問道：「……我姊還好嗎？」

陳阿福接過紅斐手裡的茶，親自奉給他，笑道：「爹吃茶。我娘還好，如今我舅舅找到了，家裡又沒有讓她操心的事，越活越年輕。」

陳世英笑道：「那就好，爹爹也……」還是沒好意思把「放心」兩字說出來。

陳阿福又笑道：「爹明天回去的時候，幫我給母親帶一罈泡酒回去，泡酒裡不僅加了人參、鹿茸，還有藥農在深山裡採的稀世補藥。母親為爹和家裡操碎了心，我希望她的身體能健健康康……」不要早早被那祖孫兩人氣死。

她又笑道：「爹也每天喝半杯，對身體很有益處。這種酒補虛不補弱，身體不好的人不能喝，否則虛火旺，容易流鼻血。」

刻意叮嚀此事，是因為陳阿福恨不得那惡婆子早些被天收了命，可不願意讓陳老夫人喝這種酒。

酒裡除了補藥，還放了小半根牙籤那麼大的燕沉香木渣，喝了對人大有益處。陳阿福泡了幾罈，楚老爺子、陳名和王氏都在喝，還給楚三夫人帶了兩罈去。

陳世英呵呵笑道：「閨女孝順，爹爹替妳母親謝謝妳了。家和萬事興，妳們母女能相處成這樣，爹爹甚是欣慰。」

陳阿福真是無語了，他的家還家和萬事興？她那麼說，明明是想表達江氏在家很辛苦，陳世英卻理解為，他的嫡妻和偽嫡女關係相處得好，還沾沾自喜……

第四十一章

隔天送走了陳世英，等到楚含嫣和陳大寶起床吃完飯，陳阿福就帶著他們一起去靈隱寺。

由於怕懷有身孕的陳阿福太辛苦，一行人打算在影雪庵住一宿，明天上午才回棠園，還專門跟廖先生請了半天假。

其他人乘馬車，陳阿福坐著軟轎，眾人抵達靈隱寺門口，就見歸一小和尚正在大門口等候。

歸一讓另一個和尚把裝著一車點心的馬車先領去大師的禪房，他則領著陳阿福一行人從遊廊處往寺後走去。

紅斐扶著陳阿福走在前面，大寶和楚含嫣手牽手跟在後面，一群護衛和下人把他們包圍著。

楚含嫣望望四周，很是好奇，她是第一次來靈隱寺。「哥哥，這裡好大，也沒有尼姑。」

大寶老練地說道：「這裡是寺廟，只有和尚，沒有尼姑。咱們奶奶住的影雪庵，是庵堂，只有尼姑，沒有和尚。」

路過觀音殿的時候，陳阿福提出想給觀音娘娘上三炷香，求菩薩保佑她順利生產。於是她讓兩個孩子站在遊廊等，讓十個護衛保護他們，五個護衛跟著自己。

陳阿福虔誠地拜了菩薩，捐了香油錢，便被紅斐扶著返身走出大殿。

她一走出大殿門，在遊廊的大寶和嫣兒就牽著手向她跑來，嘴裡叫道：「娘親，娘親，菩薩定能保佑娘親生兩個弟弟。」

兩個孩子都被楚老侯爺帶歪了，再也不說妹妹，只說弟弟。

兩個孩子一叫嚷，把其他的香客都逗笑了。

陳阿福沒有言語，牽著他們的手往遊廊走去，卻看到十幾個護衛都滿臉戒備地把他們三個圍了起來，又有兩個護衛彎腰把兩個小主子抱進懷裡，紅斐也扶住她。

陳阿福側頭一看，就看到了最不想見的人——榮昭公主。

榮昭從前面大殿的後門出來，向陳阿福走去。她在京城聽說陳阿福懷了孕，就砸了幾個茶碗，後來聽說是雙胞胎，又砸了一堆擺設。

她摸摸自己不爭氣的肚子，難道駙馬爺的爵位真的要傳給那個賤人生的兒子？不行，絕對不行，自己必須有兒子！

於是，她又纏著楚侯爺來靈隱寺，嘴上說是來拜佛，實際上還是來找無智大師給她治病。

靈隱寺在大順朝地位超然，甚至超過京郊的報國寺。一百一十年前，順高宗四十歲那年突然一心向佛，禪位給太子，在靈隱寺剃度皈依佛門，法號玄能。玄能大師五十年後圓寂，寺裡至今供奉著他的舍利子。

無智大師是玄能大師的師姪，所以連皇上都敬重他，他不願意做的事，沒有任何人敢勉強他。

四十年前，無智大師預言大順朝南方將遭遇前所未有的水災，因為先帝聽了大師的預言，做好充分的準備，挽救了上百萬人的生命；又在二十六年前大規模爆發的一次疫病中，無智大師給人治病，救了許多人。他沒有公開給誰看過相，也沒有公開給誰看過病，但大順朝所有人，包括皇親國戚，就是認為無智大師是無所不能的高僧。

無智大師的行蹤，不是雲遊，就是閉關修練，再不就是出門辦事。

榮昭便想去碰碰運氣，看能不能找到他。她聽說，二皇兄和三皇弟也在打探無智大師的蹤跡，還是皇上把他們派到外地賑災和巡察，他們才歇了心思。

若是她去別的寺廟，楚侯爺也不耐煩陪她，但若是她來靈隱寺，他便必須陪她來，因為影雪庵就在這裡，他怕她去那裡找事。

榮昭一來靈隱寺，就先去無智大師的禪房。這次無智大師不僅在，還同意見她了，令榮昭喜出望外。

她進了禪房，無智只看了她兩眼，便雙手合十說道：「阿彌陀佛，女施主的病，恕老衲治不好。」

榮昭氣道：「我不是大夫，尚且知道看病要望、聞、問、切，大師後三樣都沒做，憑什麼就說治不好我的病？」

無智大師說道：「阿彌陀佛，老衲『望』了，女施主命定無子。」

榮昭大怒，拍了一下桌子站起來，厲聲喝道：「放肆！」

無智大師面無波瀾，平心靜氣說道：「女施主多次來寺裡找老衲，老衲見女施主心誠，又與佛門有些緣分，才說了實話……既然女施主不信老衲的話，就當老衲沒說吧！」

榮昭怒道：「本宮來找你看病，又不是讓你看相。」

無智大師道：「阿彌陀佛，能讓老衲看相的，女施主是第六人。苦海無邊，回頭是岸，女施主好自為之吧！阿彌陀佛，善哉，善哉。」說完，便盤腿閉著眼睛唸起了經。

等在禪房外的楚侯爺聽到動靜，趕緊進屋拉住榮昭勸道：「公主慎言，這裡是靈隱寺，妳面對的是無智大師。」又對無智大師躬身陪禮道：「大師，對不起，榮昭出言無狀，請大師見諒。」

無智大師繼續唸佛，似乎沒聽到他的話。

一旁的大弟子歸零雙手合十道：「兩位施主請吧！」

榮昭冷靜下來。她知道，自己雖然貴為公主，也不能在靈隱寺放肆，趕緊放下姿態，流淚求道：「請問大師，如何才能化解這個惡果？」

無智大師雙手合十，像石化了一般坐在炕上。

歸零又道：「天意不可違，兩位施主，請吧！」

楚侯爺硬拉著榮昭走了出去。

榮昭一出去就趴在楚侯爺的肩上哭了起來，哭得傷心欲絕，邊哭邊說道：「怎麼會這樣，我一心一意想給楚郎生個兒子，想讓咱們的血脈傳承下去。楚郎，怎麼辦，若我生不出兒子怎麼辦？」

楚侯爺的臉色諱莫如深，輕聲說道：「公主莫傷心，妳沒有兒子無妨，本侯爺不在意。」

這話似乎在安慰榮昭，但榮昭聽了總覺得有些不對勁，她抬起頭說道：「我就不信無智老和尚能比佛祖、菩薩還厲害，求他沒用，我去求佛祖、菩薩，寺裡的所有佛祖、菩薩，我一個一個拜。」然後，拉著楚侯爺去了大殿。

榮昭真如她所言，從第一個大殿開始，每尊佛祖、菩薩都要上香磕頭，無比虔誠，不漏一個。當她要去觀音殿時，卻看到殿裡走出一個挺著大肚子的婦人，居然是陳阿福；再仔細一瞧那個小女孩，可不得了，那抹明媚的笑容怎麼那麼熟悉？

榮昭的眼前浮現出一個麗人的臉龐，美麗，溫婉，明媚的笑容……她知道這個小女孩是誰了。

榮昭的臉色蒼白，兩隻手攥成了拳頭。

這個小崽子的病真好了？還跟那個賤人一樣美麗，笑得一樣明媚……怎麼會這樣！

陳阿福的肚子和楚含嫣臉上的歡快，讓榮昭心頭湧上一股恨意，顧不得許多了，向陳阿福她們快步走去。

陳阿福一看是榮昭，嚇了一跳，趕緊說道：「咱們走。」和抱著孩子的護衛一起向遊廊處走去。

榮昭自恃身分不好意思跑步去追，便喝斥跟著的下人和護衛道：「你們是死人啊！還不去把他們攔下。」

護衛和下人聽了，跑去攔住陳阿福他們。

十幾個護衛把陳阿福幾人團團圍住，榮昭也近不了身，她冷冷斥道：「於國法來說，本宮是公主，於家法來說，本宮是婆母，見著本宮為何不過來見禮？」

陳阿福只得福了福身，說道：「原來是公主殿下，我自從懷了身孕，眼睛就不好使，沒看清，請公主恕罪。」說完又福了福。「公主殿下請便，我還要去拜佛祖、菩薩。」說著就想走。

榮昭厲聲道：「不許走！」

楚含嫣「哇」的一聲被嚇哭了。她自從病好以後，無論親人還是下人，或者老農和孩子，對她都是和顏悅色，從來沒有誰這麼嚴厲過；而且，這個人還是在罵娘親，還不時對她怒目而視。

楚含嫣哭喊道：「娘親，姊兒怕怕，姊兒怕怕。」

陳阿福安慰地拍了拍護衛懷裡的小姑娘，對榮昭沈臉道：「榮昭公主，妳把我女兒嚇哭了。這裡是佛門淨地，每一個來拜佛的人，都一心向善，充滿了慈悲，這樣佛祖和菩薩才會保佑他。妳這樣大呼大喝，對佛祖、菩薩沒有敬畏之心，對晚輩沒有關愛之情，就是上再多的香，磕再多的頭也是枉然。」

這話正好戳了榮昭的心病，讓她氣得想打人，無奈陳阿福被護衛擋著，她無法上前，只好對下人和護衛說：「去，給本宮撕那小賤人的嘴！」又指著大哭的楚含嫣說道：「不許再讓那死丫頭號哭，吵得我頭痛。」

榮昭的很多護衛都在寺外等候，還有幾個跟著楚侯爺，她身邊只有十個護衛，戰鬥力根本比不上陳阿福這邊。

陳阿福這邊只上了十個護衛打架，其他人護著三個主子退後。

進寺廟都不能帶武器，所以打群架是用拳頭和腿腳。

除了陳阿福，沒有人注意到，一隻小燕子從人群裡飛了起來，速度快得像一道黑色閃電。

寺裡的幾個和尚跑來勸架，楚侯爺也趕來了，他一手拉著榮昭，喝斥著那些護衛。「住手！」

那些護衛都住了手。

榮昭指著陳阿福氣道：「楚郎，她罵本宮。」

楚侯爺皺眉道：「不管什麼事，回去再說。」

這時，一個令人吃驚的場面發生了，只見天空中的鳥兒從四面八方聚集在榮昭頭頂的上空，鳥群聚集的範圍並不大，像一個直徑三尺、厚厚的大鍋蓋。

榮昭的下人似乎早就有了準備，趕緊撐開兩把傘，一把撐在榮昭的頭上，一把撐在楚侯爺的頭上。

榮昭嚇壞了，哪裡再有心思找陳阿福和楚含嫣的碴，尖叫著往大殿跑去，給她打傘的下人也跟著跑。

而天上的那個「鳥鍋蓋」跟著榮昭移動，突然一陣唏哩嘩啦，鳥糞像大雨點一樣密密麻麻砸下來，榮昭頭頂那把傘瞬間覆蓋著厚厚的一層鳥糞。

楚侯爺沒有跟著跑，他如同所有驚呆的人一樣，看著這不可思議的一幕。

等到榮昭跑進了大殿，楚侯爺的眼神才收了回來。他也得知陳阿福懷了雙胞胎，心裡高興，面上卻不顯，他輕聲說道：「大兒媳婦辛苦了，好好照顧自己，為楚家多多開枝散葉。」

陳阿福屈了屈膝，笑道：「謝公爹關心。」

楚侯爺點點頭，又看了大寶幾眼，嘴角有一絲微不可察的笑意，又轉頭看向楚含嫣。

小姑娘和其他人一樣，都抬頭望著那個在大殿上空打著轉的大鍋蓋，已經忘記了害怕，小嘴都張圓了，一副不可思議的樣子。

楚侯爺勾了勾嘴角，領著人向榮昭待的大殿走去。

陳阿福格格嬌笑幾聲，讓一個護衛留在這裡「看熱鬧」，對其他人說道：「咱們走吧！」

陳阿福一路走、一路笑，護衛、下人們憋笑憋得內傷也不敢笑出聲，榮昭到底是公主，是大爺名義上的母親。

大寶和楚含嫣也很高興，這個壞女人太壞了，不只罵娘親，還要打娘親，活該被拉了鳥糞。

「哥哥，你說那些糞能拉在壞公主的身上嗎？」沒有人告訴她榮昭是誰，小姑娘只認為那個公主是壞人，跟自己沒有一點關係。

大寶精得多，他已經從陳阿福和這些人的嘴裡知道，那個女人跟娘親是什麼關係，他懂行地說道：「油紙傘再結實也是紙做的，肯定會被糞打穿，掉在她身上。」

小姑娘皺了皺鼻子，嫌棄道：「壞公主臭臭。」

陳阿福低聲道：「叫她壞女人，千萬別叫壞公主。」

一聽說這種怪事，寺裡所有人都出來看熱鬧。和尚們雙手合十唸佛，有些香客還對著鳥群下跪磕頭，說「鳥大仙來了」。

陳阿福等人一直走到無智和尚的禪房外，看到那個「鳥鍋蓋」依然在大殿上空盤旋著。

進寺廟的護衛不能帶兵器，所以沒帶弓箭，拿那些鳥沒有任何辦法，即使他們帶了弓箭，靈隱寺的和尚也不會允許他們在寺裡殺生。因此榮昭只有在大殿裡面等，什麼時候鳥群散了，什麼時候她才敢出來。

進了禪房，兩個孩子被歸二小和尚領去右側屋吃點心，陳阿福則被歸一請進了左側屋。

陳阿福對盤腿坐在炕上的無智老和尚雙手合十，說道：「大師好。」

無智雙手合十道：「阿彌陀佛，女施主請坐。老衲幾日後便會出門雲遊四海，至少三年回不來，老衲尚有兩件未了之事，還要麻煩女施主幫忙。」

陳阿福趕緊說道：「大師，若再要之前的東西，我真的沒法子幫你。」

老和尚沒接陳阿福的話，自顧自地說道：「老衲用那些東西治好了一位施主的腿，可是，那位施主傷腿的時候傷著了根本，必須用三色球這種藥才能根治，所以，請施主想辦法找一株三色球；另外，再要一點綠燕窩，不多，只一個指甲那麼大足矣。這些綠燕窩是製藥的，若以後有大疫病爆發，得用這種藥治病救人。這兩樣東西，女施主若找到了就都交給歸零。」一見陳阿福一個耳朵進、一個耳朵出毫不在意，又說道：「若女施主答應下來，老衲會告訴妳一件你們楚家即將面臨的滅頂之災。」

楚家的滅頂之災？難道楚家在不遠的將來要遭逢大難？

這幾個字把陳阿福嚇一跳。「什麼滅頂之災？你之前不是說我有大福，我的福還能惠澤身邊的人嗎？」

老和尚說道：「老衲之前說的話都沒錯，若女施主聰明，自然能把福澤傳給家人，解救親人於危難，讓楚家避開禍事；但若女施主愚鈍，就誰都救不了了。」

陳阿福問道：「我怎樣做才是聰明？」

老和尚說道：「女施主辦了那兩件事，老衲才會告訴妳。」

陳阿福想了一下，說道：「綠燕窩我會想辦法弄到，三色球我就不敢保證了，小東西說這個林子深處牠找遍了，只找到那麼一株；況且，這時候已經時至夏末，即使找到了，花也凋零了，只能等明年的春末夏初，時間來得及？」

老和尚說：「這個林子深處沒有，可以去別處的山林深處尋找，總能找到，讓小東西去北邊找，那裡春季來得晚，此時正是花期。」

陳阿福只得點頭答應道：「好，我會說服小東西去辦，現在大師可以告訴我是什麼滅頂之災了吧？」

老和尚雙手合十道：「阿彌陀佛，女施主把這兩樣東西都交到歸零手上的時候，歸零會給妳一個錦囊，裡頭有我的手書。」

陳阿福求道：「大師，我這個人講誠信，只要答應的事情，都會盡全力去辦，所以，還請大師先把那件事告訴我，我們好早日有所防備。」

老和尚攤手道：「全力去辦跟竭盡全力去辦還是差了一點點，一手交錢，一手交貨，這樣最公平。」

陳阿福氣道：「這算什麼，是做買賣嗎？大師是救人於水火的高僧，又不是買賣人。」

老和尚笑道：「老衲也是沒法子了，只要能多救人，做做買賣也無妨。」

陳阿福氣得咬牙切齒，暗罵了一句「老禿驢」。

老和尚扯了一下嘴角，拿起陳阿福送的點心吃了一塊，笑著點點頭，表示非常滿意。

陳阿福知道他要出遠門，這次做的點心大多是餅乾之類，能久放又好攜帶，而且做得多，十幾個食盒都塞滿了。

陳阿福氣道：「既然大師喜歡做買賣，那我給大師做了這麼多點心怎麼算？」

老和尚拍拍手上沾的點心渣，呵呵笑道：「老衲自不會讓女施主吃虧。」他走下地，在櫃子裡拿出一個紫檀小木盒，交給陳阿福說道：「這裡面有兩顆藥丸，是救治那位施主用剩下的，藥裡含有綠燕窩，專治外傷，可內服，用水化開也可外敷。不管什麼外傷，只要用得及時，都能治好。」

九皇子的腿已經斷了十年還能治好，這藥也算神藥了，楚令宣是武將，有了它就是最大的保障。

陳阿福接了過來，即使拿到這種寶貝，她還是不能展顏。

原來，把九皇子的腿治好了，楚家還會面臨災難？若那兩樣東西找不齊，家裡就完了！完都完了，這藥還有什麼用？

老和尚看到陳阿福憂傷的樣子，又說道：「阿彌陀佛，女施主不要有心理負擔，要相信那個小傢伙的能力。佛說，救人一命，勝造七級浮屠，若那兩樣東西都拿到，女施主救的可不只一命。所以，女施主的前路是光明的，不僅今生福澤不斷，還會為來生積福，說不定，妳來生就會當皇后。」

陳阿福氣道：「我才不稀罕當皇后。」

老和尚笑了一下，又說：「那就當第一夫人。」

陳阿福混亂了，還想發問，看見老和尚已經閉著眼睛，轉著佛珠唸起經文。

這是送客了。

陳阿福只得起身，跟無智大師說道：「我就告辭了，祝大師此去一路平安，早日歸來。」

她出側屋的時候，把袖子裡的紫檀木盒放進了空間。

陳大寶和楚含嫣已經被歸二小和尚領出西側屋，在廳屋裡等娘親。

見陳阿福出來了，楚含嫣過去扯著她的裙子說道：「娘親，姊兒餓了。姊兒剛才只吃了兩塊點心，要留著肚子吃齋飯。」

大寶也說道：「娘親，我也要吃靈隱寺的齋飯。」

大寶之前聽姥姥和一些婦人不止一次說過靈隱寺的齋飯好吃，來之前就請求陳阿福，要在靈隱寺裡吃齋。

陳阿福進禪房前，已經讓紅斐幾人去包院子，買齋飯。

陳阿福點頭，牽著孩子出了禪房，看見那個「烏鍋蓋」還在大殿上空盤旋著，兩個孩子又大笑起來。

此時陳阿福已經完全沒有看熱鬧的心情。自己要以什麼樣的嘴臉去向金燕子討要那麼大的綠燕窩，再請牠去北邊找三色球？

想到當初金燕子哭的可憐樣，她無奈至極，但她又必須去涎著臉請求，不然楚家一大家子，包括這兩個孩子，都會死。

他們去了一處小院，素齋已經擺上桌。三個人坐下吃齋，兩個孩子香噴噴地吃著，陳阿福卻毫無胃口。

飯後，看見「鳥鍋蓋」還沒散，陳阿福掐了一下左手心，把金燕子招回來，也想讓榮昭快點滾出靈隱寺。

奇蹟又出現了，天上那個厚厚的「鳥鍋蓋」漸漸鬆開，面積越來越大，直至鳥兒散開各奔東西。

許多隻鳥兒都飛來這個院子的樹上棲息，看到這些「鍋蓋」中的一員，紅斐等人笑開了花，趕緊進屋把桌上還沒吃完的齋飯端出來，慰勞這些功臣。

金燕子也飛回來了，牠先掛在陳阿福的衣襟上準備邀功，被大寶一把抓了過來，驚喜道：「金寶剛才也去拉糞了嗎？也去當『鍋蓋』了嗎？肯定去了，你太棒了！」

楚含嫣也一臉崇拜地看著金燕子說：「金寶好能幹哦，姊兒好崇拜你哦。」

去影雪庵的路上，那個被陳阿福留下的護衛，騎馬走在轎子外面低聲稟報著，榮昭公主嚇壞了，在大殿裡不住地給菩薩磕頭，前額都磕青了。

香客們不知道榮昭是公主，都猜測說定是她得罪了鳥大仙，才讓這些鳥來拉糞懲罰她。許多人都跑去大殿，要把那個惹怒鳥大仙的女人拉出去獻給鳥大仙。護衛、太監和一些武僧都擋在大殿門口，不許他們進去。

香客太多，怕他們硬闖出事，武僧們只得說裡面的那個人是公主，不許以下犯上。有個伶牙俐齒的太監說：「公主是鳳，這麼多鳥兒前來，是百鳥朝鳳。」

聽說那個女人是公主，香客們便不敢硬闖大殿了，都嚷嚷著。「若是百鳥朝鳳，也應該是鳥兒們跳舞啊！怎麼會拉屎呢？」

那太監又說道：「哎呀，人都有內急，鳥兒也不例外呀！牠們剛要起舞，就內急了。」

又有香客說：「聽說皇宮裡有一位公主被鳥兒拉了糞，不知是不是她。」

所有的太監和護衛都搖頭否認。

榮昭再怎樣也是公主，寺裡肯定不敢怠慢。住持親自來了，說這是自然現象，是巧合，跟鳥大仙無關……二月時，皇宮裡也出現過一次，欽天監的人還專門看了天象，說明無任何異常……

香客們自然聽得進住持的說法，才逐漸從大殿門口散去。

陳阿福聽了，又笑了一陣子。

護衛最後又說：「但侯爺並沒有離開寺裡，好像說要在這裡抄經茹素三日，為公主祈福。」

一直緊緊纏著楚侯爺的榮昭，能夠給楚侯爺放三日假，一定是嚇壞了吧？

另一廂，了塵已經收到口信，知道陳阿福要來影雪庵。她從早上就開始盼，一直盼到未時初，才看到棠園的幾輛馬車和一頂軟轎，在護衛的保護下來到庵門前。

陳阿福下了轎，剛要給了塵行禮，就被她扶住了。她上下打量了陳阿福一眼，滿意地笑道：「嗯，又長好了些，不錯。」

陳阿福嘟嘴道：「長得太胖了，好醜。」

了塵笑道：「毋壯兒肥，為了孩子長得好，千萬別嫌自己醜，自己胖。」

兩個孩子都睡著了，被人抱著直接去後院禪房歇息。陳阿福和了塵相攙著慢慢往寺後走著。

陳阿福悄聲道：「婆婆聽說靈隱寺群鳥拉糞的事了嗎？」

了塵笑起來，說道：「我聽香客說過幾句，說不知哪個女人得罪了鳥大仙，鳥大仙便聚集群鳥往她身上拉糞，嚇得那個女人躲進大殿不敢出來。」

陳阿福笑問道：「婆婆知道那個女人是誰嗎？」不等了塵回答，又笑著說：「是榮昭公主。我們都看到了，一群鳥兒聚集成一個厚厚的大鍋蓋，專往她身上拉糞，她的下人用傘擋著，傘頂被拉了厚厚的一層。」說完，就用帕子捂著嘴大樂起來。

了塵聽說被群鳥拉糞的人竟然是榮昭，先是愣了一下，溫婉的面上看不出悲喜，雙手合十道：「阿彌陀佛，人在做，天在看……」又說：「妳辛苦了這麼久，去禪房歇息一會兒。」

陳阿福也著實覺得有些困倦了，便去禪房歇息。之前的憂慮和辛苦夾雜在一起，讓她疲憊至極，一躺下便沈入夢鄉。

她是被一陣歡快的笑鬧聲和唧唧的鳥鳴聲驚醒的。

院子裡，兩個孩子正講著鳥鍋蓋拉糞的事。大寶主講，楚含嫣作補充，逗得楚令宣大笑不已。他在路上聽了一些香客的議論，只是趕得急，沒有找線人問話。

看到陳阿福從禪房裡走出來，肚子又長大了一圈，楚令宣臉上的笑意更盛了。

「阿福。」楚令宣喊了一聲，向她走去。

了塵拉住大寶和嫣兒，對楚令宣和陳阿福說道：「現在已經沒有多少香客了，宣兒領著福兒去外面轉轉吧！山裡涼快，景致也美。」又道：「宣兒扶著福兒，別讓她磕著、碰著。」

兩個孩子也鬧著要去，了塵拉著他們笑道：「你們難得來一次，要陪奶奶。」

楚令宣牽著陳阿福出了禪院，紅斐和幾個護衛遠遠跟在他們後面。走過玉蘭園和梅園，來到庵堂的後門，出了後門，遠處山腰有一條瀑布直流而下，匯聚成兩丈多寬的溪流，流向這裡，又半圍著影雪庵向山下流去。

這裡涼風習習，空氣清新，蟬鳴陣陣，滿眼的蒼翠，還有遠處大片的紅雲……美麗的風景令人陶醉。

陳阿福深深呼出幾口氣，心情似輕鬆了些。她本來想將無智說的那件事告訴他，但此時的氣氛，讓她捨不得說那些殺風景的話。

兩人沿著溪流走，來到庵堂前面的那幾棵銀杏樹旁，又回頭折返原路。

他們不知道的是，兩個孩子追著一隻小燕子從庵堂大門跑了出來，嘴裡喊著。「金寶，慢些，等等我們……」

兩個孩子的後面又跟著五個護衛、三個婆子和兩個丫鬟。

金燕子低空飛行著，飛飛停停，來到距影雪庵百公尺之外的一座涼亭。牠在涼亭周圍盤旋了一圈，沒有繼續往前飛，而是落在涼亭裡的圍欄上。

因為牠看到楚侯爺正背手站在這裡，向影雪庵眺望著。

楚侯爺看到兩個孩子和一群大人往這邊跑來，正是上午碰到的十一爺和嫣兒。他想著該不該趕緊往回走，以免跟他們正面碰上，但猶豫之際，那兩個孩子已經跑到涼亭外面。

他的眼神又轉到兩個孩子身上。先看十一爺，龍眉鳳目，跟九爺很像，兒媳婦把他照顧得很好；再看小女孩，穿著銀紅色襦裙，白淨，漂亮，快樂，生機勃勃，銀鈴一樣的笑聲離老遠就聽到了。

「嫣兒……」楚侯爺喃喃地叫出了聲。

他上午看了她一眼，卻沒時間多看，現在仔細一瞧，真是他見過最漂亮的女娃。

大寶和嫣兒也看到楚侯爺了，並且認出了他，本能地覺得他跟那個壞女人在一起，就不會是好人。

楚含嫣看看自己身後的護衛，膽子大了些，糯糯說道：「金寶快過來，這個人跟那個壞女人是一夥的，小心他打你。」

金寶一下子飛去掛在楚含嫣的衣襟上。

大寶看了楚侯爺兩眼，妹妹沒聽清娘親叫他什麼，他可聽得清清楚楚，小聲說道：「妹妹，娘親叫他公爹呢！是咱們的……」他囁嚅著沒有說下去。

小姑娘納悶道：「娘親叫娘的人，是咱們的姥姥，娘親叫爹的人，是咱們的姥爺，娘親叫婆婆的人，是咱們的奶奶，娘親叫公爹的人，是咱們的什麼呀？」

別怪小姑娘沒見識，她只跟棠園的某些人和祿園的人接觸過，當著她的面，只有魏氏偶爾會管羅管事叫公爹，她還沒留意過；而且，陳阿福這些老師們，也不會腦抽地去跟她講有關公爹的事，所以，她真的不知道公爹是什麼人。

大寶只得說道：「妹妹，娘親叫公爹的人，就是爹爹的爹爹，奶奶的相公，咱們的爺爺。」

小姑娘的大眼睛在楚侯爺身上轉了兩圈，搖頭說道：「不可能，奶奶的相公為什麼從來不跟奶奶在一起呢？咱們的爺爺為什麼從來沒來看過咱們呢？他還跟那個要打姊兒和娘親的壞女人在一起，所以，他不會是爹爹的爹爹，奶奶的相公，咱們的爺爺，哥哥一定是聽錯了。」

她說得很慢，大眼睛裡露出的純真，是真的不相信這是事實。

小姑娘的篤定讓陳大寶也對自己產生了一絲懷疑，皺著眉頭說道：「真的是哥哥聽錯了嗎？」

兩個小孩旁若無人地談論著，那些護衛和下人都有些心酸。

楚侯爺難過了，彎下腰說道：「嫣兒，我是你們的爺爺，你們的娘親叫我公爹，大寶沒聽錯。」又說道：「嫣兒長好了，可愛，聰慧，伶俐，妳娘把妳教得非常好。」

他想去摸她的小包包頭，楚含嫣下意識地往後退一步，躲開了，瞪著大眼睛糯糯說道：「你是我們的爺爺，為什麼不回家看我們呢？」

陳大寶也說道：「對啊！太爺爺都跟我們一起住在棠園，你為什麼沒有跟我們住在一起呢？」

楚侯爺嘆道：「爺爺公務忙，一直住在京城。」

「公務再忙，來看我們的時間總有啊……」大寶認起了死理。突然，他的大眼睛瞪了起來，恍然大悟地說道：「爺爺跟奶奶是兩口子，要住在一起的；可奶奶是出家人，是不會有爺爺的。」

「對哦，可見他說的是假話。」小姑娘也明白了，敵視地看了楚侯爺一眼，把大寶的手拉得更緊了。「哥哥，娘親不讓咱們跟陌生人說話。」

大寶點頭說道：「嗯，娘親說哥哥長得好看，妹妹長得漂亮，人口販子最喜歡咱們這樣的孩子，能賣大價錢。」

與此同時，楚令宣和陳阿福轉到了影雪庵的大門前，看到涼亭裡的一幕。

即使楚令宣看不清那個男人的長相和衣裳，也看出了那個男人像誰。「爹？」他又自言自語道：「他怎麼會在這裡，沒有跟那個女人回京城？」

陳阿福說道：「還沒有告訴你，公爹要留在靈隱寺抄經茹素三天，給那個女人祈福。」

走在後面的楚懷也過來抱拳說道：「稟大人，兩刻鐘前小人得到線報，說侯爺和榮昭公主昨天晚上坐船到定州府碼頭，在城外驛站住了一宿，今天上午巳時初來到靈隱寺，先去拜見了無智大師，據說出來時榮昭公主哭過……」

竟是把榮昭和楚侯爺的蹤跡說得清清楚楚。陳阿福暗道，怪不得說這一片是在楚家勢力範圍內，也怪不得他們敢把十一皇子放在這一帶。

「那個女人真敢想，這麼老了還想要兒子……」楚令宣一邊說，邊拉著陳阿福向那個涼亭走去。

楚侯爺看到楚令宣和陳阿福來了，指著他們笑道：「問問你們的爹爹和娘親，我是不是你們的爺爺。」

兩個孩子看到他們，都跑去抱住陳阿福，問道：「娘親，他說他是爹爹的爹爹，我們的爺爺，是真的嗎？」

陳阿福看了楚令宣一眼，見他對她點點頭，才說道：「嗯，他是你們的爺爺。」

「可是……」兩個孩子有些不明白，還要繼續往下問。

楚令宣搖頭說道：「有事回棠園再問。」

楚令宣又問楚侯爺道：「都到了這裡，去見見我娘嗎？」

楚侯爺看了影雪庵一眼，孤獨地聳立於山林之中，古木參天，紅牆黛瓦，更顯幽深絕世……能在外面看看，他已經很滿足了。

「唉，現在還不是時候，我就不去惹她傷心了。你們好好陪你娘，她天天待在這裡，孤單。」楚侯爺說完，就一臉落寞地出了涼亭，向山腳的靈隱寺走去。

他剛走了幾步，楚含嫣就叫了一聲。「爺爺。」

聽到楚含嫣這個稱謂，楚侯爺欣喜地回過頭。

楚含嫣看他回頭了，扭著小胖指頭小聲地問道：「姊兒想知道，那把傘有沒有壞……」

陳大寶見她沒說明白，又大聲補充道：「我妹妹的意思是，給公主擋鳥糞的傘有沒有壞掉，公主被糞砸到了嗎？」

楚侯爺沒想到兩個孩子能問這麼高難度的問題，又看到他們的眼裡充滿了期待，抽了抽嘴角，還是說道：「嗯，好像破了一個小洞。」然後，趕緊轉過身走了。

楚含嫣嘟著嘴說道：「他還沒說壞女人被糞砸到沒有。」

大寶笑道：「傘都破了洞，糞肯定掉下去了，壞女人也肯定被糞砸到了。」

楚含嫣聽了才笑起來，她看著越來越小的楚侯爺背影，又問道：「他是我們的爺爺，為什麼不跟我們回家呢？」

楚令宣看了周圍的下人一眼，小聲說道：「因為他在京城另有一個家，不跟我們住在一起。」

一路上，楚令宣囑咐著兩個孩子。「不要跟奶奶說在這裡碰到了爺爺。」

兩個孩子又異口同聲地問：「為什麼呢？」

楚令宣頓了頓，輕聲說道：「因為他被另一個女人搶走了，傷了奶奶的心，奶奶一聽到他就會難過。」

「哦，我知道了，是那個壞女人把爺爺搶走的！那個壞女人太壞了，打娘親，打妹妹，還把爺爺搶走了。」陳大寶恍然大悟，又對楚令宣說道：「爹爹那麼大的官，又那麼厲害，怎麼連自己的爹爹都護不住？」他又看了看漂亮的娘親、可愛妹妹，眼裡流露出擔憂。

楚含嫣趕緊說道：「爹爹，你去把爺爺搶回來吧！那個壞女人那麼壞，說不定會打爺爺的；奶奶也好可憐，她被人搶了相公，還一個人住在山裡。」說完，小嘴翹得老高，極不開心的樣子。

童言無忌，讓楚令宣極其汗顏又無可奈何，在這裡也不宜多說，只得低聲叮嚀說：「爹正在想辦法……好孩子，爺爺和壞女人的事，不僅不能跟奶奶說，也不要拿出去說，會招禍。」

陳阿福牽著陳大寶，看到他擔心的樣子又是感動、又是好笑，悄聲跟他說：「大寶放心，你爹爹很厲害，不會讓娘親和妹妹被人搶走的。」

「可是……」大寶不太相信，但看到娘親不想往下說，便忍住要問的話。

第四十二章

回到禪房，齋飯已經擺在炕桌上。

了塵溫婉地招呼他們上桌吃齋，兩個孩子很想安慰可憐的奶奶，但想到爹爹的囑咐，還是將安慰強壓下去。只不過，陳大寶裝得若無其事，楚含嫣的表情卻極不自然，不時地用憐憫的目光看著了塵。

了塵笑道：「嫣兒是有什麼事要跟奶奶說嗎？」

楚含嫣納悶道：「咦，奶奶怎麼知道呢？」覺得自己說漏了嘴，瞄了她爹一眼，趕緊又道：「沒有，姊兒沒有要跟奶奶說的話。」

幾人吃了齋飯，又說笑一陣子，陳阿福便和兩個孩子一起，帶著金燕子早早回自己的禪房歇息了。

楚令宣見屋裡沒有外人了，才欣喜地告訴了塵，九皇子的腿已經徹底好了，皇上非常高興，單婕妤都激動哭了。

「單婕妤真不容易。」了塵想到大寶的模樣，又遲疑地說：「娘一直有一個疑問，你覺得能說就說，不能說就不說。」

楚令宣笑道：「什麼事，娘問。」

了塵道：「大寶的身分肯定不簡單，是他讓人把大寶送到那個林子裡，本意是讓娘養在棠園的吧？」

楚令宣想了想，覺得有些事應該讓她知道，否則她對他爹的誤會會越來越深，便點點頭。「我也是後來才知道的……娘怎麼猜到的？」

了塵悠悠說道：「怪不得，我就說沒有這麼巧的事……」

六年前，了塵坐車去棠園，馬車走到離棠園大概二、三里的一個林子前，車突然壞了。車伕要下車修車，了塵和服侍她的小尼姑只得下車等著。

突然，她們隱隱聽到林子裡傳來一陣陣嬰孩的啼哭聲，趕緊尋著聲音找去。進了林子不遠，果真看到五、六步遠的地方，有一個紅色襁褓被扔在樹下，哭聲就是從那裡傳出來的。

此時雖是春天，但孩子放在地上容易生病啊！

了塵一陣心疼，急步向那裡走去，由於走得急，被一塊小石頭扭傷了腳。她疼痛難忍，蹲下揉腳之際，就看到兩個婦人急步跑過去，其中一個婦人抱起了嬰孩。

那個婦人往四周望了望，問道：「這是誰的孩子？這是誰的孩子？」

了塵兩人被一棵老榕樹的樹幹擋著，婦人沒看到她們。

另一個婦人說道：「陳二嫂，妳不是一直想給阿福抱個兒子養老嗎？」

那個婦人笑道：「哦，也是，這真是老天有眼！」

兩個婦人趕緊抱著孩子走了。

了塵雖然有些遺憾孩子被抱走了，但見他被人收養，也就放下心。

了塵繼續說道：「……我一直覺得大寶面熟，卻想不起在哪裡見過，還是今天，我才想起來他有些像九皇子。再想想他的姥姥王氏，正是當初在林子裡撿到孩子的婦人；若我當時腳沒扭傷，肯定會把孩子抱去棠園，養在那裡……怎麼會有這麼巧的事！」

楚令宣說道：「是，當初皇上怕九皇子的腿永遠治不好，就又讓單婕妤懷了孕，單婕妤不負聖恩，果真又生下一個皇子。皇上怕他再有閃失，就讓我爹抱到民間撫養。爹肯定會把他放在最放心的地方，又覺得娘太孤寂，便想讓娘撿著他，放在棠園養，既安全，他又可以時常陪伴在娘的身邊，給娘解悶。等到我從邊關回來，再讓我認在膝下，讓孩子得到好的教育。哪裡想到會出意外……真是冥冥之中自有天意，兜兜轉轉，他還是當了我的養子。」

了塵的眼圈紅了，說道：「男人幹大事，最苦的莫過於女人。單婕妤先是看著兒子被病痛折磨，後又要忍受母子分離之苦；而貧尼……」

楚令宣知道，娘怕他難過，當著他的面從來不自稱貧尼，可現在卻用了這個稱呼，他心裡發慌，趕緊說道：「娘，等九皇子順利繼承皇位，興許還不用等到他繼位，只要把二皇子一黨和馬家勢力拉下，就能將娘接回家。」

了塵含淚道：「貧尼已經出家十一年，早已習慣了青燈古佛，晨鐘暮鼓。前兩年，只不過擔心你和嫣兒，才一直放不下俗世中的事務，沒有做到一心向佛；現在，又惦記福兒肚子裡的孩子，希望她能生個男孩，你有了後，貧尼才能真正放心。等了卻這個心願，貧尼也了卻塵世中的煩惱了……」說完，眼淚奪眶而出。

楚令宣難過地說道：「娘，我們一直在努力，想早一天把娘接回去。」

了塵搖搖頭，又問：「那個跟你們說話的男人，真是他嗎？」

楚令宣愣了一下，點點頭。「是爹，他要在靈隱寺住三天。他……他說現在還不是時候，又怕娘傷心，所以暫時不能來看娘，等以後……」

了塵捂著嘴哭出了聲，哭了一陣子，擦乾眼淚，雙手合十道：「阿彌陀佛。」

楚令宣知道娘這是在趕人了，只得起身走出小禪房，身後傳來了木魚聲。

他坐在涼亭裡看著滿天星辰，心想，他爹的夢和他的願望能實現嗎？

此刻，他爹住在山腳的靈隱寺，他娘住在山腰的影雪庵，相距只有兩里路，卻如隔了一條星河……

那木魚聲一直響到後半夜，楚令宣回自己禪房歇息的時候，還在繼續響著，直至他沈入夢中。

此時，陳阿福正滿心無奈地在空間裡看著金燕子哭。她跟金燕子說要再拿點手指甲蓋那麼大的綠燕窩救楚家人命，還要請牠去北方找三色球，金燕子立馬就張開小尖嘴哭了。

陳阿福的眼圈也紅了，說道：「寶貝，對不起啊！媽咪實在沒法子了。寶貝，怎麼辦呢？媽咪除了求你，還能求誰呢……媽咪也氣那老和尚，貪心要東西，還不說實話……」

她這次真的對老和尚充滿了怨念，話說得那麼嚴重，又那麼籠統，不露一點底，讓她無從猜起。老和尚這麼做，明擺著就是威脅著他們就範，這做派，哪裡像高僧！

金燕子邊哭邊說道：「那老禿驢太壞了、太貪了，他要了人家那麼多寶貝，還嫌不夠，還在不停地要、要、要！還用媽咪和家人的性命威脅人家……太貪了，嗚嗚嗚……人家頭痛，翅膀痛，嘴巴痛，舌頭痛，爪爪痛，哪兒都痛……」

陳阿福更自責了。來到這世界這麼久，許多難題都是這個小可愛幫忙解決的，又給她帶來無窮的快樂；可是自己，卻不停地給牠找麻煩。而今她說不出任何寬慰的話，因為不管說什麼都是徒然，只好陪著牠落淚。

小傢伙沒答應，也沒有拒絕，只嗚嗚咽咽地哭了好久，哭得小眼睛腫得老高，漸漸地閉著眼睛睡著了。愛好炫富的牠沒有鑽進黃金屋睡，而是直接躺在地上睡，可見是氣得什麼都不顧了。

陳阿福嘆了一口氣，擦乾眼淚，只得先出空間歇息。

第二天，了塵禪房裡的木魚聲還在響著，她也沒出來。服侍她的小尼姑說：「住持讓各位施主吃了齋後，下山去吧！」

陳阿福看到楚令宣沈著臉，猜測他們母子兩個昨晚或許有不愉快，也不好多說，哄著兩個孩子吃早飯。

大寶問：「金燕子呢？怎麼一早起來就沒看到牠。」

陳阿福道：「牠或許去林子裡玩了。」
飯後，一家四口下了山，午時初回到棠園。
陳阿福和楚令宣回燕香閣洗漱完，見楚令宣要去前院找老侯爺，她叫住了他，又讓下人退了下去，才把自己見無智大師的事情說了。只不過把綠燕窩的事瞞下，只說了一個條件，就是讓金燕子去找三色球。
楚令宣祖孫都知道，上次那株三色球是金燕子找到的，他們也知道金燕子異於常鳥，所以告訴他們這事無妨。
楚令宣知道這三色球是用來給九皇子做藥引。當初，九皇子的腿骨被砸碎了，還砸傷了根本，雖然經過太醫的診治，也不是完全不能人道，但總是力不從心，一年寵幸女人頂多十次。雖然九皇子有一個正妃、兩個側妃，到現在也沒生出一男半女。
但「楚家面臨滅頂之災」這事可就大了，楚令宣的心情也跌落谷底。他看見陳阿福的眼裡滿是擔憂，不想讓她太擔心，安慰道：「莫緊張，金燕子那麼厲害，定能找到三色球。」
話是這麼說，他心裡也在打鼓，一家人的命運能賭在一隻鳥身上嗎？
「我去跟爺爺商量商量，實在不行，再悄悄把我爹請回來，我們不會讓楚家有事，不會讓咱們的孩子出事。」楚令宣又摸了摸陳阿福的肚子，堅定地說道：「我還要告訴妳一件大喜事，九皇子的腿徹底治好了。無智大師說，本來無法得到的神藥竟然意外現世，這是九皇子的天命，也是他的福氣。這麼多年了，我們都以為要等到十一皇子長大成人……可見天無絕人之路，放心，會有法子的……」

晚上，陳阿福進了空間，看到金燕子躺在地上，小眼睛還是腫的。

陳阿福不好意思再說求牠的話，只把牠捧在手心裡，輕輕順著牠的毛。

一人一鳥沈默了許久，金燕子用一邊翅膀擦擦眼淚，掛在陳阿福的大肚子上說道：「人家就去北方跑一趟，看看能不能找到三色球。現在就去，再晚了，又該進空間過冬了。」說完，在空間盤旋一圈，就消失不見了。

陳阿福沒想到自己還沒開口，小東西就主動去找三色球了，她很感動，卻又高興不起來。天大地大，不知道小東西要去哪裡找，會不會有危險？

她又是擔心、又是心疼，愣了好一會兒，才出空間。

夜晚，睡在床上，她一直不能入睡，記掛著金燕子，擔心著楚家的未來……

楚令宣是在後半夜回來的。

陳阿福半起身問道：「回來了？」

楚令宣一愣，躺上床說道：「這麼晚了還沒睡？」又伸手把她摟進懷裡安慰道：「莫擔心，我們不會讓你們有事。爹明天晚上會來棠園，咱們再好好商量商量……睡吧！晚了。」

聞著他身上熟悉的味道，陳阿福也困倦起來，睡著前說了一句。「金寶飛走了，牠去找三色球了，我好擔心，不知道牠會不會有危險……」

楚令宣聽了驚喜不已。那金燕子真是神鳥，會哄孩子，會笑，會對榮昭拉糞，現在居然還去找三色球……若是牠真能把三色球找回來，自家就能做好防範措施了。

「放心，金燕子又聰明、又厲害，不會有危險。」

陳阿福一大早醒來時，楚令宣已經不在了。

紅斐說道：「大爺今天要去上衙，寅時就走了。大爺還說，他晚上會回來吃飯，說多準備些下酒菜……」

下晌，陳阿福午歇起來後，親自帶著人去福園廚房忙碌。因楚侯爺要來棠園吃晚飯，陳阿福想弄一頓像樣的飯菜招待他。

想到金燕子曾說過的那句話，還有前天楚侯爺看影雪庵時的不捨，以及下山時眼裡流露出的寂寞，陳阿福非常同情他。

花嬤嬤等人負責一大半的菜餚，陳阿福則負責處理幾樣自己的拿手菜。

傍晚，先讓幾個孩子吃完飯，就把他們打發回各自的院子，陳阿福則繼續忙碌著。

這次的飯菜擺在老侯爺的房裡。老爺子正一臉嚴肅地坐在側屋等兒子，那個消息令他惶恐，卻又不知該如何做。如今家裡的大事，大多由大兒子和三兒子決定，他雖然是長輩，卻已經習慣在大事上聽命於他們。

等到天黑，楚令宣從定州府騎馬回來後，先回燕香閣沐浴，換了衣裳後去前院等著。

又過了小半個時辰，來了一輛馬車，直接駛進棠園的前院。

楚侯爺從車裡下來，楚令宣過去給他躬身見禮，領著他去老爺子的院子。

楚侯爺四處望了望，這裡非常陌生，他只在年輕的時候來過一次。因為這裡是她的莊子，如今成了老父、兒子、兒媳和孫女，還有十一皇子最安全的家，甚至是他最信得過的大本營。

陳阿福已經等在小院門口，見楚侯爺進來了，給他福了福，輕聲喊道：「公爹。」

楚侯爺點點頭，說道：「兒媳辛苦了。」

他進了屋，給坐在上座的老侯爺躬身行禮。

老侯爺起身說道：「走，先吃飯吧！宣兒媳婦從下晌一直忙到現在。」

進了側屋，三個男人坐下。

老侯爺又說道：「沒有外人，宣兒媳婦也坐吧！」

陳阿福先給他們滿上酒，才入座。

這頓飯吃得三個男人極滿意，特別是楚侯爺頻頻點頭，說道：「我常聽三弟說，宣兒媳婦有一手好廚藝，很好。」

飯後，三人去了小書房，待上了茶，遣退下人，楚侯爺說道：「我昨天聽了宣兒的話後，去找大師，才知道他昨天早上就已經悄然遠行；不只我沒找到他，二皇子昨天晚上趕去，也未找到他。」

老爺子問：「二皇子急著找無智大師做甚？」

楚侯爺搖頭。「不知，在京城的時候，我就聽說二皇子和三皇子到處在找他。」又對陳阿福說：「兒媳婦把妳同大師講的話再說一遍，仔細想想，最好不要有遺漏。」

陳阿福仔細回憶著，除了綠燕窩等實在不能講的事，把他們的對話全都說了，甚至連大師斷言她的「福澤」也說了。陳阿福的記性非常好，她前世考試分數都是靠背功的科目。

陳阿福的話令三個男人吃驚不已，包括楚令宣。原來自己媳婦竟是有大福的人！無智大師竟然把這麼多的絕秘跟她全盤托出，還把他的大概歸期告訴了她！

楚侯爺比他們更心驚，因為他還是第一次聽說之前的三色球是金燕子找到的，沒想到，牠還有那麼多的特殊之處。看來，榮昭被鳥群攻擊，絕對不是巧合，定與金燕子脫不了干係……

再看看陳阿福，不僅長得貌美，確是一副福相。

他滿意地點點頭。若是冥冥之中楚家有大難，最終卻靠這個柔弱的媳婦和她的金燕子力挽狂瀾，那楚家真是命不該絕……

知道金燕子已經去北邊找三色球了，老爺子和楚侯爺也高興不已。

老侯爺笑道：「之前一直覺得那小鳥不一般，跟嫣兒和大寶都玩得好，原來還是咱們楚家的福星。以後，咱們要更加禮遇牠，待牠為上賓。」

陳阿福又笑著說了自己當初忽悠陳名幾人的話，說她曾經救過金燕子，後來金燕子回來報恩，就住在她家……

誇了一番金燕子後，三人又讓陳阿福再次複述一遍她與老和尚的談話，都聽出老和尚話裡的一些機鋒。

楚侯爺反覆念叨著最關鍵的幾個詞。「即將面臨，滅頂之災，去北方找時間還來得及，錦囊，手書，神藥，福澤帶給家人，解救親人於危難……」

三人分析著，只要找到三色球，大師就會給提示，許多事就好辦多了。

問題是，不能把所有的寶都押在金燕子身上，自家更要做好充分的準備。

他們先分析時間，既然要給金燕子去北邊找三色球的時間，那麼災難就不會在最近一個月內的時間發生；又等不到明年附近林子裡的三色球開花，那麼應該是在明年初春之前，籠統的時間應為今年八月到明年三月之間。

給了治外傷的神藥，應該是治病之用，或許會有人受傷。

福澤帶給家人，又解救親人於危難，這兩句也突出了一個「人」字。

那麼，最大可能是「人」帶給楚家滅頂之災，是人禍。

最有可能讓楚家「滅頂」的人就是十一皇子，若他出了大事，惹皇上震怒，楚家肯定得不了好；還有一個可能，就是楚家的「頂梁柱」出大事，楚家被政敵滅了。

老爺子頗有自知之明地說道：「如今能夠撐起楚家的人只有兩個，一個是老大，一個是老三，你們任何一個沒了，楚家都會完蛋。」

楚令宣也贊同這個說法，擔心道：「爹和三叔以後要更加小心。」

楚侯爺若有所思地說道：「如今，三弟比我更重要，若他出了意外，九皇子又沒有掌權，那我們很容易被政敵打垮……」

他們猜測，十一皇子出事的可能性最大。那麼，在得到大師的「手書」之前，必須把十一皇子放在絕對安全的地方。

陳阿福忍不住問道：「九皇子的病已經好了，大寶何時才能不用小心翼翼地躲藏呢？」

「聖上的意思是，等九皇子被封太子，那兩個女人徹底失勢，再把十一皇子接進宮。」楚侯爺又嘆了口氣。「聖上仁慈，是被先太子遇害的事情嚇怕了，覺得十一皇子得來不易，希望他能好好活著……」

楚侯爺不好說的是，當今皇上優柔寡斷，知道是那兩個女人害了先太子，也知道是二皇子害了九皇子，卻總是下不了狠手，以至於王家和孫家在朝中經營這麼多年，逐漸坐大。現在要收拾那兩家，不像當初那麼容易了，除非皇上下狠心治他們重罪，但皇上又不願意把跟他們一體的兩位皇子和兩個女人一起重辦。總這樣猶猶豫豫，想扶持九皇子上位更難……

先帝之所以知道袁家不可能賣國，還是把他們滅了，就是看出當今聖上的性子軟，怕他丟了李氏江山，想先幫他把障礙掃清；但是，先帝卻掃錯了，除了忠良，留下奸臣……

三人嘴上沒說，但心裡都明白，一日不把那尊小神安全送出去，楚家的頭上就一日懸著一把劍。

棠園，肯定是最隱密的地方；但是，若他的身分暴露，卻不便於保護。

商量後決定，陳大寶暫時去定州府的參將府生活。楚令宣能天天回家，他的軍隊也在那裡，更利於保護大寶。

說做就做，明日準備，後日啟程。

最後陳阿福還把那兩顆「神藥」給他們看了一眼，三個男人傳著看了一遍，還是讓陳阿福保管好。

會議結束已經夜深，楚令宣留楚侯爺住一宿，明日再走。

楚侯爺搖頭，因榮昭再次被群鳥「攻擊」，還是在寺廟裡，肯定會有御史彈劾，說不定連永安侯府都會受連累，所以他得早些趕回去，預計坐馬車趕到定州府城外，在驛站歇息兩個時辰，再坐早班船回京城。

他都要走出門了，老爺子卻說了一句。「以後別讓那個女人再去侯府，不僅討人嫌，連鳥都不待見，我們膈應。」

楚侯爺笑得有些尷尬，停下轉過頭說道：「好。」

把楚侯爺送走後，楚令宣就牽著陳阿福往燕香閣走去。

翌日，陳阿福讓李嬤嬤等人收拾東西，她去了祿園，陳名和王氏都在。

陳阿福的藉口還是楚老侯爺身體不好，住在府城方便看病，廖先生肯定要跟著去，那麼就讓阿祿也去，他也住在參將府。

為了阿祿的學業，陳名和王氏肯定不會阻止他去，王氏趕緊去給他收拾東西。

陳名笑道：「我和妳娘商量好了，以後我們也在府城買個宅子。那裡有我們的生意，妳三叔和舅舅都住在那裡，我們無事就去住住。」

「這樣最好。」陳阿福笑著說，又建議他們買個大些的宅子，最好是三進，若錢不夠，她可以添。

陳名笑道：「不需要閨女添，爹娘現在有錢。」

七月初，陳阿福和老侯爺帶著一家人去府城，除了動物們也一起，還多帶上了王老五。藉口是王老五種地種得好，做事肯用腦子，討了陳阿福的喜，專門讓他負責栽種自家的特殊小黃瓜。這次把他帶去參將府，讓他在府裡開一小塊地出來種那種小黃瓜。

到了參將府，眾人先去了正院，楊管家把已經調教好的小廝領來給陳阿福磕頭。

小路子今年九歲，長得眉清目秀，很機靈的孩子。

陳阿福賞了他一個裝銀錁子的荷包，說道：「以後要用心服侍寶哥兒。」

小路子又給大寶磕頭，大寶也賞了他。

另外，服侍阿祿的小廝三全和兩個小丫鬟蘭草、蘭花——楚令宣讓楊總管和內院管事羅嬤嬤找的人，也來給陳阿福和阿祿磕了頭，兩個主子又賞了他們各一個荷包。

陳阿福讓楊總管把廖先生的住處收拾好，不能怠慢先生。

之後，陳阿福讓下人領著楚含嫣、七七、灰灰去悅陶軒，大寶和追風一家去朝華院，阿祿去外院的桂院。

晚上，楚令宣告訴陳阿福，三日後付總兵的三兒子付雷娶媳婦，他們要去吃喜宴。因付總兵是他們的媒人，也是九皇子和二皇子、三皇子極力爭取的人，遂讓陳阿福提前準備，當日乘機多跟定州府的貴婦打交道。

陳阿福記得前世有些風俗，規定孕婦不能參加別人婚禮，看來在這裡沒有這個禁忌。

「大寶怎麼辦？」

楚令宣道：「大寶無妨。許多人都認為大寶是個拖油瓶，或許咱們不好意思讓他大大方方出來見人，咱們就順水推舟，除了讓大寶跟他們的孩子結交外，不讓大寶見其他人。」

陳阿福沒吱聲。她不喜歡跟內宅婦人打交道，但是為了楚令宣，以後也得處理夫人外交，但一想到他說大寶是拖油瓶的話，她心裡極為不舒坦，不高興地轉過身。若大寶不是皇子，他是不是就會嫌棄自己帶個拖油瓶了？

楚令宣說完後，也知道那話把陳阿福傷著了，趕緊解釋道：「看妳，還生氣了，我沒有別的意思。大寶是皇子，也是我決定娶妳之後才知道的，我不是也帶了個拖油瓶嗎？咱們兩抵。」

這話把陳阿福逗笑了，轉過身說道：「若大寶不是皇子，你和你家還會這麼善待他嗎？是不是就讓他一直躲著？」

「若大寶不是皇子，待遇就不一樣了。」楚令宣見陳阿福又沈下臉，笑道：「看妳急的，妳待嫣兒如親閨女，我亦會待大寶如親兒子。若大寶不是皇子，我會讓他跟著我姓楚，把他記入楚家祠堂，當楚家真正的子孫；還會建議他主學武藝、兵書，以後進軍隊，咱們楚家在軍裡的人脈廣，他的仕途會順暢得多……」

楚令宣能考慮這麼多，也算個君子了。

翌日上午，千金堂的老大夫被接來給她把脈，他說陳阿福的身子骨兒非常好，為了更利於生產，還建議她多活動。

送走老大夫，州府的陳家派紅楓來傳話。她說，夫人謝謝大姑奶奶送的禮物，老爺和夫人、姑娘和少爺都很喜歡；特別是之前大姑奶奶送的泡酒，夫人十分喜歡，覺得喝了不只有精神了，連睡眠都好些。夫人還說，家裡忙亂，就不請姑爺和姑奶奶及哥兒、姊兒去家裡玩了，改天夫人會來參將府看望大姑奶奶，請大姑奶奶莫見怪……

這是明明白白地遞話，不讓陳阿福一家回娘家。

陳阿福不僅不見怪，還笑著道謝。

江氏應該是沒轍了，怕陳雨暉鬧出什麼事來。陳雨暉的力量肯定沒有那麼大，定有那陳老夫人摻和其中。

陳阿福自覺聖母，前世對生命的尊重，讓她對許多後院主母的陰私手段深惡痛絕，可哪怕再厭惡的人，也不該弄死人家或者把人家弄得生不如死；但她覺得江氏更聖母，像陳老夫人和陳雨暉那樣的人真應該弄死，或是弄得她們生不如死。

也許江氏是真的怕失去陳世英的歡心，把他的母親和庶女也當成自己的母親和女兒，她們再作孽，也不敢下狠手。

紅楓離開的時候，陳阿福送了她一對敞口金手鐲。

陳阿福看著送走紅楓回來的青楓，雖沒言語，眼裡卻有探究。青楓的爹娘、兄嫂都在陳府當差，她又跟紅楓關係極好，應該知道到底發生了什麼事。

青楓低聲道：「奴婢一直想跟大奶奶說，又怕大奶奶嫌奴婢多嘴。」

陳阿福說道：「妳是我的人，妳跟我說實話，我怎會怪妳？什麼事，就說吧！」

原來，陳雨暉對江氏找的婆家非常不滿意，一直鬧著不願嫁。陳世英喝斥了她，說這家人也是他同意了的，她必須嫁。

陳雨暉就把這事鬧到陳老夫人那裡，老夫人也是又哭又鬧，說陳雨暉才是陳家真正的長女，本來應該當侯門少奶奶的，卻被陳世英和江氏聯手把這門好姻緣給陳阿福；陳雨暉再不濟，也不能嫁給鄉下土財主。如今陳阿福懷孕了，那就讓陳雨暉退而求其次，去給楚令宣當貴妾。這事由女方的娘家人提出來，楚令宣肯定願意……

這話把陳世英氣壞了，忍住氣，假意問陳雨暉願不願意，陳雨暉竟然點了頭，羞答答地說願意。陳世英當場就給了她一巴掌，讓江氏馬上通知衛家，提前把親事辦了；還讓人把老夫人和陳雨暉看好，不讓她們見面，不讓陳雨暉到處跑，也不能讓她們送信或是讓別人送信給她們。

就在衛家送聘的當天，陳雨暉扮成丫鬟跑到前院，在衛家聘禮的第一抬正準備進門之際，她大聲說自己是陳家二姑娘，不願意嫁給土財主，就撞了牆。

她當然沒撞死，前額只撞出個包，隨即被兩個婆子拉住，弄回內院，但這齣鬧劇讓前來看熱鬧的人和衛家人都看到了；儘管陳家一再強調撞牆的人不是二姑娘陳雨暉，只是一個腦袋不清楚的丫鬟，但陳、衛兩家沒有顏面再做親家，這樁親事只得作罷。

陳雨暉就這樣悲壯地截斷這樁封建包辦婚姻。

陳世英氣得打了陳雨暉兩巴掌，又想把她送去尼姑庵抄佛經。老夫人又哭又鬧地求情，陳世英只得作罷，說再給她最後一次機會，讓江氏想辦法找個遠點的人家把她嫁了；若她再鬧，他也不管了，直接送去庵堂當姑子。

青楓最後笑道：「夫人是怕大奶奶和大爺回了娘家，若是讓大爺聽到點風聲，親家老爺和大奶奶顏面不好看。」

陳阿福覺得哭笑不得，那陳雨暉還真是不要臉又自戀，想給楚令宣當貴妾紅袖添香，還想讓陳世英主動提出來，她也真敢想……

青楓見主子的臉色不好，趕緊跪下說道：「奴婢該死，讓大奶奶生氣了。」

陳阿福說道：「快起來吧！我也不是生氣，就是納悶那些人的臉皮不知是什麼長的，比那城牆還厚。」

下晌，張氏母女和吳氏母女結伴來看陳阿福，如今他們兩家經常走動，關係極好。

陳阿福喜歡這兩家人，便留他們在家吃晚飯，又讓人去衙門告訴楚令宣，他下衙的時候把王成帶來，再讓人去興隆大酒樓把陳實請來。

楚含嫣還記得王小妹，看到她十分高興，說道：「小妹姨姨，快來看看長長和短短，牠們長大了好多。」

王小妹雖然比楚含嫣和陳大寶小一歲，輩分卻高，被叫姨姨，不好意思地紅了臉。

陳阿滿笑著逗楚含嫣道：「她是嫣姊兒的小妹呢！還是嫣姊兒的姨姨呢？」

這個問題把楚含嫣和王小妹逗得格格直笑。

陳阿滿又蹲下看了看長長和短短，用玉指在牠們的鼻子上比劃了一下，笑得兩個大酒窩更明顯，說道：「啊！果真長長的鼻子比短短的鼻子長一些。」

陳阿滿已經長成一個亭亭玉立的大姑娘，雖然臉上還略帶稚氣，但眉目清秀，又是見人三分笑的性子，任誰都喜歡。

這就是性格決定命運。楊明遠能看上她，楊超、楊茜兄妹能喜歡她，不光是楊家看陳阿福和楚家的面子，也因為陳阿滿開朗討喜的性格。反之，像一肚子壞水的陳雨暉，性格不討喜的陳阿菊，真正優秀的男人都不會喜歡她們，哪個男人討了她們家裡也不會安寧。

傍晚時分，陳實先來了，他紅光滿面，又胖了不少，一看就像搞餐飲業的。

陳阿福笑道：「陳大老闆越來越富態、有氣度了。」

陳實哈哈大笑。「讓阿福見笑了，借姪女和楚大人的光，生意還不錯。」

說笑一陣子，楚令宣和王成也一起回來了。

王成比過去長胖了，氣色也好許多，連永遠挺不直的脊背似乎都比過去直了些。因為他是專門給楚令宣等高級將領餵馬，相當於專門給高官維護坐騎，所以身分自然要高一些；又因為他是楚大人的親戚，根本沒人敢欺負他，連一些軍官都對他尊敬有加，跟原來一直被欺壓的處境不可同日而語。

晚上，陳阿福和楚令宣上床休息時，陳阿福就把陳雨暉的事情說了，她一點都不覺得陳雨暉會丟自己的臉，因為她從來就沒把那個壞女孩看成自己的妹妹。

末了，還開了句玩笑，只不過鼻子是皺著的。「楚大人的魅力真是大，人家為了給你紅袖添香，不惜撞牆毀婚。」

楚令宣嫌棄道：「就她？別說給我紅袖添香，就是看守家裡的二門我都不要。」捏了捏她的小鼻頭。「妳別開這種玩笑，否則我晚上喝的酒都要吐出來。」

陳阿福格格直笑。

楚令宣非常高興媳婦能天天睡在自己身邊，兩人躺進被子裡，手又不老實起來。

在這個朝代，新人成親，晌午酒席是在新娘家吃，再去新郎家吃喜宴。客人們都是下晌才去新郎家，新郎也是下晌才把新娘接進夫家。

因為楚令宣和陳阿福夫婦跟付家關係特殊，會早些去捧場。上午看堂會和看嫁妝，晌午吃席，下晌看新娘，晚上吃喜宴，一天安排得滿滿當當。

這是陳阿福第一次參加貴婦們的社交，必須要打扮得美美的。雖然她臉蛋圓潤，肚子又大，卻是最美麗的孕婦。

同時，今天也是給楚小姑娘「正名」的時候。永安侯府世子的嫡長女楚含嫣，聰明伶俐，溫柔嫻靜，惹人憐愛，不是別人嘴裡那個「癡女」。

打扮好的小姑娘照了照鏡子，美得不行，咬了咬嘴唇，問道：「娘親，是不是姊兒咬了嘴唇，嘴唇就像搽了胭脂一樣紅了？」

陳阿福笑道：「嗯，不過要輕些，別把嘴唇咬壞了，還要背著人，咬嘴唇的樣子不好看。」

楚令宣看到這樣一對母女，滿意得不得了。

到了總兵府，楚令宣帶著拿著禮物的長隨走正門去前院，陳阿福帶著楚含嫣進角門，又乘坐轎子去內院，她們直接被領去花廳，付夫人正領著大兒媳付大奶奶招呼著客人。

陳阿福母女走進去，想不引人注目都不行，實在是太亮眼了，許多人都停止交談，看著她們。

付家婆媳笑著迎上來，付夫人笑道：「哎喲，楚少夫人好福氣，一下就懷了雙胞胎。」一位年近三十的夫人過來湊趣兒道：「還是付夫人這個媒人做得好。」又對陳阿福笑道：「楚夫人還不認識我吧！我當家的姓秦，叫秦簡。」

陳阿福聽說過秦簡，任從四品的城門領，跟楚令宣的關係極好，是過命的交情，她趕緊笑道：「原來是秦夫人，我經常聽我家大爺說起秦將軍。」

秦夫人笑容更深了。

然後，幾個女人又好好誇了楚含嫣一番。

陳阿福被付大奶奶扶去給上座的付老夫人見禮，付老夫人笑著請陳阿福坐下，又把楚小姑娘叫去身邊，給了她見面禮。

能坐在付老夫人身邊的人，都是歲數比較大，或是身分比較高的夫人，陳阿福是永安侯世子夫人加從三品將軍夫人，江氏是知府大人的夫人，就坐在這裡。

付老夫人非常和善，一邊讓人去叫七歲的付家大姊兒來陪小客人玩，一邊和顏悅色地跟楚小姑娘說著話。

小姑娘看老夫人和善，娘親又在一旁，便沒有那麼害怕，老夫人問什麼她就答什麼。老夫人也不問刁鑽的問題，都是些諸如幾歲啦、會不會認字、喜歡什麼之類的問題。

在榮昭和楚二夫人的宣揚下，楚小姑娘的名聲可謂「響徹雲霄」，京城和定州府的人都知道她是癡女；哪怕上年小姑娘過生辰時的表現讓看到的人改觀，但許多沒看到的人還是不相信小姑娘的癡病會徹底好了。

現在看到這麼漂亮討喜的小姑娘，哪裡有一點癡傻的樣子？眾人俱是吃驚不已。

吃了晌飯，楚含嫣和付大奶奶的女兒付靈珊便有些困倦了，陳阿福也乏了，又不喜歡看戲，付大奶奶便讓丫鬟帶著她們和秦夫人去她的院子歇息。

楚含嫣和付靈珊去屋裡睡覺，幾個大人就在廊下喝茶聊天。現在是夏末，雖然日頭底下還是炎熱，但在陰涼地方卻很涼快，微風一吹，十分愜意。

幾個都是武將家的家眷，性格開朗，年齡也差不多，非常聊得來，不時傳出格格的笑聲。幾人還相約，以後陳阿福回鄉了，她們也去鄉下玩玩。

正說著，就聽見外面有吵鬧聲，有個丫鬟急急跑進來，跟這個院子裡的丫鬟悄悄議論著什麼，幾個人都很慌張的樣子。

秦夫人問道：「是出了什麼事嗎？」

那位丫鬟說：「聽說有位姑娘落水了。」

陳阿福幾人都嚇了一大跳，若是那位姑娘出了事，那付家可攤上大事了；而且，今天還是付三爺娶親的日子，也太不吉利了。

想到自己的閨女秦蘭也在湖邊划船，秦夫人趕緊讓丫鬟去湖邊看看，把蘭姊兒領回來。

有人問：「救上來了嗎？」

小丫鬟說：「聽說救上來了，已經送到付夫人的院子裡去了，也請了大夫。」

秦夫人問道：「是哪家閨女？這好好的，怎麼會掉進湖裡？」

小丫鬟說：「聽說是陳家的姑娘。也是巧了，那姑娘掉下的地方，正好有幾位青年公子在附近，不知哪位公子下水把她救上來了。」

「是哪個陳家？哪位姑娘？」陳阿福著急地問，想到陳家三姊妹都來了，包括陳雨暉。

那個丫鬟說：「到底是哪個陳家，奴婢就不知道了。」

陳阿福不放心，讓小墨和這個院子裡的丫鬟一起，再去打探詳細些。

不多時，秦蘭回來了。她似被嚇著了，小臉蒼白，跟著她一起去的丫鬟要大些，說了一下經過。

她們在湖裡划船，恰巧離出事的地方比較近。

湖上有一座小拱橋，小橋呈半圓形。小橋邊有許多荷葉，那位姑娘在橋上低矮處彎腰去摘荷葉，一下子就掉進了水裡，正好岸上不遠處有幾位青年公子，其中一個跳下水把那位姑娘救上來了……

蘭姊兒說道：「我坐在船上的時候，看到了那幾位叔叔，楚叔叔也在裡面，只不過那位姑娘掉下去後，划船的婆子不敢靠近，也不知道是哪位叔叔下水救人的。」

陳阿福心裡又是一突。有楚令宣在那裡，那落水姑娘真有可能是陳雨暉。她一直想給楚令宣當妾，又一直覺得楚令宣對她有意，肯定會去救她。

陳阿福暗哼，那丫頭想得挺美，卻不知道楚令宣腹黑著，他怎麼可能腦抽地跑去英雄救美。不過，若真是陳雨暉，陳家姑娘的名聲會更不好了。

大概兩刻鐘後，小墨回來了，她低聲說道：「大奶奶，還真是二姑娘落水了，不過身體沒有大礙，親家夫人帶著三位姑娘已經回府了。」

「是誰救她的？」陳阿福問道。

小墨說道：「聽說是何副總兵的二公子，小何將軍救的。」

「何二？」秦夫人和劉夫人兩人都驚叫出聲，然後兩人對望了一眼，搖搖頭、撇撇嘴，一臉的不屑。

她們不知道陳阿福和陳雨暉關係不好，可能還在為陳雨暉擔心吧！

陳阿福經常聽楚令宣說起何副總兵，他是二皇子的人，也是楚令宣的死對頭；還聽說何二非常混帳，暴戾殘忍，一直沒有好人家的姑娘敢嫁他。

真是人在做，天在看。

陳阿福對秦氏和劉氏說道：「我那個二妹妹一直有些淘氣，但三妹妹和四妹妹卻懂事得緊，知道什麼該做、什麼不該做；特別是三妹妹，溫婉賢淑，性子又討喜，可惜了……」又被那個死丫頭連累了。

她沒有繼續說下去，但秦夫人和劉夫人都聽懂了，說道：「楚夫人莫擔心，日久見人心，陳三姑娘什麼樣子，時間久了，人家自然會知道。」

當陳阿福去淨房的時候，小墨又悄悄跟她說道：「大奶奶，不知為什麼，剛開始傳的是陳家三姑娘落水了。後來，又說弄錯了，落水的姑娘是陳家二姑娘，聽說……何夫人剛開始還高興得緊，說何家定會負責，後來知道是二姑娘，就擺了臉色。」

陳阿福有些吃驚，不知道這裡面有什麼貓膩。

等楚含嫣和付靈珊醒來，三人沒出去，就在這裡玩。

申時，遠處傳來音樂聲和爆竹聲，新娘子被抬進門。陳阿福沒去新房看新娘子，怕人多把她碰著，秦夫人陪著她沒去，但楚小姑娘跟著兩個小姊姊，被婆子和丫鬟領去看熱鬧了。

傍晚吃喜宴的時候，陳阿福她們才去了花廳。

付夫人和付大奶奶的臉色不太好看，付老夫人沒出來。

陳阿福挺不好意思的，她和陳雨暉再不和，出門也是一體，她們都是陳家的姑娘，陳家姑娘攪了人家的喜宴，好像還把老夫人氣著了，的確不像話。

她過去給付夫人福了福，悄聲說道：「對不起，我那妹子讓妳們擔心了。」

付夫人苦笑道：「無事，回去替我和我家老爺向妳父母陪個不是，都是我們監管不力，讓妳妹妹出了事。」

何夫人氣得連強顏歡笑都不願意裝。她心裡怒極，本來想謀陳家的嫡女，卻被一個庶女攪和了。她不知道什麼時候這個二兒子這麼忠肝義膽了，還知道去英雄救美。

回家的時候，楚令宣沒有騎馬，而是坐上陳阿福的馬車，他說道：「陳雨暉是故意落水的，以為大爺我會救她，怎麼敢想……」

下晌，他被幾個年輕軍官拉來湖邊看風景乘涼。湖的對岸是女眷，這一頭是男客，兩邊垂柳青青，又有河風，非常涼爽。

這時，一個落單的姑娘來到對岸的橋邊，上了橋的幾個臺階，低頭看了一陣水裡的荷葉後，就彎腰摘荷葉。

楚令宣已經看出是陳雨暉，很為自己有這樣一個小姨子感到臉紅。另外幾個男人雖然笑著猜那位姑娘是誰，但也不好意思一直在這裡看人家姑娘，正準備離開之際，只聽「撲通」一聲，那位姑娘竟然掉進了水裡。

幾個男人都傻了，趕緊跑了過去，一邊大聲喊著婆子，一邊猶豫著該不該英雄救美。

楚令宣急道：「哎喲，這姑娘是我岳家的三姨子。」說著，還假意要跳下湖救人。只是還沒等他跳水，何二何林生就撲通一聲跳下了水。

楚令宣壞笑道：「何副總兵想拉攏岳父，父子倆一直在打三姨子的主意，他們或許覺得三姨子是岳母生的嫡女，若何二娶了她，就能把岳丈拉進二皇子陣營了。」

所以，何二一聽落水的是陳三姑娘，就毫不猶豫地跳下水去救她……

楚令宣又無奈道：「我也是沒有辦法了，我站在旁邊不去救妳妹妹，別人會說我這個當姊夫的涼薄，更會拿我們夫妻感情說事；若救了她，她肯定會乘機賴上我，這本就是她給我設的局，所以，嘿嘿，只得推何二出來幫我擋災了。」

陳阿福又好氣、又好笑，說道：「何二是幫你擋災了，但陳雨暉嫁去了何家，還不知道會給我娘家找些什麼麻煩。」

楚令宣說道：「岳父聰明得緊，知道該怎麼應付。」

陳阿福說道：「你算計了何二，何家不是會更恨你？」

楚令宣說道：「我不算計何二，何家照樣恨我。」

另一廂，陳府裡，陳世英都快氣瘋了，想到那些同僚看他的眼神，他恨不得殺了那個讓他丟盡臉面的陳雨暉。

他跟著陳雨暉去她的院子，狠狠打了她兩個耳光，罵道：「我怎麼養了妳這樣一個不知廉恥的女兒，妳居然跑到離男人不遠的地方摘荷葉，還掉進了湖裡，不要跟我說妳不是故意的！」

陳雨暉撫著被打的臉大聲說道：「我就是故意的，怎麼樣？」又哭道：「爹爹，我也是你的親女兒，是在你身邊長大的長女，可你是怎麼對我的？給我找的婆家居然是土財主，我這麼做，也是沒有法子了。聽說救我的人是何副總兵的兒子，我們兩家也算門當戶對。」

陳世英看著冥頑不靈的陳雨暉，搖頭說道：「妳不僅不知廉恥，心狠手辣，還蠢笨至極。我給了妳機會，妳卻不知道反思，我若把妳嫁給何二，不僅妳這輩子完了，我也會被拉入王家陣營……妳去鄉下莊子裡思過吧！什麼時候接受妳母親安排的人家，什麼時候再回來準備嫁人。」

他說完，轉身出門，幾個粗壯婆子進了屋，把淚流滿面的陳雨暉帶出院子。

第四十三章

乞巧節這日，陳阿福早準備好針，還有五色細線，教楚小姑娘練習穿針。

陳阿福沒有買小針孔的七孔針，這種針連大人都不容易穿進去，她給小姑娘練習的是縫被子的大針。前幾天起小姑娘就天天勤奮練習，等到真能穿進去，高興得不行，就等著今天晚上對月穿針。

不過，晌午開始淅淅瀝瀝下起了小雨，小姑娘的小嘴翹得老高，生怕老天不給她當巧姑娘的機會。

下晌，江氏派了紅楓來傳話，說今天上午何大人夫婦、何小將軍一起冒雨去陳府，非常誠懇地要求求娶二姑娘。

這次，又請了付大人去當說客。

除了何大人面露喜色，何夫人和何小將軍的臉色都不算好看。令他們沒想到的是，陳世英沒同意，說陳雨暉得了會過人的惡疾，已經移去莊子治病了。

何家本就不是真心求娶，聽完又高高興興離開了。

雨連下了兩天兩夜，雨後的天氣不僅沒有涼快下來，還又熱又潮，極為不舒服。

這天，楚三老爺派人送信來，說太后娘娘夢到了先帝，讓榮昭去報國寺茹素三個月。

原來，榮昭一從靈隱寺回京城，許多御史就上摺子，彈劾榮昭公主因德行有虧，惹怒神靈，才頻頻招致群鳥攻擊，請求皇上懲戒榮昭公主，以平息上天的憤怒。

也有人彈劾楚侯爺，說他沒娶榮昭公主的時候，榮昭公主身邊沒有發生這些怪事，他娶了公主，卻出了這事，是不是楚家有什麼不妥……

皇上怒斥了那些沒事找事的御史，說欽天監都沒有看出什麼不妥，他們卻蠱惑人心，造謠中傷，中傷的還是皇家人；不僅廷杖了帶頭鬧事的御史，還說，他們再敢以訛傳訛，殺無赦，那些御史才漸漸止住了聲音。

皇上也氣榮昭，卻不願意公然說榮昭德行有虧，惹怒神靈，畢竟榮昭是他們皇家的人，一旦榮昭坐實了這罪名，皇家的名聲也不好聽，所以，把那些聲音壓下去後，便找了這種藉口懲戒榮昭。最後，皇上還斥責了楚侯爺和三老爺，說他們管家不力，或許還會派內待來斥責老侯爺。

看完信後，楚令宣和陳阿福相視一眼。皇家丟了面子，最終總會在臣子身上找回去，楚家雖然面上不好看，但並沒有實質性的損失。

不過，榮昭被罰進寺裡三個月，這總歸是好事，楚侯爺終於可以短時間脫離她的魔爪了，也有時間做些他自己想做的事情。

楚令宣說：「三叔說，九皇子腿傷好了的消息已經在朝中小範圍內傳開，二皇子和三皇子應該已經知道了。奇怪的是，二皇子雖然震驚，但並不像王皇后和王家人那麼慌張……」

難道二皇子知道什麼？

想到老和尚的話，楚令宣和陳阿福有些心慌。

特別是陳阿福，她突然想到某種可能，心裡更是驚濤駭浪。聽楚令宣之前說過，二皇子原本剛愎自用，只知道跟三皇子一派鬥得難分難解，卻在重傷之後性情大變，突然發難打得九皇子和楚家一個措手不及，也打得皇上措手不及，讓九皇子殘疾無法繼承大統，中止了楚侯爺的大好仕途，皇上無法只得讓單婕妤再次偷偷生下一個龍子，還偷龍轉鳳把那個龍子送去民間養大……

會不會二皇子是重生的？知道九皇子的真正外家是袁家，知道皇上的想法是讓有袁家血脈的人繼承皇位，知道楚家是皇上給九皇子的人？或者說，前世九皇子真的在楚家扶持下，登上大統，二皇子是回來逆天改命的？

她又想起上年老和尚跟她說的話，那時沒想那麼多，現在想來，她有些懂了。

「……老衲只得看著那命運軌跡被人逆轉而無能為力，看著那麼多人死於非命而解救不了……」

「命運軌跡被人逆轉」這句話，就是明明白白在說，有人要逆天改命！

現在看來，那個要逆天改命的人，就是二皇子。

想想，自己都穿越了，再來個重生人也不奇怪。

二皇子知道九皇子腿好了，也不像皇后和王家那樣慌張，那麼他一定知道楚家即將面臨什麼。

若楚侯爺沒有被迫娶榮昭，肯定是楚家仕途發展最好的，前世九皇子也應該是在他的支持下順利登位。這一世，楚侯爺手中沒有實權，楚家發展最好的是三老爺，他在西部軍隊經營了近二十年，又有皇上的暗中支持，心腹無數。現在是左軍都督府同知，管的是北部軍隊，照他的能力和手腕，肯定會有許多願意聽他派遣的人……

若楚家即將面臨的是「人禍」，那極有可能是楚三老爺出事，他出了事，楚家就完了。當然，或許還有別的什麼禍事，他們還沒猜到。

陳阿福更加迫切地盼望著金燕子回來，牠出去已經十天了，不知道找到三色球沒有。

楚令宣看到陳阿福擔心的樣子，安慰道：「莫急，總會有法子的。妳安心養胎，那些事有我們男人操心。」一語罷，就要去前院找老爺子商量對策。

陳阿福把他叫住，讓他寫信囑咐楚三老爺，萬事要小心謹慎。

惴惴不安中，日子到了七月底。

江氏又派紅楓來給陳阿福送信，七月三十日是陳老夫人的生辰。如今陳雨暉已經不在府裡，陳世英和江氏覺得可以請大女兒一家回娘家玩一天。

聽紅楓說，陳家老家來了好幾個族親，應老夫人的要求，又請了她娘家的一些人，同時，那天還請了許多跟陳家關係好的人家。

陳阿福可不會回去給那個死老太婆祝壽，而且祝壽還得磕頭，自己的膝蓋再軟，也不想跪那個心都黑透了的惡婦。不過，這個社會是愚孝的社會，若她不去跟祖母祝壽，老夫人再一當眾挑撥，對她的名聲不好。她想了想，便笑著答應下來，說明天一定去。

送走紅楓後，激動得小臉紅紅的楚小姑娘問道：「娘親，咱們明天又要去吃壽宴嗎？」

陳阿福搖頭道：「明天不行，娘親的身體不太舒坦。」

翌日，陳阿福就按照自己原先的打算，先把休沐的楚令宣打發走，她等到巳時，派人給陳府送信，說她已經出門了，突然覺得肚子痛，雙腿打顫，被人扶去床上歇息，又去千金堂請大夫。大爺早上接到消息，說營裡突發急事，趕緊去了營裡。今天他們都不能去給老夫人祝壽了，改天她身子骨兒好了，一定攜重禮去恭賀。

大概一個多時辰後，江氏又派人來看望陳阿福。陳阿福躺在床上裝睡，由李嬤嬤出面感謝那個人的好意，說大夫已經診過脈，大奶奶無大礙，就是這些天累著了，要多臥床歇息。

八月初，金燕子還沒回來，陳阿福心焦難耐。

她帶著楚含嫣，又帶了四疋顏色鮮豔的錦緞、四罈青花釀酒去了陳府，既然已經答應要去恭賀，總要大張旗鼓去一趟。

她們直接去了正院，正好陳家兩位姑娘都在這裡。

江氏笑著把陳阿福拉去跟她一起坐在羅漢床上，陳雨霞則把楚小姑娘拉去桌邊玩摺帕子。

「現在正是秋收季節，妳爹今天早上又去鄉下忙碌了，幾天後才會回來。」江氏很是心疼的樣子。

走了？早知道，她就不來了。

陳阿福笑道：「我爹是個好官，若把這些糧食推廣出去，是大順百姓之福，也是我爹的一個政績。」

江氏點頭，溫柔地笑道：「妳現在情況特殊，不要累著，先在這裡歇歇，等吃了晌飯再去給妳奶奶見禮。」

陳阿福搖頭道：「我們今天就不吃飯了，家裡還有事。」

這時，有婆子進來似要稟報什麼，又不好說，江氏便走了出去。

之後，便聽到外面一陣吵鬧的聲音，接著看到陳老夫人坐在椅子上，被兩個婆子抬了進來。

一年多不見，老太婆還長胖了，只是臉色有些青白，一看就是少曬陽光的緣故。她目露凶光，死死地盯著陳阿福，恨不得把陳阿福吃了。

婆子把陳老夫人坐的椅子放下，陳老夫人把手裡的枴杖在地上敲了敲，對陳阿福喝道：「不孝的死丫頭，自從妳認祖歸宗，就從來沒有給我磕過頭。每次回了娘家，也不去看我老婆子，聽說妳今天專程給我祝壽來了，為何不去恒壽院？」

老夫人恨死陳阿福了，在她想來，正因為陳阿福謀奪了陳雨暉的親事，才讓陳雨暉走了那樣一步臭棋，被兒子趕去莊子。

陳阿福站起身，居高臨下地看著老夫人說道：「老太太，妳不來我也會去恒壽院看妳，一個是給妳送禮祝壽，一個是有人讓我帶兩句話給妳。」一說著，就讓婆子把禮物抬到老夫人跟前。「這些酒是在京城買的，錦緞還是我婆家三嬸送我的貢緞，我沒捨得用，都給妳送來了。」

老夫人看到這些禮物，氣得青白的臉色泛起了紅暈，罵道：「死丫頭，這是給老婆子送的禮？」

「當然，都是好東西啊！若老太太不喜歡，可轉送給我爹和我兩個妹妹，他們肯定喜歡。」

老夫人死死盯著陳阿福，一個字、一個字地慢慢說道：「今天妳必須給我磕頭，這個頭，老婆子我等了好些天，現在妳是不磕也得磕！這麼多人都看著呢！妳不磕就是大不孝。」

陳阿福非常乾脆地說道：「好，等我把話傳完就給妳磕頭。老太太，我昨天夜裡夢見了我的祖父，他哭了，說他本不該死得那麼早，都是因為有人陽奉陰違得罪了菩薩，他才早死的。他還讓我給妳帶兩句話……」陳阿福作勢想了想，繼續說道：「我祖父說他想妳了，改天會去恒壽院看妳。若夜裡妳看到有一個小白腦袋在半空中飄啊飄，別害怕，那是……」

陳阿福的話還沒說完，只聽老夫人「哇」地一聲大叫起來。「鬼啊！鬼啊！鬼啊……」

老夫人又吼又叫，人一下子跌在地上。婆子趕緊把她扶起來，她的嘴裡還在不停地叫著，涕淚俱下。

老夫人一鬧，屋裡瞬間炸了鍋。

青楓和李嬤嬤趕緊把陳阿福拉去離得遠的牆邊，還擋在她的前面。

宋嬤嬤也把嚇哭的楚小姑娘抱去另一間屋。

江氏和許多下人都知道上年，老夫人大半夜鬧的那一齣，說什麼見著鬼了。

難道去世的老太爺真的死得冤枉，他真的半夜去找過老夫人？

江氏嚇得臉色蒼白，趕緊吩咐下人，去醫館請大夫，把老夫人抬回恒壽院歇息。

老夫人又大叫道：「我不回恒壽院，我不回恒壽院……那老東西，死都死了，回來幹什麼……」

江氏看老夫人這樣鬧下去不好，只得帶著幾個婆子把她抬出正院，去給她安排另外的院子。

陳阿福也不可能繼續待在這裡了，帶著還哭鬧著的楚小姑娘和下人告辭回家。

回到參將府，已經晌午，她們直接去正院飯廳吃飯，見老侯爺領著大寶和阿祿已經開始吃了。

大寶納悶道：「娘親和妹妹不是說要在姥爺家吃晌飯嗎？怎麼又回來了？」

楚小姑娘拍了拍小胸脯，心有餘悸地說道：「姥爺家鬧鬼，把我們嚇回來了。」

大寶和阿祿聽了都嚇一跳，睜著滴溜溜的大眼睛看向陳阿福。

老侯爺笑道：「嫣兒不能胡說。」

楚含嫣跑到老爺子面前，拉著他的袖子認真說道：「太爺爺，姊兒沒有胡說。有個老婆婆又哭又鬧，說她見著鬼了，樣子嚇人得緊，把姊兒都嚇哭了。」

大寶趕緊說道：「以後娘親和妹妹不要去姥爺家了，不乾淨，別把妳們嚇壞了。」

陳阿福對老爺子笑道：「是陳家老夫人。我說我夢見了祖父，她就嚇得又哭又鬧，還說見著鬼什麼的……」

老爺子知道陳老夫人做了許多惡事，便說道：「不做虧心事，不怕鬼敲門。她是做多了惡事，害怕了。」

陳阿福笑著點點頭，表示認同。

吃完飯後，陳阿福領著幾個孩子走出西廂。

突然，阿祿指著天空大叫道：「你們看！」

抬頭望去，蔚藍的天空中，一隊隊燕子向南飛去。

這是他們今年第一次看到這麼多的燕子成群結隊往南邊飛。

大寶紅著眼圈說道：「金寶回來我要打牠的小屁屁。已經秋天了，牠馬上要去南方了，卻還在外面不回來看我們。」

楚含嫣流淚，望著空中說道：「金燕子一直沒回來，牠會不會直接飛去南方了？」

阿祿很為自己多嘴不好意思，忙說道：「金燕子肯定知道我們在想牠，去南方之前，會回來看我們的……」

晚上楚令宣沒回來，陳阿福看到紅斐把窗戶關得緊了些，她又過去把窗戶開得再大些。

紅斐不贊成地說道：「大奶奶，現在入秋了，夜風涼。」

陳阿福說道：「我在給金寶留門，牠萬一晚上回家，要走這裡。」

她上了床，紅斐把羅帳放下，熄燈後便出了門。

陳阿福躺了一會兒，又悄悄起身下床，拿著床邊的椅子進了空間歇息，她現在肚子大，不能坐在地上。

她自言自語說道：「金寶貝，你什麼時候才能回來啊！媽咪好想你。」

金燕子飛到陳阿福的肚子上停下，睜著亮晶晶的眼睛看著陳阿福，唧唧道：「媽咪，媽咪，人家也想妳呢！」

「啊！你回來了！」陳阿福才反應過來，一把把金燕子抓在手裡，由於太激動沒掌握好力道，把金燕子捏得直翻白眼，她又連聲問道：「三色球呢？找到三色球了嗎？」

金燕子逃出陳阿福的魔爪，得意地說道：「金燕子出馬，還有什麼辦不成的？三色球已經找到了，放在院子裡。」

陳阿福聽了，帶著牠出了空間，高聲喊道：「紅斐，金燕子回來了。」

在側屋值夜的紅斐聽見了，趕緊進來把蠟燭點上，掛上羅帳，看見陳阿福正摸黑在穿衣裳，金燕子則站在床上抬高腦袋看著主人直樂。

紅斐邊幫陳阿福穿著衣裳，邊喜道：「金寶終於回來了，哥兒和姊兒想你想得難受，還哭過好幾次呢！」

金燕子對她唧唧叫了兩聲。

陳阿福穿上衣裳走了出去，見院子裡果然有一株花，由於根部的泥土多，還是立著的，三種顏色的大花，在星光下更加鮮豔奪目。

的確是她曾經看過的三色球花。

陳阿福欣喜地說道：「快，快去拾掇一個花盆，把它栽進去。」

紅斐答應著，趕緊把陳阿福早準備好的一個空花盆端過來，把三色球栽進去，又澆了水。

陳阿福知道這盆花的珍貴，夜裡不願意把它放在外面，又讓紅斐端進屋裡。

回了臥房，陳阿福和金燕子又去了空間，陳阿福隨手拿了一碗松子仁，討好地說道：「這個松子是媽咪用白糖和牛奶煮出來的，叫乳香松仁，又甜又香。」

金燕子吃起了乳香松仁，滿意地唧唧叫道：「別有滋味，好吃。」

陳阿福坐在椅子上，見金燕子吃得差不多了，又笑道：「寶貝，三色球有了，再給媽咪一點綠燕窩，明天媽咪就能去找歸零和尚了。」

金燕子正吃得開心，一聽媽咪提這個令牠傷心的話題，住了嘴，飛去一邊用翅膀抹起了眼淚。

陳阿福哄道：「乖寶貝，以後保證不再要你的綠燕窩了。那老和尚已經走了，至少要三年以後才回來。你就給媽咪一點吧！有了它，媽咪才能拿到錦囊，想辦法保護楚家，保護這些孩子。」

金燕子抽抽噎噎哭了一陣子，才飛去黃金屋裡，叼著指甲蓋那麼大的綠燕窩出來。

陳阿福拿著那一小塊綠燕窩激動得不行，兩樣東西都有了，終於能拿到錦囊了。

她將綠燕窩用帕子包起來，再把帕子裝進荷包裡，把荷包放在空間，暫時不拿出去。

一大早，除了楚令宣，全家主子和動物們都聚集在了正院。老侯爺是來看三色球，孩子們和動物們是來看金燕子。

院子裡歡聲笑語，鳥鳴狗叫，極是熱鬧。

大寶跟金燕子玩得不想去上學，被陳阿福瞋了一眼，還是癟著嘴乖乖去了。

晌午，得知消息的楚令宣也快馬加鞭地趕回來。

陳阿福想現在就去靈隱寺，但楚令宣不同意。轎子沒有馬車快，最快也要兩、三個時辰，若是現在出發，到靈隱寺已經戌時了，天黑走山路，容易出事。

三人商量，決定明日一早出發，由楚令宣陪著，待得到錦囊後，在影雪庵住一宿後，再往回趕。同時，又派人趕緊去京城送信，最好楚侯爺或是楚三老爺能來這裡一趟。

晚上，幾個孩子在正房和金燕子玩到很晚才回去歇息。

明天夜裡，金燕子就要進空間過冬，又要等到明年二月才能出來，所以陳阿福就由著他們跟金燕子多玩一會兒。

翌日天剛朦朦亮，陳阿福和楚令宣就帶著下人悄悄出發了，宋嬤嬤還抱著睡得正香的楚含嫣——因為要去影雪庵，順道帶小姑娘去見見祖母。

辰時末，小姑娘才醒來，知道只有自己和金燕子一起陪著爹爹、娘親去看望祖母，抱著陳阿福的臉親了她好幾下。

在未時末，一行人趕到靈隱寺。

歸零和尚的禪房緊挨著無智老和尚的禪房，聽到小和尚的稟報，他走出了禪房。

歸零和尚二十多歲的樣子，雖然年輕，還是很有高僧的感覺。他看著那盆三色球，眼裡發著光，雙手合十。「阿彌陀佛，的確是三色球花，那位施主的病可以痊癒了。」

他看著楚令宣。「貴客請去那邊的亭子裡喝口茶，貧僧跟女施主進禪房有事相商。」又對一個小和尚說道：「這兩位施主是貴客，用好茶相待，萬不可怠慢。」

他的意思是不讓楚令宣和楚小姑娘進禪房了，楚令宣只得牽著小姑娘去不遠處的亭子裡。

楚令宣覺得十分沒面子，在無智大師的眼裡，自己比不上妻子，在這個青年和尚眼裡自己依舊比不過妻子。

進了禪房，陳阿福用袖子蓋住右手，把裝綠燕窩的荷包從空間裡拿出來，禪房裡立時瀰漫著一股難以言喻的幽香氣味。她把荷包遞給歸零和尚，說道：「這是無智大師讓我給歸零師父找的藥材。」

歸零接過，把綠燕窩拿出來看看，立即眉開眼笑，又把帕子塞進荷包，笑道：「阿彌陀佛，女施主又做了一樁大善事。」

他進內室把綠燕窩放好，又拿出一個紫色錦囊來到廳屋。「阿彌陀佛，這是貧僧師父走之前，讓貧僧交給女施主的。願女施主一家能避開禍端，否極泰來。」

陳阿福一看到歸零手裡的錦囊就激動不已，有一把搶過來的衝動，聽歸零囉嗦完後，終於接過了那個錦囊。

歸零和尚又說道：「阿彌陀佛，貧僧師父還讓貧僧提醒女施主一句，這錦囊裡指的應該是兩件事，切記！」

兩件事！難道有兩個災禍？

陳阿福狐疑地點點頭。「謝謝歸零師父。」

她把錦囊塞進懷中，走出禪房，來到外面，楚令宣牽著楚小姑娘走向她。

陳阿福向他點了點頭，她沒注意到的是，跟著她出來的歸零和尚，也向楚令宣點點頭，做了一個手勢。

之後，楚令宣便帶著妻女和下人往寺外走去。

出了寺，陳阿福和小姑娘上轎，楚令宣上馬，一起向山腰的影雪庵走去。

還沒到影雪庵，便能看到了塵住持站在那個亭子裡往下眺望著。

楚令宣的鼻子一酸，他雙腿一夾，催馬快步跑了過去。母親已經有一個多月沒見到親人了，定是想他們想得厲害。

了塵也看到他們了，快步向他們迎來，一看見大腹便便的陳阿福便笑眯了眼，還是嗔道：「這麼大的肚子，還來這裡做什麼？快，快進房歇歇。」

來到庵堂後院，陳阿福藉口累了，直接進了她的小屋，楚令宣也跟進去了。他的眉毛皺在一起，俊臉異常嚴肅，盯著陳阿福。

陳阿福把門關上，將錦囊交給他。

楚令宣打開錦囊，拿出一張紙來，上面寫著。「歲末雪急月末清，霽天雲淡勿北行。」

楚令宣讀了一遍。「字裡行間好懂，關鍵是後一句，應該是不要往北邊去。」

陳阿福說：「歸零師父還說，無智大師讓他轉達一句話，說這裡指的是兩件事。」

楚令宣狐疑道：「兩件事？明明大師當時跟妳說的是一件事，現在又多了一件，是什麼意思？」

兩人分析了一陣子。字面上的意思應該是，年底大雪，正月晴好，晴天不要往北邊走……這……範圍也太大了。還有，另一件事是什麼？

兩人正想得頭痛，被窗外小姑娘和了塵的笑聲以及金燕子的叫聲驚醒了。

楚令宣看看陳阿福的大肚子，再看看她嚴肅的小臉，說道：「妳現在思慮不宜過重，算了，回家跟爺爺、爹和三叔他們再研究研究。」

在影雪庵留宿了一宿後，天剛矇矇亮，楚令宣一行人就要啟程回府，了塵抹著眼淚把他們送到庵堂外。

下晌的未時末，他們一行人回到參將府。陳阿福直接回正院休息，楚令宣去前院找老侯爺。

三天後，楚侯爺、楚三老爺和楚令智先後來到參府將，以探望老侯爺病情前來的。為了安全起見，這兩位侯府的頂梁柱不會同時啟程，他們一個走陸路，兩個走水路。

晚上，陳阿福挺著大肚子下廚做了幾道拿手菜。

飯後，爺兒們以及陳阿福坐在外書房裡開會，幾個人又把無智大師的書信傳著看了一遍，會議開到深夜，也初步達成了一致。

他們猜測，既然無智大師專門寫了「雪急」，意思是，年底有雪災，正月末災情結束。其中一件事跟雪有關，但暫時猜不出來大師寫這事有什麼用意，更想不出跟楚家的滅頂之災有什麼關聯，只得再慢慢想想。

第二件事是勿北行，這件事肯定是關乎楚家生死存亡的關鍵。眾人商量著，大寶不要去定州以北的地方，楚家兄弟也最好不要去京城以北的地方。大寶容易做到，但楚家兄弟不容易做到，若實在避不過，必須帶著一顆老和尚給的神藥，尤其是三老爺，他主管北方軍隊，經常會有去北部邊陲的事務。

時間上，最大可能是在雪災過後的正月，當然也不排除年前。陳阿福把神藥拿出來，給楚三老爺一顆。他們兄弟在京城，若誰要往北而行，就帶著這顆神藥去。

她想到之前對二皇子是重生人的猜測，更加覺得楚三老爺像要出事的樣子；若他出了事，二皇子一黨要滅楚家易如反掌，有了這顆神藥，希望他能化險為夷。萬一他有個意外，跟他鶼鰈情深的楚三夫人不知能不能挺得住，楚三夫人一倒下，楚家又失了太后的支持，以後的日子會更艱難。而且，陳阿福真的非常喜歡楚三夫人，不想讓她精彩的人生這麼短暫地就結束。

隔天，楚三老爺匆匆回京，把兒子楚令智留下，代替三房在老侯爺膝下盡孝，而楚侯爺直接去了靈隱寺，在那裡茹素一個月，為榮昭公主祈福。

楚令宣也說近段時間他比較忙碌，晚上不能回來。陳阿福猜測，或許跟九皇子去靈隱寺治病有關。

楚令智住進朝華院，和大寶一起，每天去前院上課。

陳阿福很喜歡這個小子，完全沒有世家子弟的傲氣，不僅跟大寶和嫣兒玩得好，跟阿祿也十分要好。有時，跟著阿祿去陳實家玩，和陳阿堂也相處得不錯。

一思及響鑼村的陳家，陳阿福就十分掛心，因為王氏聽說王成一家被藏起來後就嚇病了。

她後來特地讓人給王氏送信，告訴她舅舅不會有危險，只是得罪了不該得罪的人，被楚令宣保護起來而已，等到那件事情解決了，他們又能出來過正常的生活。但王氏還是心結難解，一直吃著湯藥。

陳阿福便想讓她來府城住，這裡大夫的醫術好，他們姊弟又時常可以開解她。但現在正值秋收，陳名有許多田地，又開著糧鋪，忙得分身乏術。王氏就說等忙完秋收後，再和陳名一起來府城。

中秋將近，陳阿福開始領著人去小廚房做月餅。她主要是做個示範，坐在一旁看下人做。

這個時代也有月餅，都是五仁餡的。她領著人做了水果餡月餅，鴨蛋黃月餅，及牛肉餡月餅。月餅一做好，就派人送去京城侯府、親戚和關係好的人家，又給了塵住持及在靈隱寺的楚侯爺各送了素餡月餅。

楚老侯爺和楚令智喜歡吃點心，從月餅一做好，每頓不吃飯只吃月餅。考量到甜食吃太多對身子不好，陳阿福怕他們吃出毛病，只得限量供應。

八月十五日晚上，天空深邃，明月如鏡，涼爽的秋風中，吹來一陣陣醉人的桂香。

楚令宣仍然沒有回來，老侯爺、陳阿福領著孩子們，坐在正院的院子裡賞月。阿祿也被留下來過節，晚上會住到朝華院。

院子裡擺了四張長條桌，桌上擺著蘋果、葡萄和月餅。老侯爺自己一桌，陳阿福和楚小姑娘一桌，另外三個男孩子一桌。

陳大寶覺得自己應該跟妹妹一起和娘親坐一桌，但看到娘親鼓勵的眼神，就猜到了娘親的用意。他長大了，應該和同窗坐在一起賞月。先生今天晚上就去了酒樓，說是要和那些文人雅士一起賞月鬥詩。

他們邊吃月餅邊賞月，為了活絡氣氛，每個人還必須表演節目。

陳阿福拋磚引玉，第一個表演，先講了一個「嫦娥奔月」的故事。接著，楚小姑娘唱了一首「小燕子，穿花衣」的兒歌，大寶和阿祿也各朗誦了一首這個時代詩人做的詠月詩，楚令智則打了一套拳。

中間出現了許多笑料，笑鬧聲不絕於耳。

幾人都表演完了，覺得老侯爺不能不表演。除了阿祿，三個孩子都跑去老爺子的身邊，有人鑽進他的懷裡，有人抱住他的後背，強烈要求他表演。

老爺子哈哈大笑，也出來打了一套拳。

接下來是自由表演，三個上學堂的小子各自做了一首打油詩。陳阿福講了一個「三個女婿」的笑話，逗得孩子們和下人笑得肚子痛。

院子裡的人玩得開心，卻不知道什麼時候院子的門被打開了，院子外面的兩棵樟樹下，有兩人看得激動不已。

一個是楚侯爺，還有一個是二十幾歲的青年——正是跟陳阿福有過一面之緣的九皇子李澤平。

這兩人在楚令宣的陪伴下，在這裡站了小半個時辰。

九皇子來靈隱寺之前，母妃讓他一定要去看看小十一。

小十一長得像母妃多一些，又聰明、又活潑，更快樂。這種快樂和笑聲，是九皇子自己這一生從來沒有體驗過的。

思及母妃因為思念小十一經常哭泣，這次一定要告訴她，弟弟能夠生活在宮外，是天大的幸事……

九皇子強壓下心裡的激動，但眼裡還是閃爍不定，似有水光。

楚侯爺為自己孫女越來越聰明而高興的同時，也為小十一高興。把他教養得這麼好，楚家對得起皇上和單婕好了。

歸零和尚得到三色球以後，便讓楚令宣透過一些管道給九皇子送信，讓他來寺裡治病。前陣子，皇上讓封為瑞王的七皇子去靈隱寺上香茹素三天，求上蒼保佑，李氏王朝能千秋萬代傳承下去。

皇上的這個決定眾人心裡都理解，知道皇上明面不承認榮昭公主招了上天的恨，導致群鳥在靈隱寺內攻擊她，但心裡還是害怕。

榮昭公主的駙馬楚侯爺已經去靈隱寺上香茹素一個月，這次又派皇家人去，可見皇上心裡是真信了那些御史的說法。

腿已經大好，但仍然有些「微跛」的九皇子聽說這個消息後，又去找皇上，說靈隱寺的無智大師治好了他的腿，雖然大師已經不在寺裡了，他還是想去靈隱寺還願，感謝佛祖和菩薩的保佑。

皇上聽了，也准奏了；還說，讓他再求佛祖保佑他的腿能夠徹底治癒，不跛了，才能和其他兄弟一起為國分憂。

三皇子聽了皇上的話，心裡還有些不屑，傷得那樣重，又那麼久，能讓他走路就不錯了，怎麼可能一點都不瘸？

而二皇子不知道老九是真的有些跛，還是裝的，但他知道皇上是在「演戲」，明明想把皇位傳給老九，卻還說什麼「為國分憂」。

二皇子氣得把拳頭在袖子裡握了握。難道除了老九，其他的兒子就不是他的親兒子？想到那件大事快要來臨，希望透過那種手段，能博得皇上的重視和青睞。不用多，只要自己在皇上心目中的分量，壓過老九一、兩分，楚老三再出事，自己就能一支獨大。老九腿好了又怎麼樣？照樣上不去。

這是他最大的一張牌，也將是壓垮老九和老三最後的一根稻草，打出去後，希望能得償所願！

瑞王和九皇子一起啟程去了靈隱寺，兩人在寺裡上香茹素三天，之後好玩的瑞王要繼續遊玩紅林山，而楚侯爺則把腿腳不便的九皇子送至府城，等他坐船回京城後，楚侯爺還要再回寺裡繼續茹素唸經。

中秋夜宴快結束之際，楚侯爺陪著九皇子出府住到驛站。

九皇子一回京，就去乾陽殿跟皇上做了稟報，之後，又急急去單婕妤住的落霞殿。

他剛進去，年僅六歲的六公主李珠就笑著向他跑來。來到近前，給他福了福，說道：「九皇兄，你來了，珠兒和母妃都想你。」

當然，她不是單婕妤的親生女兒，也不是九皇子的胞妹。單婕妤因大兒子的腿被人打斷，好不容易懷了孕，又生下一個「死胎」，哭得人都快魔怔了。半年後，正好一個嬪妃生孩子時大出血死了，皇上就把她生的女兒交給單婕妤扶養，這個孩子也算是給單婕妤一個安慰。

九皇子笑牽李珠的手進了大殿。

單婕妤正在小佛堂禮佛。聽說日夜盼望的兒子回來了，壓制住內心忐忑的心情，平靜地來到正殿。

由於長期禮佛，單婕妤身上有一股濃濃的檀香味。

九皇子向她施禮後，便坐下說了一些寺裡的見聞，並把靈隱寺住持開過光的一串佛珠送給單婕妤，又把買來的幾個草編蛐蛐兒和小籃子送給六公主。

三人說了幾句話後，嬤嬤就把六公主牽出去玩耍。

屋裡沒人了，九皇子才跟她說道：「母妃，皇兒這次把小十一看得清清楚楚，還親耳聽他說了話、做了詩。他長得跟母妃很像，比我還像母妃，又十分有才，字寫得好，詩做得好，而且，非常快樂……皇兒覺得，他即使長在宮裡，也不會那麼快樂和幸福……」

單婕妤邊聽邊流淚，最後只能用帕子把嘴捂上，才不至於讓哭聲傳出去。

單婕妤今年四十歲。她在袁家長到十二歲，家裡便遭遇滅頂之災，除了她被人救出去，其他人都死了，包括剛出生的嬰孩。她被送到嶺南生活了三年，她寄養的那家是鎮上一個商戶，她是以這家遠房孤女親戚的身分住在那裡。

從要被砍頭的懼怕到終於獲救的慶幸，再從失去親人的傷心到要擁有堅強活下去的信心，最後接受這個身分，與這家的兒子兩情相悅，她用了整整三年的時間。

三年的時間不算長，但她接受了所有的轉變。她以為自己會在這裡生根發芽，跟那個黑壯的後生平靜而幸福地生活下去，生兒育女，讓袁家的血脈以另一種姿態傳承下去。

當她對未來充滿無限期許時，又被人接回京城。她才知道，這個世上她唯一的血脈之親太子被人害死了，皇上想讓她給他生兒子，想讓有袁家血脈的人繼承大統。

皇上是要她當他「贖罪」的一個工具，或說是活死人。

她恨死那個殺她滿門的狗皇帝，但那個狗皇帝已經死了。雖然現任皇帝幫她家報了仇，又曾經救過她，但她依然恨他；若他當初不一意孤行娶自己的堂姊，那麼她家就不會遭此橫禍。

她知道，自己沒有選擇的權利，唯有順從。從此，她不僅沒有了身分，也沒有了自我，更沒有了嚮往。那個大籠子，不僅禁錮了她的身，也禁錮了她的心。

還好上蒼有眼，她受了皇上的兩次寵幸，就順利生下一個兒子。自從生下兒子後，她就再也沒見過皇上，直到兒子十三歲的那年。

母子兩個在落霞殿裡平靜地生活，被人輕視、被人欺負，他們都無所謂。

兒子漸漸長大，跟她越來越貼心。兒子六歲時，皇上指了楚將軍的兒子當他的伴讀。她是楚將軍從大牢裡救出來的，自然知道楚將軍是皇上的人。

看到楚家越來越強大，兒子越來越聰慧，她再次對生活生出了些許嚮往。

若那個男人死了，兒子真當皇帝了，也不錯。

誰知兒子十三歲時，竟然被惡人打殘，楚將軍也被人陷害當了駙馬，他的仕途被徹底斷送了。

她難過得死的心都有。後來，她漸漸想開了，兒子殘了，不用爭儲，或許可以好好活下去，母子倆相依為命，不再擔驚受怕。

後來，她知道皇上和楚家到處尋找神醫和神藥給兒子治病，心裡又生出些許嚮往，只是，一次次的失望把她打擊得心力交瘁。

兒子十六歲的時候，娶了皇子妃和側妃，她才知道，兒子不僅腿殘了，還傷了根本。

那一年，皇上又出現在她面前，再次寵幸了她。她居然以三十三歲的「高齡」再次懷了身孕。為了避免節外生枝，她被送進庵堂，說是為生病的太后祈福。她再次生出嚮往時，又生下一個「死胎」。

她的心都死了，哪怕皇上把六公主交給她撫養，她也心如止水；若不是為了太兒子，她都想出家為尼。那時她覺得，她若不生出嚮往就好了，也不會這麼痛苦，她本就是一個活死人，「嚮往」那種奢侈的東西她不配擁有。

然而去年，兩件巨大的幸福先後降臨到她的身上，幸福得像是在作夢。先是得知無智大師願意救治兒子，還找到治病的神藥；後又得知那個死胎居然是假的，小兒子還活著……

單婕妤哭了一陣子才止住，又問道：「你只顧說小十一，都沒說說你自己。皇兒怎麼樣，那個病治好了？」

九皇子的臉上有了一絲紅暈，笑道：「應該治好了。」

單婕妤高興得又哭起來，雙手合十道：「阿彌陀佛，你的病也治好了，真的太好了！」又趕緊道：「快些回去，母妃想來年就能抱孫子。」

九皇子走之前，又把一個小荷包交給單婕妤，裡面裝的是小十一的一綹頭髮。

單婕妤躺在床上，一遍又一遍地聞著那綹頭髮，最後把頭髮放在胸口才漸漸睡著。

陳大寶正跟陳阿福在笑鬧著。他來正院吃飯，正好陳阿福肚子裡的兩個小東西在翻跟頭，把她折騰得有些不適。

大寶聽說弟弟或是妹妹在娘親的肚子裡翻騰，便把手放在娘親的肚子上，果真感覺到大肚子上這裡鼓一下，那裡鼓一下。他高興得格格直笑，大聲叫道：「娘親，弟弟動了。這裡應該是他們的小腳丫，那裡應該是他們的小腦袋……哎呀，兒子好想讓他們早些出來。」

楚令宣今天正常上衙，此時也在家中，看他們娘兒兩個鬧得高興，抿著嘴直樂。一聽大寶說的最後一句話，忙道：「說錯了，他們不能早些出來，要按時出來。」

陳阿福疼惜地把大寶摟入懷中。陳大寶是王氏給他取的名字，意思是陳家的寶貝。哪怕他本來不是寶貝，他終是快樂而健康地長大了；而他在原生父母的家中，連個名字都沒有，只能叫小十一。

陳阿福聽楚令宣講過單婕妤的遭遇，以及她如何想念小十一後，心裡酸澀不已。

在男人們的博奕中，女人卻成了犧牲品。單婕妤，更確切地說是袁林，她成了生子工具，又因為大兒子的殘疾和小兒子的「死」痛苦不堪；而了塵住持，被逼出家，在庵堂裡青燈古佛；還有楚小姑娘的母親馬氏，也是一個可憐女人……甚至楚小姑娘，若是沒遇到自己，將會癡傻一生……

楚令宣還告訴她，九皇子看到十一皇子後，居然悄悄給他躬了躬，說：「這是謝謝令夫人的，請楚將軍代受。」

轉眼進入九月初，連下了幾天小雨，一場秋雨一場寒，天氣更冷了。

陳阿福坐在窗邊望著天，心裡想著鄉下的田地。此刻秋玉米應該收完了，水稻也都運來府城或是收進倉裡了……

昨天晚上楚侯爺從靈隱寺回京，來了參將府一趟，只待了幾刻鐘，就去了驛站。因為陳阿福的肚子太大，怕下雨路滑，所以她並沒有去前院拜見，只有楚小姑娘被人領去給爺爺磕了個頭。

下晌，雨漸漸停了。楚含嫣帶著動物們在廊裡歡快地玩鬧著，陳阿福坐在旁邊安祥地看著他們。

這時，下人來報。「大奶奶，親家老爺和親家太太來了。」

若是江氏，下人們會稱「親家夫人」，這一定是陳名和王氏來了。

陳阿福笑得眉眼彎彎，說道：「快請。」

等陳名和王氏進了院子，楚含嫣懂事地去給他們行禮。

王氏瘦多了，一看就精神不濟。她笑著跟兩個孩子說了兩句話，三兩步走到陳阿福身邊，驚叫道：「天，妳的肚子怎麼會這樣大，比我看到的懷雙胞胎的婦人還大。」

陳阿福無奈地笑了笑，她的肚子這兩個月瘋長，又大又尖，肚皮像快撐破一般，上面的血管看得清清楚楚。從上個月起就已經看不到自己的腿和腳尖了，走路也得有人扶著。

這或許跟她吃得好，又得空間靈氣滋養的關係，甚至還吃了仙品綠燕窩，胎兒長勢極好；而且，接生婆竟然還說，若沒有意外，孩子會等到足月才出生。

她的預產期是十月初，還有一個月的時間，她恨不能孩子現在就出來，她也少受些罪。

幾人進了屋，談了一會兒陳阿福的肚子，王氏又囑咐了一陣子，才說起王成的事。

王氏拉著陳阿福的手問道：「阿福，妳舅舅犯了什麼事，女婿為什麼要把他們藏起來，藏到了哪裡？」話沒說完，又哭了起來。

陳阿福不能跟她說實話，只得勸道：「娘快莫傷心，妳還不信妳的閨女和女婿？舅舅真的沒有大事，只不過有些事現在不宜說出來，連我都不知道。妳女婿說是軍事機密，還說若舅舅出來，或許能當個官什麼的。」

王氏聽說或許能當官，臉上有了幾絲喜氣，問道：「那妳舅舅什麼時候能出來？」

「明年吧！」陳阿福信口說道。她也不知道什麼時候能出來，想著明年那件事應該能夠塵埃落定了。

陳名笑道：「看看，我跟妳說了沒事，妳不相信，這次親耳聽閨女說了，妳相信了吧？」

看到陳名眉目間的喜色，就知道他賺得不少。今年是一個豐收年，地裡收成好，糧鋪的收益也可觀。

陳阿福之前專門寫信跟他們說，「定州香米」、「定州小麥」若價錢好就都趕緊出手，但一般的米或麵，特別是玉米，必須多多收購，還要多多囤貨，她也是這樣交代曾雙的。

老和尚的意思是年底或許有雪災，那時的糧食肯定吃緊。陳阿福不想一味地賺錢，她還想多救人。

陳名狐疑道：「爹都照閨女的意思做了，可為什麼要囤貨呢？」

陳阿福不好多說，道：「爹聽我的沒錯，我也是聽了別人的指點。」

陳名相信閨女，點頭不再問了。

第四十四章

一進入九月中旬，陳阿福及身邊的人都開始緊張起來，還請了兩個接生婆來府裡住。王氏天天往參將府跑，陳府也會派丫鬟、婆子每天來問候一次。

楚令宣天天按時回家，本來王成小舅舅的事需要他去西邊雍城一趟，只得讓秦將軍幫他處理了。

陳阿福白天的時間還好打發，在遊廊裡走走，看孩子們玩鬧，再跟王氏等人說說話，時間也就過了；但晚上卻不好過，她不能平躺，只能側臥。一邊臥得稍微久些，就覺得不舒服，腿也痛，又想翻身。一個人翻不動，還要楚令宣幫忙，楚令宣幫她翻了身，又要幫她按摩一陣腿。

她的睡眠不是很好，一天夜裡大概要翻十幾次，自己睡不好，楚令宣也睡不好。

看到被自己的肚子頂到床邊的楚令宣，陳阿福說道：「你在這裡歇息不好，明天上衙沒精神，要不你去側屋睡吧！讓丫鬟進來陪我。」

楚令宣心疼地摸著她的大肚子說道：「我只是歇息不好，可妳卻要遭這麼大的罪。剛開始我還為妳懷雙胞胎高興，現在看來，還是一個、一個生得好，妳也好過些。」

懷孕滿七個月前，楚令宣每次看到陳阿福的大肚子都高興，特別是看到胎動的時候，他摸著那鼓起來的肚子笑眯了眼，隨著肚子越來越大，肚皮越來越亮，他眼裡的擔憂也越來越濃。

陳阿福嘆道：「想懷幾個咱們做不了主，要兩個一起生，有什麼法子？」又笑道：「不過，我還是喜歡雙生子，雖然遭些罪，但一下子就多了兩個孩子，多好啊！我喜歡孩子多，家裡熱鬧。」

楚令宣說道：「孩子多是好，我也喜歡，可就是看妳受罪，心疼。」

黑暗中，楚令宣聽到陳阿福的暗哼聲，問道：「小傢伙又動了？」

「嗯。」陳阿福輕聲道。現在，胎兒在肚子裡動作太大，讓她苦不堪言。

楚令宣輕輕撫摸著那個鼓起來的肚子，為了分散陳阿福的注意力，他輕聲跟她說著話，又道：「哦，我忘了告訴妳，爹來信了，他已經給孩子們起好名字，若是男孩，希望他們武學關羽，文學孔明，就叫楚司羽、楚司明；若是女孩，希望她們如玉似珠，就叫楚含玉，楚含珠。」

「司」是楚家這一代的輩分，而「含」字是跟著楚含嫣順延下來取的名字。

陳阿福挺感動，楚侯爺真是不錯的男人。如玉似珠，是在告訴她，女孩他也喜歡，也寶貝……有這樣一個寵孫女的爺爺，就是生了女孩，她也沒有太大的心理負擔了。

近十月的一日下晌，陳阿福突然覺得肚子猛地劇痛起來，痛得她幾乎喘不過氣。

屋外的人聽見聲音，趕緊跑了進來。

接生婆安慰道：「大奶奶莫慌，妳開始陣痛了，還早。」

東廂的一間耳房早已經收拾出來，陳阿福被李嬤嬤扶去那裡，痛的時候她就躺下，不痛的時候就起來走走。

到了晚上，疼痛加劇。陳阿福從來沒想到生孩子會這麼痛，時間會這麼漫長，長得像她經歷了兩輩子的人生。

從未時開始陣痛到晚上戌時，宮口才打開四指；再到第二天辰時打開十指，可胎位不正，還是生不下來。一直生到跨日的寅時，在她覺得自己要死了，似乎靈魂已經飄出身體時，只聽接生婆大喊一聲。「好了，大奶奶使勁！」

陳阿福拚盡最後一點力氣，聽見一聲響亮的啼哭聲，她的身體終於輕鬆了些。

只聽另一個接生婆大聲說道：「是個哥兒，健康的胖小子。」

窗外響起一陣歡呼聲。

陳阿福剛想睡過去，一個接生婆又說道：「大奶奶，肚子裡還有一個，千萬不要睡過去，再加把勁，快了……」

陳阿福歇息了一會兒，又覺得肚子一陣劇痛，半刻鐘的時間，又生下第二個，她就什麼都不知道了。

這個孩子的哭聲依然響亮，接生婆又大叫道：「恭喜、恭喜，又是一個哥兒，又是一個大胖小子。」

當聽說兩個孩子順利產下，大哥兒重五斤一兩，二哥兒重四斤七兩時，外面的人又是一陣歡呼。

陳世英和王氏哭出了聲，這次是激動的。

此時正院燈火輝煌，楚令宣、王氏、陳名和陳世英幾人一直等在這裡。剛開始江氏和老侯爺也在，江氏直等到昨晚才回家，老爺子是在子時被人勸回去的。

楚令宣一直被人攔在外面，不許他進產房。他聽到陳阿福沒聲音了，急道：「阿福呢？阿福怎麼樣？」

房裡的李嬤嬤走出來笑道：「大爺莫急，大奶奶睡著了。」

現在更深露重，不敢把孩子抱出來讓他們看一眼。知道大小平安，閨女又給楚家生下兩個大胖小子，陳世英和陳名都極高興，儘管遺憾沒能第一時間見到外孫，但也放下心，去了外院歇息。

楚令宣又派人去給老爺子和江氏報信。

等到接生婆把陳阿福收拾索利，昏睡的她被抱去另一間屋子，楚令宣和王氏便急急走了進去。

當陳阿福醒來時，已經是晌午，她是餓醒的，她已經被抱回臥房，大床旁邊還有一張小床。

王氏正抱著一個哥兒逗弄著，看到陳阿福醒了，笑道：「醒了？閨女，妳找了個好女婿，他一直守著妳才剛去西廂。老侯爺、妳爹、還有另一個爹，他們都在西廂房……」

陳阿福笑道：「娘，我看看孩子……」

王氏笑起來，趕緊把手裡的孩子抱到陳阿福的眼前，笑道：「這是大哥兒，大爺說他重些，哭的嗓門大些，就叫楚司羽，羽哥兒。」

李嬤嬤又抱著一個孩子過來笑說：「這是二哥兒，大爺說他要斯文些，就叫楚司明，明哥兒。」

兩個孩子似乎聞到了娘親的味道，閉著的眼睛居然都睜開了，還往陳阿福這個方向看著，讓王氏等人嘖嘖稱奇。

兩個孩子不大，還有些紅通通、皺巴巴的，但頭髮油亮，還是雙眼皮，小鼻很挺，小嘴有稜有角，時而抿抿小嘴，可愛極了。

看到他們，陳阿福的心裡軟成了一灘水，不由地眼淚湧上眼簾。她先把離得近的羽哥兒接過來，親親他的小臉，再摸摸他的小鼻尖，味道香香的，皮膚嫩嫩的，愛死人了。明哥兒似乎覺得自己受怠慢了，癟著小嘴哼哼起來。

陳阿福把羽哥兒還給王氏，又把明哥兒抱進懷裡，親一親再摸一摸，笑道：「兒子，娘的寶貝！」

她的腦海裡響起金燕子的聲音。「弟弟也是人家的寶貝，弟弟也是人家的寶貝……」

夏月端著一碗雞湯走進來笑道：「大奶奶餓了吧？先喝碗雞湯。」

陳阿福喝了雞湯，又吃了兩個小包子、兩個荷包蛋，便給孩子餵奶。她知道自己的體質特殊，極力要求自己餵，另外也找了兩個乳娘，若自己的奶不夠，再讓她們餵。

冬月初一，這兩個兄弟滿月。

這天一大早，陳阿福就去淨房泡澡，洗得乾乾淨淨、香噴噴的。她穿上淡黃繡玫瑰錦緞鑲毛邊的對襟小薄襖，大紅提花錦緞長裙，戴著赤金步搖鳳釵，還戴了個吊蝴蝶花的金絲抹額。

寧靜，平和，豔麗，非常自然地融合在她的身上。

看到鏡中的麗人，陳阿福有片刻的恍惚。這是最美麗的母親，這個母親還是自己。

小哥兒倆正睡得香，李嬤嬤和幾個丫鬟給他們過了秤，楚司羽九斤六兩，楚司明九斤整。一個月的時間長了這麼多，李嬤嬤樂得笑眯了眼，直說不可思議。

陳阿福暗樂，當然不可思議了。這一個月，她經常趁楚令宣不在的時候把孩子帶進空間，金燕子還大方地一人給了一丁點綠燕窩。

客人們陸續來了，陳阿福把兩個孩子餵飽後，李嬤嬤替他們把小紅刻絲衣裳穿上，再用紅色錦被將他們包裹起來，再抱出去見客。

小哥兒倆得到所有人的誇讚，付夫人和江氏一人抱一個，捨不得鬆手。他們不認生，也不哭鬧，還「啊、哦、額」地對人說著話，時不時吐一個小泡泡。

付夫人又讓剛懷孕的三兒媳婦抱一抱，笑說：「我不巴望妳一下生兩個，只要是這麼漂亮的大胖小子，一個就成。」

之後，乳娘又把兩個孩子抱去前院，讓男客們看了一圈。

楚老侯爺一看孩子就笑眯了眼，對客人們誇了大重孫子一陣子，笑道：「我那大孫媳婦是個有福的，娶了這個孫媳婦，我們一家都滿意。」

客人們自是一陣附和。

自從孩子滿月後，陳阿福下晌便會帶他們出去曬曬太陽。往常這時候已經很冷了，可今年的天氣卻溫暖非常，特別是下晌，陽光燦爛，萬里無雲。

陳阿福早就讓人做了兩輛小嬰兒車，兩個小傢伙躺在車裡，車上擋著厚布。每天這個時候，都是正院最熱鬧的時候，楚含嫣，還有七七、灰灰以及追風一家，都會圍著嬰兒車往裡看。

只要不碰著他們，小哥兒倆若是睡著了，不會被其他的動靜嚇醒；若醒著的時候，也不會被嚇哭。

陳阿福不得不承認，這兩個小子很淡定，特別好帶，一點都不磨人。

天氣暖和，連風都帶著一絲暖意，更奇怪的是，桂院裡的桂花又開了一次。

這哪是冬月初的天氣，明明是金秋嘛！

想到那個錦囊，陳阿福的心揪得更緊了，儘管做好了一切準備，她還是不願意看到那個場面，那會死多少人啊！

進入臘月，氣溫陡然下降，寒風刺骨，大雪紛飛，似乎一下子就從秋天進入嚴冬。許多人家的老人或是身體不好的孩子都生病了，甚至死了不少。

臘月十日，陳家三房送陳阿滿去京城和楊明遠完婚後，回到定州府。

隔日，陳名家請客，把三房人都請去，也給陳阿福帶了信。

因為今天要商量事情，上學的陳大寶和楚令智沒出席，陳阿福只帶著幾個小孩子去陳名在府城買下的新家。

一進家門，王氏就迎上來，伸手把明哥兒抱進懷裡，笑道：「外孫，姥姥可想你們了。」

進了上房，男人們都在廳屋坐著，女人和孩子則在東側屋。

陳老太太招手笑道：「阿福快領著孩子上炕，炕上暖和。」

陳阿福聽他們講了婚禮如何熱鬧，楊家如何富得流油，陳阿滿的福氣如何好⋯⋯

胡氏又對陳阿福說道：「阿福，妳跟阿菊從小玩到大，感情比跟阿滿好得多，也幫妹妹找個好相公吧！不一定要跟楊大爺一樣開那麼多間大酒樓，開一、兩間就成。」

陳阿福說道：「大伯娘高看我了，我哪有那個本事。我三嬸呢？」

王氏笑道：「三叔說妳三嬸累病了。」

王氏把陳阿福和幾個孩子帶進東屋，將門一關，隔絕了屋外的嘈雜。

王氏低聲跟陳阿福說道：「妳奶奶說，妳大伯娘拎不清，想讓阿菊去三房住下，由妳三嬸教養，妳三嬸不願意，就說忙阿滿的事累著，病了。」

母女兩個絮叨了一會兒，陳阿福便跟王氏講了，他們十五日就會啟程進京，已經給陳名一家收拾出一個院子，十四日就請他們搬入參將府。

原來還想晚幾天再走，可看現在的天氣，越來越冷，雪越下越大，他們一家老的老、小的小，怕路上更不好走。

回家後，陳阿福又把李嬤嬤和其他下人叫進正房交代了一遍。

前段時間，王老五已經正式升為大寶的長隨，藉口冬天不能種菜，王老五閒著也是閒著，就讓他當大寶的長隨；若是用得順手，以後就一直跟著大寶。進了府的王老五乾淨多了，除了頭髮少，看著還是個不錯的後生。

陳阿福忙著收拾東西，也把給陳府、付府、秦府等人家的年禮送了。

吃了晚飯，陳阿福硬著頭皮把大寶一個人領去西側屋。

她把大寶抱進懷裡，說他們會回京城過年，但因為陳阿福跟侯府的關係不太好，怕有人對他不利，他會受委屈，所以今年不能帶他回去，等陳阿福把關係搞好後，再帶他回去。

大寶一聽就哭起來了，抱著陳阿福說道：「娘親，我不怕委屈，只要跟娘和弟弟、妹妹在一起，再大的委屈我都願意受。妳說過要永遠牽著我的，現在妳只牽爹爹、妹妹、兩個弟弟，都不牽我了……」

陳阿福眼圈都紅了，說道：「兒子，娘也捨不得你。娘的心裡有一隻手，一直牽著你的，永遠也不會放開。但是，京城侯府真的不好，娘怕有人因為娘而傷害你。好孩子，娘親也是沒有辦法了，這是最後一次，以後娘再不會留下你一個人……」

楚令宣知道陳阿福跟陳大寶談不出個結果來，便推門走了進去，坐在陳阿福身邊，撫摸著陳大寶的頭輕聲說道：「爹和娘這麼做，是為了你好。你是男子漢，府中有這麼多人，姥姥、姥爺和舅舅都會進府來陪你，爹爹也會在這裡陪你到大年二十八。時間過得很快，用不了多久，娘親他們又回來了。」

陳大寶心裡對楚令宣雖然有些不滿，但明面上不會跟他頂嘴，他只抱著陳阿福大哭，哭得聲嘶力竭。

這時，楚含嫣流著眼淚走了進來，她的眼睛已經哭紅了。她過去牽著大寶的手，跟楚令宣說道：「爹爹，讓姊兒在家裡陪哥哥吧！姊兒也捨不得哥哥，娘親還有兩個弟弟陪，可哥哥只有姊兒陪……」

大寶聽了感動不已，滑下陳阿福的腿，又跟楚含嫣抱在一起哭。

楚令宣和陳阿福相視一眼，似乎只能這樣了。之前，他們也商量過讓楚含嫣在府裡陪大寶，但楚侯爺不太願意。說楚含嫣的名字還沒有寫進祠堂，正好趁給兩個哥兒寫名字的時候，把她的名字一起寫進去。雖然她不能進祠堂，但也要在外面給祖先磕幾個頭，她從小受的苦最多，讓祖先保佑她以後一生順遂。
陳大寶的反應這樣大，也只能讓她留在這裡陪大寶了。
楚令宣撫摸著楚含嫣的頭說道：「好孩子，爹爹和娘親會盡量早些回來。」
大寶看到即使自己再哭，爹娘也不會改變決定，只得說道：「我捨不得娘親和弟弟，能不能讓我和妹妹今、明兩天，在娘親這裡歇息，我們想跟娘親離得近一些。」
楚含嫣聽大寶的，也抬頭說道：「嗯，姊兒也這麼想。」
見楚令宣皺起眉頭，陳阿福悄悄扯了一下他，對兩個孩子笑道：「好，娘親也想跟大寶和嫣兒多親近親近。」說完，轉頭對楚令宣說道：「這兩天，我和閨女睡暖閣，你和兒子睡大床。」
兩個孩子聽了，都睜著淚眼看楚令宣。楚令宣心裡不痛快，自己也要跟媳婦暫別半個月，但看到兩個孩子的淚眼，只得點頭同意。
睡前，洗得香噴噴的一家人都齊聚在大床上，連小哥兒倆都被抱到床的最裡側躺著。陳阿福講了兩個故事，又抱著他們啃了好幾口，逗得他們格格直笑，直到楚小姑娘睡眼矇矓了，才抱著小姑娘去暖閣歇息。
十四日上午，陳名和王氏拿著一些換洗衣物來到參將府。他們住在豐臨院，離朝華院和悅陶軒都很近。
晚上，在豐臨院擺了幾桌席，不僅主子們都來吃飯了，還請了兩桌體面的下人。飯後，陳阿福把李嬤嬤叫來，鄭重地把那顆神藥交給她保管，以防萬一。

十五日辰時末，老侯爺、陳阿福領著羽哥兒、明哥兒和楚令智一起去了外院。王氏牽著楚含嫣，陳名牽著大寶，以及阿祿，送他們到大門外。陳大寶和楚含嫣嚎啕大哭，把王氏和阿祿的眼圈都哭紅了。聽著越來越遠的哭聲，陳阿福也流淚了。

今天的天氣還算好，只飄著小雪。官道清理得乾淨，只有新下的薄薄一層雪，馬車跑得還算快。

陳阿福和兩個小哥兒、兩個乳娘一輛車，腿上搭著厚褥子，手裡還拿著湯婆子，不算很冷。

晌午在一個小鎮吃了羊肉湯和饅頭，讓馬歇了一陣子才啟程。晚上到了一個縣城，已有人在驛站包下一個院子。眾人歇息一晚後，一早啟程，在下晌申時末終於到了京城。

此時，二爺楚令奇已經等在城門口，他來到老爺子的車外及陳阿福的車外行禮。

到達永安侯府時，天已經黑透了。陳阿福領著孩子直接回竹軒，梳了婦人頭的玉鐲帶著小紅和竹軒的下人在門外等著。

如今玉鐲已經嫁了人，要叫余永順家的，或者余嫂子。

「大奶奶，水已經燒好了，羊肉鍋子也備好了，炕也燒得暖烘烘的，盼著你們呢！」

陳阿福母子洗了澡，換上乾淨衣裳，楚三夫人的丫鬟來了，笑說：「三夫人說，現在天兒晚了，大奶奶旅途勞累，就不用去給長輩請安了……」

陳阿福起身道謝，坐上炕，餵飽了兩個孩子，又把他們放在炕上玩，邊吃湯鍋邊聽余嫂子稟報。

余嫂子說府裡風平浪靜，有楚三夫人鎮著，二夫人想出么蛾子也施展不開；不過，小哥兒倆滿月時，兩妯娌鬧了一場。

因為楚三夫人想讓二爺或是三爺，帶著二姑娘代表侯府去定州喝滿月酒，可楚二夫人就是找藉口不許二爺和三爺去。她說三爺成親的時候，老侯爺、侯爺、大爺和大奶奶都沒回府慶賀，大房不給二房面子，憑什麼二房要給大房面子。

楚三夫人氣得不行，揶揄她道：「妳的面子，只比樹上的麻雀大不了多少，還好意思拿出來說，若不是靠著我們侯府，妳算個什麼？」

楚二夫人氣得大哭……

二房嫡子楚令安是在九月初成親，那時正是楚令宣最忙的時候，老侯爺在裝病，楚侯爺又在靈隱寺，怎麼可能回來參加婚禮？大肚子的陳阿福更不可能回來。

陳阿福心裡清楚，楚二夫人真正生氣的不是面子，而是自己肚皮爭氣，生了兩個兒子。她呵呵笑了一陣，說道：「那李氏有多大面子，除了她自己，別人都清楚，天天妄想得不到的東西，以後會越來越沒臉。」

翌日早飯後，陳阿福帶著兒子和送三房的禮物，以及颯颯母子去了安榮堂，又讓下人把二房的禮物給他們送去。

陳阿福覺得自己跟楚二夫人已經撕破了臉，也不想假惺惺地裝作什麼都沒發生。

楚三夫人正抱著楚令智說話，聽陳阿福帶著孩子來了，大聲笑道：「快快，讓我看看這對寶。」

陳阿福過去給她屈膝見禮，兩位嬤嬤把孩子放在炕上。

楚三夫人親親這個，再親親那個，喜歡得不行，笑道：「多漂亮的小子，若是閨女就更好了。」

她又送了兩個七寶瓔珞圈給哥兒倆做見面禮。

不一會兒工夫，楚珍來了。她每天都要來三夫人這裡立一個時辰的規矩，跟著學習待人接物和管理中饋。

楚珍給三夫人見了禮，又給陳阿福屈了屈膝，喊道：「大嫂。」

雖然笑容牽強，但總算知道笑了，還知道喊人，而且氣質比原來好多了，這個進步可不小。

陳阿福也笑道：「小姑。」

楚珍拿出兩個小玉掛件，說道：「這是我給兩個姪兒的見面禮，大嫂別嫌棄。」

陳阿福知道這肯定是嬤嬤的提點，但也不容易了。「哎喲，我代他們謝謝二姑姑了。」

兩個嬤嬤又抱著兩個孩子來給楚珍行了禮。

子。

楚珍看到長得幾乎一模一樣的小哥兒倆，覺得十分好玩，笑容真誠許多，過去逗了逗孩子。

楚三夫人想跟陳阿福說些體己話，說道：「珍兒，今兒我忙，妳就先回去吧！」覺得她今天表現好，又從頭上拿下一支嵌紅寶石赤金蝴蝶釵，笑道：「好孩子誰都喜歡，這是我皇祖母賞我的，妳拿去戴吧！」

這是楚三夫人第二次賞她東西，還是皇太后的賞賜，楚珍高興地接過，又跟陳阿福告辭，才走了。

陳阿福笑道：「三嬸可真會調教人，一年不到，二姑可是大變樣了。」

楚三夫人笑了笑，望著窗外紛紛揚揚的小雪，跟陳阿福低聲說道：「都傳說無智人師料事如神，不知年底是不是真的要遭雪災……」

又說，自從拿到那個錦囊後，楚侯爺和楚三老爺便都沒有往北邊走，哪怕有些不得不去的差事，也找理由推了，只是不知道這個期限要到什麼時候，能不能避得過……

「真愁人。」楚三夫人嘆道，又轉了話題。「妳上次給我的那泡酒，我給了皇祖母一罈，她老人家相當喜歡，每天晚上都會喝一杯，說好喝，喝了有精神。」

陳阿福笑道：「這次我又帶了兩罈來。跟三嬸兒說句實話，這酒加了些稀罕藥材，那東西是無智大師給我的，所以補人。」

讓皇家人知道自己手裡有好東西可不好，所以她把責任甩給無智老和尚。

楚三夫人抿嘴笑道：「怪不得那樣好，我再送一罈給她老人家。」又道：「宣兒之前跟我說，讓我找個好些的嬤嬤，給嫣姊兒當教養嬤嬤。我這裡正好有一個，就是黃嬤嬤。她在宮裡就一直服侍我，只不過歲數稍微大了些，今年已經四十三歲了，若是不行，我再進宮向皇祖母討要一個。」

給楚含嫣找教養嬤嬤，還是陳阿福向楚令宣提議的。小姑娘已經六歲了，又太善良、太單純，即使自己再費勁教導，她長大後也不會很精明；加上自己又不太懂內宅的彎彎繞繞，無法教她這些。她這樣的性子，必須要一個精明、忠心又深諳內宅之道的嬤嬤教導和服侍她。

黃嬤嬤此時就站在楚三夫人的旁邊服侍，低頭屈膝，似沒聽到主子的話。她是楚三夫人最得力的嬤嬤之一，若是她，倒真是個好人選，雖然歲數大了些，但至少還能工作十幾年。前十年是小姑娘最重要的成長期，讓黃嬤嬤多講講內宅裡的彎彎繞繞；嫁去婆家後，再服侍小姑娘幾年，把夫君身邊的壞人清理乾淨，再把接班人培養起來，便可以光榮退休了。

陳阿福瞥了一眼黃嬤嬤，摟著楚三夫人的胳膊笑道：「黃嬤嬤可是三嬸的得力人兒，能幹、索利，三嬸捨得嗎？」

楚三夫人笑道：「黃嬤嬤服侍我二十幾年，忠心，用著也順手，我還真有些捨不得她；不過，嫣姊兒過去受了不少苦，又心善，我從心裡憐惜她，想讓她以後的日子好過。」她又對黃嬤嬤說道：「大姊兒歲數小，又心善，妳把她教導好了，她會給妳養老，有妳享福的日子。」

黃嬤嬤趕緊過來給楚三夫人磕頭。「謝郡主的體恤，老奴自當好好服侍大姊兒。」起身後，又給陳阿福屈膝福了福，說道：「謝大奶奶。」

黃嬤嬤曾是宮中女官，身上有品級，不需要給陳阿福磕頭。

陳阿福笑著跟她說了幾句話，夏月遞上來一個荷包。

不一會兒工夫，楚華領著恒哥兒來了。

她看到這對雙生子，歡喜地笑道：「哎喲，我要多看看他們，也生個這麼漂亮的小哥兒。」

恒哥兒很不以為然地說：「男人，長得就是爺兒們樣。」

因為恒哥兒長得像他爹，比較黑胖，快人快語的楚華沒少說他長得不俊俏，他爹謝凌便會說這句話堵妻子的嘴，久了連小小的恒哥兒都學會了。

楚三夫人哈哈大笑。「小豆丁子，話都說不清楚，還爺兒們樣。」

陳阿福和楚華在這裡吃了晌飯和晚飯，楚三老爺則是在外院跟老爺子和二老爺等家中幾個男人一起喝酒。

本來接風宴應該擺在安榮堂，全家男女老少一起吃，但因為年初吃送別宴的時候，楚二夫人鬧了那一齣，老爺子不高興了，便沒有讓家人聚在一起吃。這樣，倒也如了陳阿福和三夫人的意，她們都不想看到楚二夫人。

第二天起，陳阿福就對外聲稱生病了，關在院子裡不出去，楚三夫人想她和孩子，還要來竹軒看望他們。榮昭是陳阿福的偽婆婆，是兩個哥兒的偽奶奶，他們母子進京，禮節上必須要去拜見她和楚侯爺。

用腳趾頭都能想到，如今的榮昭有多羡慕嫉妒恨這母子三人，去了公主府還不知道會怎麼折騰他們。陳阿福倒是不太怕，但兩個孩子卻不能出個萬一，所以只有裝病，讓人把禮物送去公主府。

竹軒的上房裡，陳阿福母子三人還是該如何如何。這其間，楚二奶奶宋氏、楚三奶奶沈氏和楚珍結伴來看望陳阿福。

聽到小丫鬟的高聲通傳，正在陳阿福大床上玩鬧的小哥兒倆，被各自的嬤嬤趕緊抱去東側屋大炕上。

李嬤嬤沒請三人進臥房，只讓她們在東側屋門口坐著，理由是二奶奶的兒子還小，三奶奶是新媳婦，二姑娘歲數小又嬌貴，不能過了病氣。

陳阿福斜倚在床頭，有氣無力地跟她們說了幾句話。

沈氏比較外向，也會說話，第一印象還行，不知道真正的性子怎麼樣。她也稀罕羽哥兒和明哥兒，逗弄了一會兒，笑道：「都說他們嘴刁，只吃大嫂的奶。如今大嫂病了，怎麼餵他們啊！可憐見的，可別餓著了。」

李嬤嬤嘆道：「兩個哥兒倒是餓不著，只可憐了我們大奶奶，每天要把奶擠出來，奴才們熱一熱，再餵哥兒吃。」

夜裡，颳起了狂風，呼嘯聲和颯颯母子三個的叫聲把陳阿福吵醒了。她一直不安的心更加不安，迷迷糊糊地數了幾百隻羊才睡著。

氣溫驟然下降，寒風凜冽，大雪紛飛。一夜之間，房上、樹上、地上都蓋了一層厚厚的雪。小丫鬟把院子裡的雪掃到旁邊，還格格笑著堆了兩個雪人。

窗邊的陳阿福心情極其沈重，若這雪一直下，不說下到正月底、二月底，就是下個八天、十天，都是災難。對知道內幕的楚家人來講，都不希望無智大師的預言成真，那樣，不僅楚家將面臨不可知的滅頂之災，也不知道有多少黎民百姓會在雪災中凍死、餓死。

二十五日下晌，大雪依然下著。

陳阿福坐在炕上做針線，聽到窗外一直呼嘯著的狂風，她只有做針線來平復自己的心情。她時而看看手裡的小衣裳，時而看看睡著的小哥兒倆。

小哥兒倆已經長開了，現在看來，像楚家人多些，更確切地說，非常像楚侯爺。楚令宣長得像了塵住持，楚含嫣小姑娘也隨了楚令宣。

楚侯爺到現在還沒見過小哥兒倆，若是看到他們長得這樣像自己，一定會喜歡到心裡吧？聽楚令宣的意思，楚侯爺對楚小姑娘的感情很複雜，既憐惜她，又因為她有馬氏血脈而不願意多親近她，所以，更加盼望陳阿福生的孩子。

想到那個讓人憐惜的小姑娘，陳阿福又想她和大寶想得難受。她揉揉胸口，呆呆地想了他們兩個一陣子，就聽下人來報，榮昭公主府的內侍來見大奶奶，正在路上。門房早得了通知，若公主府的人要見陳阿福，必須以最快的速度來稟報。

陳阿福聽了，急急把針線放下，讓小丫鬟快跑去安榮堂稟報楚三夫人，她自己則躺去床上。

不一會兒，內侍便來了。他在門邊往裡看了一眼，說道：「咱家奉公主殿下的命令，前來請楚少夫人帶著兩個哥兒，去給公主殿下和駙馬爺請安。」

「請」字說得特別重。

李嬤嬤趕緊說道：「公公，你也看到了，我家大奶奶舟車勞頓，回府第二天就生病了，要不，把大奶奶抬去公主府？」

太監猜測這位楚少夫人肯定是裝病，想了想說道：「公主殿下仁慈，定不會讓生病的兒媳去立規矩，但是……」他一指炕上的小哥兒倆。「這兩位公子必須要去拜見祖母、祖父，這是孝道。」

陳阿福當然不敢讓兩個孩子單獨去公主府，虛弱地說道：「這兩個孩子離不開我，我這就起來，帶著孩子去見公主殿下。」

內侍譏諷道：「原來楚少夫人能起床啊！那還躺在床上裝什麼病？快，快，快著些，公主殿下等著見孫子，可是等了好些天了。」

李嬤嬤和紅斐、夏月聽了，都紅著眼圈進去服侍陳阿福穿衣。

陳阿福站都站不穩，還要兩個人把她架著，一個人幫她穿衣。余嫂子則和兩個嬤嬤找出小哥兒倆的衣裳，給他們穿衣裳。小哥兒倆正睡得香，被人折騰醒了，小屁股上還被掐了一下，扯開嗓子哭了起來。

陳阿福被人連架帶拖地剛弄到東側屋門口，楚三夫人和楚老侯爺就前後腳地趕來了。

楚三夫人看到這個情況，氣壞了，指著那個太監喝道：「去給我掌嘴！這個閹貨，竟然敢陷榮昭公主於不義，這樣把繼子媳婦弄去公主府，還不知道人家怎樣彈劾公主不慈，虐待繼子媳婦。」

她身邊的一個嬤嬤聽了，上前打了那個太監兩個大耳光，罵道：「膽子忒大，竟然敢壞公主殿下的名聲。」

楚老爺子聽了，大罵道：「哪裡是這個閹貨壞榮昭公主的名聲，榮昭公主本來就不慈，她已經害死宣兒的一個媳婦，現在又來害這個，還想把我這兩個重孫害傻。不行，我現在就進宮，我要告御狀，再是皇家人，也不待這麼欺負人的。」

這個太監一聽就嚇壞了，趕緊給楚三夫人跪下磕頭，說道：「郡主饒命，郡主饒命，不怪公主殿下，是奴才看走眼了，以為楚少夫人無大礙，奴才這就回去如實稟報公主殿下。」

楚三夫人斥道：「你看走眼了？我看你是沒長眼！下次再敢這樣，就戳瞎你的狗眼。」

太監又連著磕了幾個頭，才跑了。

太監一走，楚老爺子就樂呵呵地逗弄重孫子，他有好幾天沒看到他們了。

陳阿福留老爺子和楚三夫人在竹軒吃晚飯，說讓花嬤嬤做火鍋。之後，又把楚令智、楚令衛兄弟接來，待楚三老爺下衙後，也直接來了這裡。

人不多，只有六個，幾人共吃一鍋。

火鍋味重，擺在西側屋。外面漫天大雪，狂呼嘯，屋裡溫暖如春，說笑聲不斷。

楚老爺子樂呵呵地吃了一陣子，長嘆道：「若老二媳婦拎得清，咱們這個家也不會連頓團圓飯都吃不上。」

楚三夫人笑道：「公爹，那李氏是沒救了。二伯的性子雖然有些陰鬱，但人挺好，二伯的幾個兒女也不錯；若把那顆壞了湯的耗子屎踢出去，家裡就安生了，天天可以聚在一起吃飯。」

楚三老爺雖然覺得自己媳婦如此說哥哥、嫂子不太好，但也沒制止，還呵呵笑了兩聲。

陳阿福也這麼想，但她一個小輩更不好說出口，也跟著傻笑了幾聲。

楚老爺子說道：「原本是為了讓人看到，咱們侯府被榮昭攪得有多亂，是哀兵之策，也就容忍李氏許多過分的做法，等到把有些事情解決了，李氏再犯渾，也的確不能留她了。」

大雪一直下到大年二十八也沒有停的架式。京城周邊、京城以北都遭了雪災，壓垮了許多民房，凍死許多豬羊，還死了不少人。

老和尚的話真的靈驗了，若真如他說的「歲末雪急月末清」，要等到正月底或是二月底才晴，那還不知道要凍死多少人。

皇上急得焦頭爛額，天天召集內閣商討賑災事宜。皇上還傳旨，今年過年取消初一進宮給皇上和太后拜年的禮制，遭災的地方初三開印。

這天，又有御史開始彈劾榮昭公主，說她做多了「缺德」事，惹得上天震怒，先是招致群鳥攻擊，現在又招了雪災。

皇上又氣又怕，但事關皇家面子，都扣下未發；不過，太后還是下了一道懿旨，讓榮昭在府裡抄經，哪裡都不許去，其實，就是變相禁她的足了。

太后這樣，不僅是做給別人看的，也是不想榮昭再進宮的意思，怕她把「霉運」帶過去。

這令楚家人高興不已，因為大年三十全家團聚，公主和駙馬也要回楚家，如此一來，榮昭不會再回楚家了。當然，高興的楚家人不包括楚二夫人，她一直盼望榮昭回來折騰陳阿福和她兩個兒子。

陳阿福更高興，既不怕榮昭折騰自己和兒子，翌日，她的病就不藥而癒了。

晚上，楚令宣終於趕回來了。他風塵僕僕，臉都凍紫了，去泡了熱水澡出來，羊肉湯鍋已經擺在炕桌上了。

陳阿福給他滿了一杯酒，舀了半碗湯。「喝了，祛祛寒。」

兩杯酒下肚，楚令宣才緩過來。「阿福放心，家裡很好，柴炭、糧食都備足了，大寶、嫣兒、兩家岳父母、小舅，他們都很好。哦，還有小舅舅一家，東西都備齊了，生活無憂……定州境內雖然也發生了雪災，但情況比京城好些。」

陳阿福聽了，才放下心來。

楚令宣吃完飯，又逗了逗小哥兒倆。外院來人說，老侯爺讓世子爺去外院書房，侯爺來了。

幾個男人開會開到第二天早晨，疲倦至極的楚令宣回來洗漱完後，上床睡覺。他一直傻樂著，睡前，對陳阿福笑道：「爹今天就歇在外院。」

自從楚侯爺娶了榮昭後，這是第一次在楚家歇息，真不容易。

陳阿福則指揮下人把竹軒裝扮一新，再把自己和羽哥兒、明哥兒、颯颯一家收拾索利。

晌午時，楚令宣也起床了，幾人一起去安榮堂。

過年那天，全家都聚在這裡吃年飯。

他們一家進去的時候，其他人已經坐在廳屋裡，還包括楚侯爺。

幾人走上前去給長輩們見禮。

楚侯爺這是第一次見小孫子，極為激動，給了他們一個羊脂玉鯤鵬擺件做見面禮，還一人給了一個大紅包。

孩子此時都醒了，對著楚侯爺直樂。他們太小，他不敢抱，看了許久，又摸了摸他們的小臉。之前看老父的信，說小哥兒倆長得極像自己，他還以為是老父為了讓自己開心才這麼說的，沒想到，是真的像，他是真心喜歡，又想著，若是雲兒也坐在這裡該有多好……

她看到如此像他的孫子，也會極開心吧？沒有她在，哪怕自己置身永安侯府，縱使兒孫滿堂，也少了幾分家的溫暖……

陳阿福回來這麼久，這是第一次跟楚二老爺夫妻見面，又帶著孩子給他們行了晚輩禮。

楚二夫人張了張嘴沒敢多說話。二老爺在來之前說過，若她再敢沒事找事，他就不客氣。這些天，楚三爺楚令安也沒少跟她談話，讓她收起不該有的心思，現在大房有了自己的孫子，還是兩個，以後會更多。

此時，她看到楚侯爺和幾個兒孫其樂融融地相聚在一起，特別刺眼；但她也知道，自己的那些想法是不可能再實現的了……

今天楚二夫人少有的老實，雖然面上苦大愁深，卻沒有說任何不妥當的話。

吃飯的時候，男桌那邊很熱鬧，說笑、敬酒聲不絕於耳。女桌這邊氣氛就不太好，楚三夫人和陳阿福倒是言笑晏晏，楚二夫人則端著一張苦瓜臉，二房其他的女眷、孩子見她那樣也不敢多出聲，只低頭吃飯，抬頭發呆。

這頓團圓飯吃到晚上，楚侯爺和年輕男人去外院守歲，男孩子們在院子裡放爆竹，陳阿福則領著兩個孩子回竹軒。

洗漱完後，把下人打發下去，陳阿福帶著孩子進了空間。

見金燕子正在玩，陳阿福笑道：「寶貝過年也不寂寞了。」

金燕子唧唧叫道：「是啊！哥兒倆一來，就好玩了。」

陳阿福又笑道：「天天惦記著，你進來這麼久，好像就沒修過房子。」

金燕子唧唧說道：「人家有那麼多房子，夠我住了。」說著，便飛上小床。

羽哥兒和明哥兒也等著跟金燕子玩，牠一上床，就「哇哇」叫個不停。

陳阿福看看金燕子的恭桶，又攢了不少燕糞，若在鄉下或是定州府，她肯定會種些香蒜苗出來吃；可在這裡，楚三夫人吃到好吃食，就會拿進宮孝敬太后。陳阿福可不願意讓皇家人知道好東西都出自她這裡，她每隔幾天做次點心，都已經很顯眼了。

第四十五章

大年初一，依然大雪紛飛，狂風呼嘯。

除了晚輩給長輩拜年，眾人都沒有大張旗鼓地出去給親戚朋友拜年，畢竟連皇家都不要他們拜年了。許多有錢人家的大門口還放置了大鍋，開始給窮人施粥、施饅頭。

上午，老侯爺和楚侯爺領著家裡所有的男丁去祠堂拜祖先，又把楚司羽、楚司明、楚含嫣的名子寫進族譜裡。

男人們出了祠堂，又去外書房商量事宜。

陳阿福則給楚令宣收拾東西，他明天就要趕回定州府。此外，她還分別給陳世英夫婦、曾雙、大寶和楚含嫣各寫了一封信。特別是給兩個小孩的信，她寫得情真意切，又給他們帶了許多禮物，因為自己食言了，沒有早些回去，還不知道他們會哭成什麼樣子……

這種天氣，所有人都不放心陳阿福帶著孩子回定州府，讓他們等到天氣好些再回去。

楚令宣直到半夜才回來。

陳阿福睡得沈，被楚令宣折騰醒了。她想著不知還要過多久才能跟他再見面，便非常配合他。

陳阿福的腦海裡又出現炸了毛的金燕子，唧唧罵道：「媽咪壞，知道今天要跟楚爹爹這個，也不拿杯水進來給人家退火，人家又流鼻血了，媽咪好討厭……」

陳阿福臊得慌，推了推楚令宣道：「快點，別人聽了要笑話。」

楚令宣嘀咕道：「誰笑話就扣誰的月銀……集中精力，妳怎麼不像剛才那樣取悅夫君了呢……」

陳阿福不知道他是什麼時候結束的，也不知道自己是什麼時候睡著的，就覺得自己剛剛睡著不久，便聽到窸窸窣窣的聲音，楚令宣已經起床了。她咬牙爬起來，服侍他吃完早飯，再把他送出院門，看著他消失在風雪交加的茫茫夜色中。

這種天氣要騎馬跑兩百多里路，陳阿福心疼不已，坐馬車暖和，可楚令宣說太慢，他想早些趕回去。

大年初二，窮人家難過，可這些不缺米糧柴炭的富貴人家還是該怎麼過怎麼過。今天是回娘家的日子，包括楚三夫人，幾乎所有女眷都帶著自己的男人、兒女回娘家了。

陳阿福的娘家不在這裡，沒處可回，楚華因為懷孕，也不敢在這種天氣出門，所以偌大的永安侯府，只剩內院的陳阿福母子三人，以及外院的老侯爺。

陳阿福把小哥兒倆餵飽後，幫他們穿上小紅刻絲棉襖棉褲，放在暖烘烘的炕上，又派人把老爺子請到竹軒。

正待得不自在的老爺子也在想小重孫子，但礙於京城禮數較鄉下嚴苛，做爺爺的不好去孫媳婦的院子，如今見陳阿福派人來請，老爺子趕緊樂顛顛地來了。

小哥兒倆已經會翻身抬頭了，還能笑出聲，不時逗得老爺子哈哈大笑。

陳阿福則在西側屋親手做魚火鍋，雖然有大厚棉門簾擋著，還是能隱隱聽到老爺子的笑聲。

下晌，楚侯爺居然也來了，直接請到竹軒。他似乎是專程來看孫子的，還給他們帶了禮物，兩把小烏木令箭，說這是他無事刻的。

陳阿福暗道：他在公主府裡該有多無聊，才會自己刻這些東西……

楚侯爺來的時候，小哥兒倆非常不給面子地睡著了，卻沒有影響他觀看的興致，靜靜地坐在炕邊無聲地看著他們。

陳阿福替他續了茶後，便去西屋看書，老爺子耐不住寂寞，在廳屋裡逗鳥玩。

楚侯爺看了一個時辰後，才起身告辭。之後，他幾乎每天都會來竹軒看孩子，當然都會拉著老侯爺，只是時間很短，多則兩刻鐘，少則一刻鐘，有一次居然只有半刻鐘；而且，每次來都會給孩子帶禮物，玩的、用的、看的……五花八門。

隨著暴風雪下得越來越久，災民更多，凍死、餓死的人畜無數，越往北越甚，糧鋪的糧食價格越漲越高，因為交通不便，南方運來的糧食有限，許多糧鋪也斷了糧。

正月六日之後，各地官府開始開倉放糧，還是不能解困。

古代人一遭災就開始往神靈方面想，彈劾榮昭公主的摺子更多了。年前的大多摺子，是楚家有意讓人做的，為的是禁足榮昭；而現在，朝中大臣都慌了，許多人都是發自內心認為榮昭得罪了神靈，不僅彈劾榮昭，還有人開始彈劾跟榮昭有關係的楚侯爺和永安侯府。其中，彈劾楚家的人裡面，二皇子一黨的人最多。

幾日後，定州府的福運來商行及京城分行，一同向官府捐出六萬斤糧食，又向老百姓放糧一萬斤。

因為福運來帶頭，許多還有存貨的糧鋪也開始捐糧，大大緩解了朝廷的壓力，也拯救了無數生命。

這幾家商行和糧鋪都得到皇上的表彰和嘉獎，特別是福運來商行，皇上親自題了一個大匾「義善可嘉」，太后娘娘也下懿旨表彰陳阿福，說她是天下女子之楷模，還賜了兩柄玉如意。

陳阿福的這個義舉，又為永安侯府爭了不少面子回來，彈劾永安侯府的摺子少了許多。

十五日，楚三夫人又發起了「獻溫暖，送愛心活動」，帶頭捐錢、捐物，給災民修繕房屋，買棉被、棉襖。

楚三夫人因為是帶頭人，捐了五百兩銀子，宮裡的后妃、公主，大宅門裡的貴婦、小姐也都積極響應。

這個主意當然是陳阿福給三夫人出的。這種既出風頭又救人命的好事，三夫人非常樂意去做，拿著由陳阿福代筆寫的「倡議書」去宮裡見皇上，得到皇上和太后的高度讚揚，還讓皇家女人做出表率。

王皇后、孫貴妃和馬淑妃氣得牙癢，心道：這個好主意怎麼自己沒想到！

王皇后和孫貴妃是想為自己兒子博取好名聲，馬淑妃是想為閨女洗刷不好的名聲，而且這主意是討嫌的華昌郡主提出來的，自己就是捐得再多，出風頭的也是她；話雖如此，但又不敢不捐，還不敢捐少了。

太后娘娘捐了五百兩銀子，王皇后只得捐了三百兩銀子，馬淑妃捐了二百兩銀子。

榮昭聽說了，派人進宮跟太后娘娘請示，她想進宮捐銀子。太后便派了一個嬤嬤去榮昭公主府收銀子，氣得榮昭心痛，也只得拿了一百兩銀子給那個嬤嬤。

楚家，陳阿福最先回應倡議，自己捐了一百兩銀子，又代楚小姑娘捐了二十兩銀子。到了十六日，二房還沒有動靜，楚三夫人知道是楚二夫人搗鬼，便派了身邊的嬤嬤去二房女眷院子挨個兒地收。

二奶奶宋氏是庶子媳婦，娘家也不富裕，拿了二十兩銀子出來，這已經很不錯了。三奶奶沈氏娘家也不富裕，雖然父親是個從五品官，卻是翰林院的；但三爺楚令安是楚二夫人的獨子，應該有些家底，她也捐了二十兩銀子，還是不錯。三位姑娘，二姑娘楚珍捐了十兩銀子，三姑娘楚琳和四姑娘楚碧各捐了二兩銀子，這也不錯。

可楚二夫人說，「倡議書」裡說了盡力而為，不「逼捐」，她沒有錢，一個子兒不捐。幾十兩銀子她沒放在眼裡，她就是不想給狂妄的三夫人錦上添花。

楚三夫人冷笑兩聲，讓人直接把楚家的「功德簿」交給老侯爺過目。

老侯爺看了楚家的「功德簿」，把二老爺叫來大罵一頓。說一榮俱榮，一損俱損，現在永安侯府已經這麼艱難了，好不容易家裡的兩個婦人出錢出力出主意為朝廷貢獻，自家人還不支持；若楚二夫人這麼不識大體，就把那些年貪墨內宅的銀子統統吐出來。

老爺子說得這麼明白，讓楚二老爺面紅耳赤，他回去院子裡把楚二夫人大罵一頓。楚二夫人無法，想捐五兩，看到楚二老爺有了動手的跡象，只得比兩個兒媳婦多捐十兩，捐了三十兩銀子。

眾人拾柴火焰高，三天時間就募集到六千多兩銀子，上百車的物資——當然，貴婦、小姐們的衣物不可能捐出來，捐出來的都是下人們的衣物、被子。

這麼多財物，又能挽救無數條生命。太后又下懿旨表彰華昌郡主，說她是天下女子楷模，是宗室女子典範。

因為永安侯府的兩個女人都為賑災做出特別的貢獻，又受到皇上和太后的嘉獎，彈劾永安侯府的摺子漸漸少了下來。

老侯爺、楚侯爺、楚三老爺更高興，他們藉口不能讓陳阿福太吃虧，各賞了她一千兩銀子。

雪一直下著，皇上親自帶群臣去天壇祭天，還下了罪己詔，這場巨大的雪災卻依然沒有停下來。

到了月底，大雪依然下著。

陳阿福剛吃過晚飯，下人來報，侯爺請她去一趟六芸齋——楚侯爺之前的內書房，也是他接待貴客和商議大事的地方，在外院和內院之間的一片竹林中。

陳阿福一驚。自從來了京城，她還沒有參加過高層秘密會議。她穿上出門的小襖棉裙，又披上出風毛帶帽斗篷，由紅斐打著傘，小紅提著燈籠，向外院走去。

大概走了一刻多鐘，便來到一個四合院裡。廊下掛了許多盞燈籠，把院子照得亮堂堂的。這是楚家最機密的地方，此時的這個院子，跟別的院子沒有任何區別，都是白茫茫一片。

守門的小廝是一個清秀的年輕後生，他把門打開，掀開厚簾子，請陳阿福進去，又讓紅斐和小紅去廂房歇息。

廳屋裡的兩架多寶槅上雖然擺滿了書，但這裡更像會客廳。四盞琉璃宮燈垂下，把屋裡照得燈火輝煌；正對面的牆上是一幅猛虎下山大畫，大紫檀雕螭案上，擺著幾尺高的古銅鼎；再前面，是紫檀八仙桌，桌邊是兩把太師椅，兩旁各四把紫檀官椅，地上鋪著西域絨毯。

陳阿福自己把斗篷脫下，放在最靠外的一把椅子上。

一個小廝又把陳阿福請去東側屋。屋裡北窗下是大炕，南面擺了一個紫檀大書櫥，占了整面牆，八盞青瓷鯤鵬燭臺上，點著火燭，把屋裡照得透亮。

老侯爺和楚侯爺坐在炕上雕螭描金小几兩旁，楚三老爺坐在左側圈椅上，三個人的臉色都非常凝重。
陳阿福過去給他們屈膝福了福。
老侯爺指指右邊的椅子說道：「宣兒媳婦坐吧！」
陳阿福入座後，小廝上了茶，毫無聲息地退了下去。
楚侯爺又跟陳阿福說了一遍。他剛才得到九皇子傳出來的消息，二皇子跟皇上請示，說他看到皇上因雪災日夜憂慮，甚急甚憂，從明天子時開始，他要齋戒三日，於三十日在天壇血祭上天，祈求神靈護佑大順，停止災情。
皇上聽了大喜，准了二皇子的請求，二皇子已於今天宮門落鑰前出發去了祭宮。
他走後，九皇子才得到消息。
血祭，聽著嚇人，也就是祭祀的時候，用刀把手腕割破，放一點血滴進酒碗，再把酒倒在地上，算是獻給天神。
九皇子也知道無智大師說的那句「歲末雪急月末清」，懷疑二皇子是不是知道大雪停止的確切時間。他馬上去請示皇上，說他也難過百姓遭災，心疼皇上日夜操勞，願和二皇子一起血祭上天，獲准後，他緊跟著去祭宮了。
二皇子之所以把時間卡得這樣緊，肯定是不願意其他皇子仿效他；若是其他皇子明天早上得知消息再去，就不能齋戒三日，也就不能參加三十那天的祭天。
末了，楚侯爺又說：「二皇子無利不起早，這次竟然還要血祭，他為何會如此作為？無智大師錦囊裡的那句預言，難道真的預言大雪會在正月三十停止？不管會不會停止，九殿下選擇去祭祀肯定是對的。沒停，也盡了心；若停了，他們的功勞可大了。只不過，即使九殿下去了，跟二皇子比起來，已經落了下乘。」

楚三老爺說道：「二皇子這幾年一直在搜羅奇人異士，真有人看出更準確的時間也不一定，大師的錦囊裡說了兩件事，其中一件必是這件事。」

老侯爺道：「難道還有比無智大師更厲害的世外高人？」

楚侯爺道：「人外有人，天外有天，說不定。」又對陳阿福說道：「妳是個聰明孩子，又跟無智大師接觸得最多，妳覺得呢？」

陳阿福聽了，若屆時雪真的停了，再搭配老和尚那句「命運軌跡被人逆轉」，完全能肯定二皇子就是重生人。

二皇子知道災情停止的確切時間，他這麼做，便能肯定三十這天會放晴。古代人講迷信，若這個大功勞被他一人占去，說不定皇上會認為他是上天眷顧之人，改變初衷，傳位於他都不一定。

「公爹，兒媳也覺得二皇子或許真知道災情停止的確切時間。三十是正月的最後一天，也契合了『月末』這個時段。無智大師能給我們預言，說不定有更厲害的奇人異士，給二皇子預言。」

楚三老爺皺眉說道：「若雪災真的在血祭之後停止，二皇子的功勞可大了，不說皇上會更加倚重他，朝臣和百姓也會更加推崇他。九皇子哪怕去血祭上天，也是跟風，遠沒有提議血祭並且身先士卒的二皇子勞苦功高。」

四個人的臉色都更加凝重。

陳阿福沈吟片刻，說道：「那就想辦法請瑞王爺進宮一趟，跟皇上請示，說應該讓所有的……成年皇子都參加祭祀，這樣更能感動上蒼……」她本來想說所有的皇子，但想到定州府還有一個小十一，便改成成年皇子。

楚侯爺聽了大喜，點頭說道：「這一著棋極是精妙。明天開始，就讓言官上摺子，讚頌皇上教子有方，皇子們在國家危難、百姓受苦的時候，能夠放下成見，眾志成城，兄弟齊心，共同祭天……總之，把『血祭上天』這件事往皇子們齊心協力方向引，皇上更願意看到的是兄弟情深感動上蒼。」

楚三老爺大笑道：「妙！皇上也是父親，他跟天下所有父親一樣，希望兄弟齊心，其利斷金。所有成年皇子一起祭天，災情又能結束，這遠比二皇子一人祭天更能讓皇上欣慰。」

楚老侯爺大笑道：「這樣所有的問題都迎刃而解了。二皇子經過這件事，肯定能讓皇上另眼相看，但還不足以讓皇上把這個功勞歸功於他一個人，也不足以改變皇上多年的執念。」

四人想到當二皇子看到所有成年皇子齊聚祭宮的惱怒，都笑了起來。

商量著，由楚三老爺去瑞王府說服瑞王爺，必須要在最短的時間內把他說服。這時候已經戌時初，若時間晚了，說服了皇上都沒用，皇子們到齋宮若過了子時，就不能參加齋戒了，於是，楚三老爺趕緊起身匆匆忙忙地走了。

楚侯爺走之前，滿意地向陳阿福點點頭。

出了門，陳阿福恭送完兩位長輩，才向內院走去。她望著漫天大雪，微弱燈光下，白茫茫的一片，像極了某些電影裡的童話世界。童話世界是美好的，可真實的世界卻是殘酷的，它奪去了多少條無辜的生命，若三十日雪能停，災難就結束了。

她長長呼了一口氣，應該快了！

翌日，一吃完早飯，陳阿福就去安榮堂打探情況，她急著想知道結果，夜裡幾乎沒睡。

此時，外面依然是狂風捲著大雪，天還有些微暗。兩個孩子被包得嚴嚴實實，由嬤嬤抱在懷裡，還有小丫鬟打著傘。

陳阿福也是全身捂得厚實，來到安榮堂。

側屋裡還點著燈，楚三夫人面色凝重地坐在炕上。她穿著半舊襖裙，頭髮只隨意地在頭頂綰了個髻，完全沒有平時神采飛揚的氣勢。

陳阿福一驚，讓人把孩子放在炕上，又把下人打發出去，低聲問道：「那件事沒成？」

楚三夫人搖頭道：「成了。我家老爺昨晚找到瑞王爺，瑞王爺聽了就直接進宮面聖，說兄弟齊心，其利斷金，提議所有成年皇子去祭天，更能夠感動上蒼，讓災情結束。皇上聽了大喜，馬上准奏，那幾位成年皇子連夜趕去了齋宮……」

陳阿福暗自高興，幾位皇子去壞了二皇子的好事，他一定氣急敗壞了吧？

看到三夫人愁眉不展，她說道：「三嬸如此不開懷，我還以為瑞王爺沒去找皇上，或是皇上沒同意呢！這件事辦成了，三嬸應該開心啊！」

楚三夫人重重地嘆了一口氣，說道：「我是在發愁，若真的三十日雪停了，就更證明了無智大師的預言是準的。不知道我家爺會遇到什麼事，我都愁死了，我家爺管著北部軍隊，總不能一直不去北邊吧？」

一說到這事，陳阿福也擔心不已，還是勸道：「大師給那兩顆神藥肯定是有用意的，去的時候帶著藥，即使不幸遇到了什麼事，也有神藥救命，必能絕處逢生。」

楚三夫人嘆道：「但願如此。」

兩個孩子醒了，也不哭，「哇哇」叫起來，陳阿福開始給孩子們餵奶。

楚三夫人看到可愛的孩子，也開懷起來。

沒過多久，楚珍又來了。她笑著給楚三夫人和陳阿福施禮，但看得出來她的笑是擠出來的，眼圈也微紅。楚三夫人今天沒有心情去管中饋，便讓身邊的管事嬤嬤領著楚珍去議事廳處理家中事務。

沒多久，服侍楚珍的錢嬤嬤回來了。她跟三夫人稟報，楚二夫人又出么蛾子，昨天晚上給二爺和三爺每人一個通房丫鬟。楚珍今天來之前去勸楚二夫人，說她已經惹了二老爺以及所有當家人的不喜，又招了庶子和庶子媳婦的恨，不能再把親兒媳婦推遠了。

楚二夫人罵了她一頓，說給兒子塞通房丫鬟是婆婆的權力，又說楚珍跟三夫人學得越來越小家子氣，還看不起親生母親了，楚珍氣得哭了一場……

楚三夫人冷哼道：「她個破落戶，居然說老娘小家子氣，真是天大的笑話！那個賤人，又該收拾收拾了。」

楚三夫人的臉色晦暗不明，一定又在想法子整楚二夫人。

陳阿福說道：「二姑跟著三嬸的進步可是一日千里，她把二嬸現在的處境都看穿了。二嬸糊塗又心壞，不僅聽不進去親閨女的勸，還在做缺德事；二弟妹和三弟妹還算懂事，只不過有個這樣拎不清的婆婆，也是倒楣了。特別是二弟妹，真是可憐。」

因為宋氏和沈氏沒經過楚二夫人同意，就回應三夫人的「倡議」，捐了二十兩銀子，二夫人非常不高興，覺得她們既幫了三夫人，又害她破了財。

楚二夫人在被二老爺逼著捐了三十兩銀子後的隔天，宋氏和沈氏去給她請安時，她讓沈氏進屋站了一天，沒讓宋氏進屋，宋氏在門外站了半天，當天晚上就發高熱，連夜去請太醫來施針看病。

楚三夫人罵道：「那李氏就不是個人，這大冷天，連挑門簾的丫鬟都是一個時辰一換，那宋氏娘家的門戶再低，也是嬌滴滴的官家女，怎麼受過這個罪？」又嘆道：「宋氏是個可憐人，她嫁進楚家這麼多年，就沒過過幾天舒心日子。我之前幫過她，但我越幫李氏越恨她，之後折騰她更厲害，我也不好再插手了。」

陳阿福道：「二爺孝順，不願意去外地當差，否則請爺爺出面，讓他帶著二弟妹一起離開京城，她也不至於受李氏這麼多年的氣。」

楚令奇這個人不錯，楚令宣對他的評價比較高，說他為人隱忍，也算能幹，就是嫡母太厲害又拎不清，一直壓制著他。為了他好過，楚令宣在家裡根本不敢跟他有過多交集，兩兄弟想多說說話，還要去外面的酒樓裡喝酒。

楚令宣之前就問過他願不願意跟著自己去定州府，楚令奇說二老爺身子不好，他不放心走遠了；又說雖然自己和媳婦現在受著嫡母的氣，再忍忍，以後分家就好過了。其實，他最怕自己帶著媳婦遠走高飛，生母房姨娘會被二夫人折騰得更厲害。

「令奇愚孝，做事喜歡瞻前顧後，別是為了生母，把自己的媳婦、兒子都搭進去了。」

楚三夫人又對陳阿福說：「長在小門或許是一件幸事。在京城，像李氏這樣狠毒的嫡母大有人在，李氏歹毒卻不算精明，貪財貪得人盡皆知，害庶子、庶女也害得人盡皆知，若是別的歹毒又精明的嫡母，庶子、庶女活不下來，還不知道怎麼回事。」

晚上，楚三老爺回來了，他講了今天朝堂的熱鬧，許多大臣都上了摺子，讚頌皇上教子有方，皇子們仁孝可嘉，讓皇上開懷不已。也有大臣說二皇子率先提出「血祭」，孝心可昭日月；又有人說瑞王爺提出「兄弟齊心」，更加彰顯了皇子的寬厚仁義……

聽得三夫人和陳阿福大樂，不管災情結不結束，二皇子都不可能獨攬功勞了。

楚三老爺一聽說晚飯吃火鍋，還是陳阿福親自調製，心下大喜。「我喜歡宣兒媳婦做飯的味道。」

楚三夫人笑道：「我知道你喜歡吃宣兒媳婦做的飯，今兒專門把她留下，押著她做你最喜歡吃的火鍋。」

楚三老爺朗聲大笑，對她說道：「知我者，夫人也。」

陳阿福暗笑，若三夫人是前世的職業女性，肯定不受同事待見，別人的功勞她也有本事搶在自己身上，還當著人家的面明目張膽地搶。

兩口子秀完恩愛，楚三老爺又讓人去把老爺子和二老爺請來，想想，又讓人再把二爺楚令奇也請來。因為不想叫李氏，二房其他女眷都沒叫。

於是，男人們吃一個鍋，女人、孩子吃一個鍋。

楚令奇來了，還特別感謝了三夫人和陳阿福。宋氏生病後，三夫人和陳阿福都派人送了價值不菲的補藥過去。

外面狂風呼嘯，大雪紛飛，室內滿屋飄香，鍋裡湯肉不停翻滾。眾人正吃得高興，楚令奇突然起身跪在老侯爺面前，失聲痛哭起來。

老爺子嘆道：「我知道你媳婦這次受了委屈，你媳婦做得對，『送溫暖』捐銀是老三媳婦發起來的，又是利國利民的大好事，自家人當然要支持自家人了。那李氏短視，讓你媳婦受氣又生了病，我已經派人斥責過她了。」

楚三老爺不好當著哥哥的面，說嫂子的不是，只是頻頻點頭。

另一桌的楚三夫人說道：「令奇媳婦孝順、懂禮，我們都喜歡，只是這次被我連累了，因為『捐銀』受了這麼大的委屈；還好救過來了，若是有個閃失，讓我怎麼過意得去？」

楚二老爺臊得臉通紅，給老爺子跪下請罪道：「爹，兒子回去就收拾她，您別生氣。」

老爺子冷哼。「她就是這種短視又分不清好歹的人，再收拾有什麼用？等以後……」他忍下要說的話，又問楚令奇道：「你願不願意帶著媳婦、兒子去定州府當差？這樣，不僅你們離了家，又能幫你大哥做些事。」

楚令奇看了二老爺一眼，還是咬牙說道：「我們走了，我怕我姨娘……」

楚二老爺一聽楚令奇提起房姨娘，就沈下臉。房姨娘今年已經三十九歲，是二老爺的第一個女人，也是年齡最大的一個，性子溫柔，識進退，按摩手藝又好，非常得他的歡心。

老侯爺看到沈臉的二兒子，氣得手心直發癢，若二兒子不是殘疾，他都有動手的慾望，大罵道：「你那麼多個女人，還怕少了這一個？你真對她好，就放她跟著奇兒一家去享福。」

老爹都這樣說了，二老爺不敢說不放，只得點頭答應。

老侯爺讓三老爺負責辦調令，到時楚令奇一家，跟著陳阿福一起回定州府。

吃完飯後，楚令奇送老爺子回外院。

老爺子拿了一千兩銀票給他，說道：「雖然侯府還沒有分家，你們去了定州府，也不要住在你大哥家裡。你們各過各的，不僅日子好過，感情也不容易生隙。去買個宅子，既是你們的私產，又能自己單過。我知道，你們幾兄弟，數你最窮，只靠你的那點月銀攢點私房，你媳婦也沒多少嫁妝。別學你老子那麼沒出息，天天吊在女人身上，以後好好在外面打拚，日子也就過起來了。」

楚令奇流著眼淚跪下，給老爺子磕了一個頭。

隔天，府裡傳出昨晚二老爺跟二夫人大打出手的消息。

聽說，二老爺把二夫人的頭都砸出血了，二夫人又把二老爺的臉撓出了幾道紅痕。二老爺氣狠了，禁足了二夫人三個月，還不許晚輩和姨娘去見她。

陳阿福笑了一陣子，對付李氏那種人，就必須要用武力解決。

終於等到正月三十，陳阿福吃了早飯後，帶著孩子急急趕去安榮堂。

側屋裡只有楚三夫人坐在炕上，她見陳阿福來了，趕緊把她拉上炕。

楚三夫人手心裡都是汗，緊張得要命。陳阿福也緊張，覺得心都快跳出來了。

今天楚三老爺不上衙，他去了六芸齋，老侯爺和楚侯爺肯定也在那裡。

這時，一個丫鬟進來稟報，說三老爺派人來跟三夫人傳句話。

楚三夫人一下坐直了身子，說道：「讓他進來傳話。」

一個清秀的小廝低頭走進來，施禮後小聲說道：「三老爺讓奴才進來跟三夫人和大奶奶稟報，今天辰時前七刻起，八位成年皇子在天壇開始血祭上天。」

楚三夫人點點頭，說道：「知道了，去吧！」

楚令衛和楚令智今天不上學，來這裡給三夫人請安。他們雖然不知道發生了什麼事，但一看三夫人和陳阿福凝重的表情，就知道大人們有事，便不敢在這裡礙眼，領著颯颯母子去他們自己的院子玩。

陳阿福和三夫人坐在炕上心焦難耐，還好有雙生子陪伴。他們睡著了，兩個大人就發呆，他們醒了，陳阿福餵完奶，大人們又逗逗孩子。

午時正，外面挑簾的丫鬟突然大叫起來。「三夫人，大奶奶，雪小了，風停了。」

楚三夫人和陳阿福一聽，相視一眼，都趕緊下炕，向廳屋快步走去。

下人給她們穿上斗篷，丫鬟挑開大厚門簾，向外望去。鵝毛大的雪片果真已經變成小小的雪花，呼嘯的狂風也停了。

兩個人走出去，在廊下站了不到半刻鐘，雪越來越小，終於停了。

許多人看見雪停了，大聲歡呼起來，他們不想進屋，繼續望著天。

不久，厚厚的雲層散去，久違的太陽終於出來了。剎那間，碧藍的天空一下子展現在人們眼前，澄澈如洗，萬里無雲。許久不見的藍天，在這一刻美麗得令人目眩，院裡、院外都是人們歡呼的聲音。

楚三夫人的身子晃了晃，陳阿福一把扶住了她。她的身子微微顫抖著，她怕！無智大師的第一句預言已經成為現實，那麼下一句呢？

陳阿福的心情也十分矛盾，既為雪災結束而高興，又為楚家不明的未來而擔憂。

大寶，楚侯爺，三老爺，他們哪個人出事，楚家都完了。

陳阿福把三夫人扶回側屋，對著她耳邊悄聲說道：「三嬸莫擔心，咱們因為無智大師的提點，第一件事做得如此完美，第二件事也會因為他的提點而破局，那神藥不是都拿著了嗎？若真有事，神藥能救人的。」

楚三夫人幽幽說道：「但願如此。」

兩個人食之無味地吃了飯，陳阿福帶著孩子回竹軒，如今雪停了，她要收拾東西回定州府。

未時末，幾天沒露面的楚侯爺和老侯爺一起來了竹軒。兩個孩子幾天沒見到爺爺了，他一來，他們的眼裡閃著興奮，四肢不停地晃動著，格格的笑聲大了許多，激動得不行。

陳阿福笑道：「哎喲，見到爺爺了，看他們高興的。」

楚侯爺也高興，俯身捏了捏他們的小臉，說道：「爺爺忙，改天再來看你們。」然後連坐都沒坐一下，就走了。

小哥兒倆一看喜歡的爺爺不逗自己了，哇地大哭起來。他們平時很乖，不愛哭，這次卻哭得極其委屈。

走到院門口的楚侯爺還能聽到他們的哭聲，腳步頓了頓，還是抬腳走了。

老侯爺跟陳阿福說，讓她帶著孩子先回定州府，他暫時不想回去。這件事了了，還有一件更讓楚家人害怕的事懸在心頭，他要在這件事解決完後再回去。在他的認知裡，兩個兒子比十一爺更有可能出事。

八位皇子血祭上天，終於讓肆虐人間一個多月的雪災停止，不僅皇上大喜，百姓也感念皇恩浩蕩，街頭巷尾傳頌著皇子們仁孝感動上蒼，聽說京城裡的戲班正在趕排兩齣歌頌皇子的戲，一齣叫「八龍祭天」，一齣叫「病龍祭天」。

皇上下詔表彰、賞賜了八位皇子，特別表彰提出「血祭上天」的二皇子，提出「兄弟齊心」的瑞王爺，還有生了病卻依然堅持齋戒和祭天的三皇子。

這讓九皇子和楚家大鬆一口氣。皇上雖然對二皇子改觀，對瑞王爺和三皇子的印象也好了一些，但初心未改……

只不過，雪災結束了，氣溫驟然上升，似乎一下子從寒冷的嚴冬進入溫暖的春季。許多老人或是孩子撐過了最難挨的雪災，卻在天氣驟暖後生病，又死了許多人。

陳阿福沒多關心國家大事，開始準備回定州府的事宜。

二月初，老侯爺和楚侯爺來了竹軒。

今天天氣比較暖和，楚侯爺沒戴帽子，赫然看見他的前額上有一條新鮮疤痕，應該是不久前劃傷的。疤痕又粗又長，像條紅色的蚯蚓爬在前額上，極其猙獰可怕，陳阿福嚇得愣了愣。

這麼大的疤痕，不知道是用什麼打的……

楚侯爺算得上中年帥哥，這條傷疤可是破壞了整體美感。

楚侯爺的臉色起先很陰沈，戾氣重，但一看到床上的小哥兒倆，表情立即平和下來，眼裡也有了溫度，還從懷裡抽出兩塊碧玉掛件，讓他們的嬤嬤收好。

小哥兒倆已經睡著了，楚侯爺坐在一旁靜靜地看著他們。

老侯爺對陳阿福說道：「去做幾樣可口清淡的小菜，再把老三叫來，我們爺兒們喝一盅。」

陳阿福點頭，領著花嬤嬤和丫鬟去廚房忙碌。

她趁上恭房的時候，進空間要了一點點的燕沉香綠葉，這東西能美容，希望老帥哥的疤痕不要留得太明顯。她把綠葉放進泡酒裡，酒味大，能掩蓋一些綠葉的香氣；因為泡酒裡她之前放了點燕沉香木渣，本就有點特殊香味，再加點葉子也不會太明顯。

她不僅讓人請了楚三老爺，還把三夫人和楚令衛、楚令智都請來了。

知道他們三個男人有要事相談，就安排他們在西側屋裡吃，而陳阿福、楚三夫人和楚令衛兄弟則在東側屋裡吃。

三夫人跟陳阿福咬起耳朵。「大伯額上的傷肯定是滎昭打的。大伯的修養好，若我在旁邊，肯定用大耳光抽她，什麼東西，拚死拚活奪了來，卻不知道珍惜。」

陳阿福也懷疑是滎昭打的，不知他們怎麼了，居然大打出手，要是金燕子在外面就好了，再讓牠領著群鳥去拉糞。

飯後，楚侯爺讓陳阿福在回定州府之前，去公主府一趟。她是名義上的兒媳婦，走之前，於情於理必須給榮昭和楚侯爺見禮，不能讓外人抓住把柄，但不要帶孩子去；並讓她放心大膽地去，他會在府裡等她，不會再出現突發狀況。

陳阿福一聽要見榮昭，頭皮就發麻。楚三夫人主動要求陪她一起去，說自從榮昭被禁足，自己還沒見過她。

陳阿福想想楚家的「滅頂之災」，覺得古人迷信，還是別讓楚三夫人去榮昭公主府。現在不管是榮昭本人，還是榮昭公主府，都被貼上「倒楣」的字樣。

陳阿福笑道：「謝謝三嬸的好意，現在沒有人敢去榮昭公主府，三嬸就別去了，有公爹在，我不會有事的。」

楚三夫人想想也是，榮昭身邊五里地都飄著霉運，自己何苦還湊上去，便點點頭，又囑咐道：「讓黃嬤嬤陪妳去，宮中的許多禮節她都知道。」

於是，陳阿福讓下人給公主府送了帖子，說明天會帶著孩子去公主府拜見。

翌日，巳時，陳阿福一個人坐著馬車去公主府。

榮昭公主知道今天陳阿福母子要來，和楚侯爺坐在側屋的羅漢床上等他們。

自去年，榮昭被群鳥拉糞開始，就開始倒大楣，根本沒有人會來府裡串門子，還被太后派去寺裡抄經茹素三個月。特別是去年年底，北部遭了雪災，許多大臣把雪災算在她的頭上，她又被太后禁足。她在府裡無事，天天除了抄經，就是纏著楚侯爺，若楚侯爺不在，她就找奴才的晦氣。

她的女兒薛寶宜，已經被太后指婚了。因為馬淑妃怕外孫女沾到「霉運」以後婆家不喜，自從榮昭被禁足開始，便讓薛寶宜進宮，由淑妃親自教養。

榮昭始終不明白，自己怎麼就招了鳥大仙的厭惡，經常拉糞在她身上。有時候，她覺得自己是不是真的像大臣彈劾的那樣，因為她氣死了第一任駙馬，又奪走別人的夫婿，害得別人出家，還害了別人的孫女，而招致鳥大仙的厭惡？

但多數時候，她又認為不是這麼回事。普天之下，莫非王土，她是皇上的閨女，她想要誰當駙馬，誰就是她的駙馬。哪怕那人已經是別人的夫婿，只要她想要，也是她的，這不是搶，而是本分。

不過，自從她倒楣以後，不只皇上、太后對她冷淡了，連二皇子對她都不如以前熱絡；連她深愛的楚郎，都比以前敷衍多了，經常趁她抄經的時候，便會出去「轉轉」，一轉就是大半天，或是一、兩天，最長的一次是三天，把她氣得胸悶。

榮昭不高興地埋怨他，楚侯爺也不像過去那樣或者哄哄她，或者乾脆去另一間屋裡生悶氣，而是冷著臉說道：「妳不能出府，不能也不讓我出府吧？或者說，讓我跟妳一樣，在這個府裡待得出了『霉』，妳才高興？」然後，自己去了外書房，或者又出去「轉轉」。

榮昭氣得又哭又鬧又砸東西，還有一次抓住楚侯爺不許他走。

楚侯爺冷冷看了她一眼，說道：「公主，請妳放手。」

榮昭內心一片慌張，她從十歲就開始傾慕的楚郎，怎麼會用這種眼神看自己。她大哭道：「楚郎，那些臭御史之所以攻擊我，都是因為我心悅你，讓你當上駙馬。」

楚侯爺說道：「公主說錯了，他們攻擊妳，是因為妳招惹了鳥大仙，讓大順北部遭了雪災。」說完，頭也不回地走了。

榮昭氣死了，她懷疑，楚郎之所以這樣對她，或許是有了外室。她讓下人跟蹤他，只是沒走多久就被他甩掉了；不過，正月二十日那天還是發現了端倪。

下人回來稟報說，駙馬進了一個宅院。他花錢向鄰居打聽，鄰居說那個宅院裡住的是一位年輕女子，像是哪個大官的外室。

榮昭聽了怒不可遏，讓一個得力嬤嬤帶著一群護衛去捉人。可到了那裡後，宅院裡的女人早已沒了蹤影。

那天晚上，楚侯爺很晚才回公主府。

榮昭沈臉問道：「你把那個女人藏在哪裡了？」

「什麼女人？」楚侯爺皺眉問道。

榮昭尖叫道：「我的人都看到了你還不承認。」

她隨手抓起桌上的一個茶壺向楚侯爺砸去，頓時，楚侯爺的前額血流如注，和著水跟茶葉一起流下來。

榮昭嚇壞了，趕緊衝上前抱住楚侯爺說道：「楚郎，我不是有意的。」

楚侯爺推開榮昭，又甩開兩個上前試圖幫他包紮的下人，自己用帕子捂著前額走了。

這個府裡，嬤嬤和太監肯定是榮昭的人，但護衛就不一定了。楚侯爺暢通無阻地出了公主府，又是兩天兩夜沒回來。

榮昭哭鬧過後，就拿身邊的人出氣。她的幾個貼身嬤嬤都戰戰兢兢，生怕下一刻自己就成為公主出氣的那一個。

其中一個嬤嬤揣摩出榮昭的心思，說道：「公主是金枝玉葉，怎麼能受這個氣？咱們得進宮向淑妃娘娘稟報，請娘娘給公主殿下作主，讓人把駙馬爺尋回來，給公主殿下賠禮道歉，再把那個外室打死。」

榮昭默認，她們便進宮求見馬淑妃。

淑妃娘娘聽了，帶著她們去皇上那裡痛哭告狀，說現在榮昭是牆倒眾人推，連駙馬都敢欺負她了，居然敢找外室。

「朕不相信楚駙馬會找外室。」皇上對馬淑妃說完，又冷冷地對那幾個嬤嬤說：「妳們再敢助紂為虐，把這個駙馬也氣死了，榮昭去庵堂當姑子，妳們也不會死得清靜。」

那幾個嬤嬤一聽，嚇得一句話不敢再說，趕緊回公主府。

馬淑妃看到皇上的這種態度，心裡一沈。原來哪怕御史再鬧騰，皇上都護著榮昭，可這次卻連讓她當姑子的話都說出來了。馬淑妃不敢再鬧，榮昭現在內憂外患，誰都遠著她，若再招了皇上的厭煩，真有可能被弄出家。她張張嘴不敢再說話，回了自己宮中，又派了一個嬤嬤去榮昭公主府，讓榮昭老實些，別再惹事。

之後，太后又派了一個嬤嬤來訓斥榮昭，讓她要貞靜賢淑，禮遇駙馬，善待婆家，把不好的名聲壓下去，榮昭方才老實些。

現在，只要駙馬爺能老老實實待在公主府裡，哪怕冷著臉不說話，榮昭的心裡也好過些。

昨天接到陳阿福的帖子，榮昭很是不習慣。這個府裡，已經有將近一年的時間沒有人主動遞帖子了。來作客的，都是她下帖子邀請的，她邀請十個，能來一個就不錯了，來的還是惹不起她的。

但想到陳阿福的一對雙胞胎兒子，榮昭摸了摸自己的肚子，心裡又一陣刺痛。

陳阿福進了屋，跪下磕頭道：「兒媳給公主殿下請安，給公爹請安。」

榮昭一看她沒帶孩子來，沈下臉，問道：「孩子呢？怎麼沒帶他們來給本宮磕頭？我這個祖母連見面禮都準備好了……」

楚侯爺插話說道：「兒媳起來吧！坐下回話。」

榮昭張了張嘴，還是沒有說「不能起來」的話。

陳阿福說道：「謝公主殿下，謝公爹。」便起身坐到旁邊的椅子上。

陳阿福坐定後，看到榮昭雖然施了很厚的胭脂，也穿著宮裝，珠翠滿頭，卻是憔悴多了，也老多了；不僅是相貌上變化大，連氣勢都萎靡許多，遠沒有之前見到時的飛揚跋扈。

她聽三夫人說了，楚侯爺前額上的疤痕是因為他「找外室」被榮昭打的。

陳阿福猜得出來「找外室」肯定是楚侯爺的藉口，他是想多些時間做自己的事。連這個氣都忍了，真不像榮昭的性格。這都要感謝金燕子，幾次鳥糞再加上這次雪災，就把榮昭整成上自皇上、下至百姓都厭惡的不祥之人，也讓囂張蠻橫的榮昭老實許多。

想到影雪庵裡的了塵，陳阿福一陣痛快。

「稟公主殿下，稟公爹，兒媳正準備帶孩子上車的時侯，三嬸突然來了，她說太后娘娘聽說孩子討喜，想見見。今天剛好三嬸要進宮覲見太后娘娘，便說要把孩子帶進宮給太后瞧瞧，就讓人抱走了。」陳阿福說完，還一副毫無辦法的樣子。

這是她和楚三夫人商量的法子。孩子不會來這裡，也肯定不會進宮，宮裡有馬淑妃那些不善的人，若是有人問起為何沒進宮，只要說三夫人本來已經帶著孩子出府了，但她突感不適，又不去了。

榮昭氣得心痛，也不敢說不能帶孩子去見太后的話，冷冷說道：「今天不行，明天再把孩子帶來，本宮聽說那兩個孩子很討喜，一直想瞧瞧。」

楚侯爺擺手說道：「兒媳婦馬上要回定州府了，還有許多人家沒去拜會，咱們就別為難他們了。天長日久，等下次他們回了京城，再見不遲。」

榮昭眉毛一挑，沈聲說道：「那怎麼行……」

楚侯爺截住她的話說道：「我的頭突然痛起來，就不留兒媳婦了。」他摸摸前額的那道疤痕，又對榮昭微笑說道：「聽說府裡的桃花生了花骨朵，真是奇怪，這才是早春。公主不是最喜歡喝蜜漬桃花露嗎？讓下人們多醃幾罈。」

榮昭都不記得楚郎上次對她笑是什麼時候了，看到楚郎笑得如沐春風，聲音溫和，不禁喜道：「是啊！桃花一夜間就結了那麼多骨朵……」

陳阿福剛剛說了兩句話，就被楚侯爺下了逐客令。她有些懵，自己準備了很多應對之策，還沒有施展，就被攆了，這不符合劇情啊！

陳阿福趕緊起身屈膝福了福，不好打斷他們的談話，連告辭的話都沒說，就轉身帶著黃嬤嬤等下人走了。

這是楚侯爺的腰桿硬起來了？一般的駙馬腰桿是不可能硬得起來的，但楚侯爺不同，他之所以成為駙馬，完全是為了幫皇上完成另一項更重要的任務。他能硬起來，應該是有皇上撐腰。

若真這樣，永安侯府以後不會再唱「哀兵之策」了吧？能開開心心過日子，總是令人高興的事。

陳阿福回到楚府，徑直去安榮堂，見兩個孩子睡得香甜，還沒醒過來。

楚三夫人十分驚異，納悶道：「這才多久，怎麼這麼快？」

陳阿福點頭道：「嗯，沒說兩句話，公爹就說他頭痛，讓我回來了。」

三夫人不相信地問道：「那榮昭就輕易放妳回來了？」

陳阿福不好說楚侯爺軟硬兼施，腰桿硬了的同時，還略施了美男計，隱晦說道：「嗯，他們說起桃花開了，還什麼蜜漬桃花，也顧不得我，我便回來了。」

楚三夫人笑道：「榮昭如今內憂外患，氣焰可是小多了，大伯的日子應該比原來好過些。」說完，臉色又暗了下來。「也真是奇怪，府裡的許多花一夜之間就開了，不知還要發生什麼事。」

陳阿福一直等到晚上，都沒等到楚侯爺來看小哥兒倆，他一定是在安慰榮昭吧？想到楚侯爺為了讓自己盡早脫身，不讓小哥兒倆去公主府，強裝笑臉對著榮昭，或許還要一整天都面對著她，心裡很是不忍。

好白菜被豬拱了，或許不用一直拱下去，但一拱那麼多年也噁心人啊！

這天早上，從廚房拿飯回來的小紅說：「外面都在傳，昨天夜裡三老爺突然被皇上叫去宮裡，派去遼州府公幹，連府裡都沒回，還說三夫人哭得什麼似的……」

遼州府是大順北邊的一個重鎮。

陳阿福一驚，起身說道：「我去安榮堂。」說著就往外急步走去。

李嬤嬤在後面喊道：「哥兒醒了怎麼辦？」

陳阿福說道：「若我沒回來，就抱來安榮堂。」

一路上，陳阿福想著，今天已經二月十日，還有十六天金燕子就能出來了，若三老爺能挺過這十六天，等到金燕子出來，就能多一層保障。

她來到安榮堂，穿過抄手遊廊，來到後罩房的廳屋，看見老侯爺正沈臉坐在羅漢床上，由雙目赤紅的楚令衛陪著他。

陳阿福給老爺子福了福。

老爺子說道：「孫媳婦去勸勸老三媳婦，我們有了準備，老三不會出事。她這樣，別是老三無事，她倒先病得起不來了。」

楚令衛也含著淚說道：「大嫂好好勸勸我娘吧！她已經哭了半宿。」

陳阿福進了東側屋，楚三夫人斜倚在迎枕上，眼睛又紅又腫。

楚令智坐在她的旁邊勸著她，見陳阿福來了，又癟嘴哭起來。

跟楚三夫人相處這麼久，陳阿福看到的一直是那個爽朗樂觀的女子，乍一看到她如此無助和悲傷，她的鼻子也酸澀起來，過去拉著三夫人的手說道：「三嬸，快別這樣，我們做了那麼久的準備，三叔會沒事的。」這話她說得心虛，但她必須要這麼說，又低聲問：「那顆……那東西三叔帶著了嗎？」

楚三夫人哽咽說道：「帶著了。他每天出門前，我都會看看那東西他揣沒揣在懷裡，昨天夜裡他出門前，我也看了。」

陳阿福點點頭，說道：「這就好，有了那東西，三叔總有個保障。」

楚三夫人搖頭哭道：「那東西是治外傷的，可疫病遠比外傷更可怕。」

陳阿福問道：「疫病？」

跟進來的老侯爺，擺手讓屋裡的下人出去，說道：「昨天夜裡，皇上突然宣了幾個重臣進宮議事，說收到八百里加急，遼州府轄內的一個縣，遭遇大規模瘟疫。那裡周邊駐紮著大批戎邊軍隊，還有十幾個大馬場……皇上讓老三和幾個官員先行一步，另外一些人組織好御醫、軍醫、獸醫、藥品隨後趕去。」

在那種情況下，不管是誰，都不敢推諉說不去，楚三老爺即使知道前路危險，也只得去了。

楚三夫人坐起身，又抱著陳阿福哭起來。

陳阿福突然想起老和尚要綠燕窩，就是為了給歸零和尚製作治療疫病的藥。她忙說道：「我想起來了，我上次見無智大師的時候，他好像跟歸零師父說了什麼疫病爆發，讓他製什麼治療疫病的藥。大師和歸零師父的醫術都極高明，他們事先做了準備，製了藥出來，疫病肯定能快速得到控制。再有，大師把這些事都算出來了，又提前拿了神藥給我們，三叔應該能夠平安歸來。」

老侯爺一喜，說道：「老三媳婦聽到沒有？快莫神傷了，疫病能得到控制，老三又帶了神藥，他不會有大礙。」

楚三夫人聽了，才稍微好過些，又讓下人把早飯拿進來，陳阿福和楚三夫人領著楚令衛兄弟吃了早飯。

不多時，兩位嬤嬤把兩個哭鬧著的哥兒抱來這裡，陳阿福起身去西側屋餵飽了孩子，讓兩個嬤嬤帶著孩子待在西側屋，她又回去東側屋，看到楚侯爺也趕來了。

楚侯爺讓楚令衛兄弟出去，悄聲安慰三夫人道：「三弟妹放寬心，我已經派了幾組暗衛去保護三弟。」

陳阿福聽楚令宣說過，楚侯爺明面雖然沒有實權，但皇上的一半暗衛是他管著的，現在他派了暗衛去，還是「幾組」，發生在三老爺身上的危險係數又小了不少。

楚三夫人心裡更是寬慰許多。

楚侯爺又對陳阿福說：「宣兒媳婦回竹軒準備吧！你們要按時啟程。」

陳阿福愣了愣，問道：「我們今天還要啟程？」

楚侯爺說道：「十一爺還在定州府，妳回去了，我才能放下心，妳在這裡也幫不上忙。」

「依據無智大師的預言，三叔北行，十有八九會出事。另一顆藥是不是……」

楚侯爺說道：「這事我考慮了良久，老三已經有了一顆神藥，若真出了事，那顆藥即使劑量不夠，也能讓他暫時活命，到時，我們立即派人把另一顆藥送去。但局勢未明之前，還是怕小十一出事，他的身邊必須要留一顆藥，以防萬一。」

幾人正商量著，楚令奇來了安榮堂。他從老侯爺和楚三夫人的態度上感覺到，這次三老爺去北邊似乎跟以往不同，卻猜不出來為什麼。他來問問家人，今天還走不走。

老侯爺擺手說道：「當然要走，去吧！路上照顧好你嫂子和姪兒。今天晌午不吃送別宴了，到了時辰你們直接走。」

晌飯後，陳阿福母子三個和楚令奇一家與送別的人揮淚道別，直奔通縣。

在驛站住了一宿，翌日一早去碼頭上了船。

陳阿福心裡有事，既想著危機重重的三老爺，又想著定州府好久沒見的親人，心如貓抓一樣難受。

第四十六章

黃昏時刻，終於到了定州府外的運河碼頭。

楊總管已經領人等在這裡，接到他們後，直奔定州府城門。因為楚令奇一家還沒買房，他們會暫時住在參將府。

到了參將府，已經是星光滿天，半輪明月斜掛在天際。

陳阿福打開車簾一角，看到熟悉的大門，門房下四個大燈籠，門前站著許多人躬身迎接他們。

馬車直接進了大門，還沒到二門前，就聽到大寶和楚小姑娘的哭叫聲。「娘親，娘親，嗚嗚嗚……」

還有追風「汪汪」的叫聲，颯颯母子三個聽了，都躥下馬車，跑去跟追風親熱起來。

來到二門前，馬車停下，陳阿福急不可待地下車。

月光下，陳阿祿領著大寶和楚含嫣，以及七七和灰灰站在二門前。三個孩子都長高了，只是陳阿祿在笑，另外兩個咧著小嘴在哭，沒像往常那樣一見著她就撲上來。

陳阿福心裡酸澀不已，向他們走過去，哽咽道：「大寶，嫣兒，阿祿。」

陳阿祿笑咪咪喊了一聲。「姊姊，妳可回來了，大寶和嫣兒可想妳了。」

大寶和嫣兒聽了，更委屈了，也不理陳阿福，兩人抱頭痛哭起來。

陳阿福蹲下身，抱著兩個孩子哽咽道：「娘親也想你們，想得胸口痛。」

兩個孩子聽了，顧不得嘔氣了，都轉過身抱著陳阿福的脖子大哭起來。

楚小姑娘不太會表達，只反覆說著「姊兒想娘親」的話。

大寶的話可多了。「娘親，妳想我和妹妹，為什麼不早些回來看我們呢？我們想娘親和弟弟，想得快要死了。我們怕娘親只要弟弟，不要我們了……」

真是多心的孩子。

陳阿福趕緊說道：「怎麼可能，娘親喜歡大寶，喜歡嫣兒……」

來到正院，陳名、王氏和楚令宣正坐在廳屋裡等著他們。

眾人敘了一番別情後，去西廂吃飯。飯後，陳名一家回自己院子，楚令奇一家則被人領去菊院歇息。

大寶和楚含嫣見狀，都不回自己院子，抱著陳阿福不撒手，嚷道：「今天要跟娘親和弟弟睡，今天要跟娘親和弟弟睡。」

陳阿福也想他們想得要命，便答應道：「好，今天就跟娘親睡。」

她抬頭想給楚令宣一個安慰的微笑，結果楚令宣嘴角上揚，根本就沒有生氣。

等小姑娘傳出微弱的鼾聲，陳阿福依然輾轉反側，難以入眠。聽到前面傳來窸窸窣窣的聲音，楚令宣悄悄下了床，來到暖閣裡，伸手拉了拉陳阿福。

陳阿福無聲地笑起來，跟著他出了臥房，來到東側屋。明亮的月光透進小窗，把屋內照得朦朦朧朧的，看到炕上空無一人。平時，值夜的丫鬟會睡在這裡。

陳阿福明白楚令宣的安排，瞋了他一眼，埋進他的懷裡。他身上熟悉的清爽味道頓時盈滿鼻間，溫暖得令她眼眶都有些發熱。這麼久了，真想他。

楚令宣一笑，把陳阿福抱上炕，覆身上來。

因為怕孩子們聽到，兩個人的動作很輕。儘管楚令宣壓抑得難受，但也沒辦法，這時候能抱著媳婦親熱已經非常不錯了。

兩人行完事，擁抱著躺在炕上，陳阿福又悄聲跟他說了楚三老爺去北邊的事。

楚令宣說道：「我已經知道了，昨天歸零師父就啟程去了遼州府，我還派了兩個親兵給他，讓驛站安排他的坐騎，以最快的速度到達遼州。」又親了親她的耳垂，低聲說道：「我們做了很久的準備，三叔又帶了神藥，應該不會有大事。這些是男人操心的事，妳不要多想了，帶著孩子開心過活。我做的一切，不只是忠君，也是想讓妳和孩子們開心過活。」

陳阿福側頭看了楚令宣一眼，朦朧中，刀刻的五官柔和許多。他和他的父親、三叔，或許比她想像中還厲害得多，她懸著的心總算放下一半，一覺睡到大天亮。

待她睜開眼，看見陳大寶站在床頭目光炯炯地看著她樂。見她醒了，他壓低聲音說道：「娘親，早晨起來又能看見妳，真好。」

陳阿福看看笑咪咪的他，再看看旁邊睡得小臉紅通通的楚小姑娘，以及小床上的小哥兒倆，她的心柔成了一汪水。

楚令宣說得對，那些事讓男人操心，她應該帶著孩子們開開心心地過活。

陳阿福輕輕穿上衣裳，牽著大寶去淨房。洗漱完，來到西側屋，早飯已經擺在桌上了。

楚令宣打拳回來，三人吃了早飯後，陳阿福把一大一小送到院門外，追風一家像以前一樣，已經等在這裡準備送小主人去上學。

大寶走出了一段距離，又回頭對陳阿福笑了笑，向她揮揮手，陳阿福也笑著同他揮揮手。

楚令宣站定回頭看，晨光中的妻子美得像仙女，還有睡著的三個嬌兒，以及身邊這個專跟他搗亂的小十一。

這些人，他必須讓他們平安無事！

陳阿福看著他們消失在那片玉蘭樹後面，才又回了院子。

除了陳阿福回來的頭兩天，楚令宣會按時回家，之後又忙碌起來。

聽楚令宣的意思，現在三皇子已經成了皇上跟前的紅人，二皇子一黨似乎已經沒有多餘的精力再繼續注意九皇子和楚家了。楚家要趕緊培養自己的勢力，還要趕緊把王成的事情解決了，砍掉二皇子在西部的勢力。這種好事，三皇子一黨肯定很願意幫忙……

陳阿福則掰著指頭算日子，祈求上蒼保佑楚三老爺這段時間不要出事，又急切盼望著二十六日快點到來，金燕子能快些出來，讓三老爺又多了一重保障。

金燕子說，三老爺手上的神藥包含綠燕窩，牠出去後，能循著味道快速找到三老爺的位置；還說，找三色球的時候，牠去過遼州，地形比較熟悉……

好幾日不見的楚令宣又出現了，他的臉色很輕鬆，唇角上揚。

陳阿福笑道：「看你這樣，是有好消息了？」

楚令宣點頭，趁下人不在，楚小姑娘低頭逗弟弟的時候，快速親了她一下。

他這樣，的確是有好消息了。

楚令宣輕聲說道：「爹讓人送了信來，歸零師父已經到了疫區，他的藥非常好，疫病應該很快能控制住……」

陳阿福在心裡算著，再過一天，金燕子就能出來了，只要三老爺能堅持下去，他就不會出大事。

終於到了二十五日晚上，楚令宣沒有回來，陳阿福又領著小哥兒倆去了空間。

陳阿福跟站在她手心裡的金燕子說著話，一人一燕都非常激動，盼望著子時快點來臨。

金燕子唧唧說道：「若楚爹爹的叔叔沒有出事，人家一出去，明天早晨就能找到他；若他先出了事，人家就愛莫能助了。」說著，還聳了聳小脖子。

若小東西出去了，不管三老爺怎樣，至少能很快知道他的消息和行蹤。

突然，金燕子叫道：「時間到了，人家該走了。」說完，又在小哥兒倆的頭頂上盤旋一圈，便消失不見了。

陳阿福大鬆一口氣，默唸著，三叔要挺住，你的小幫手來了。

早晨，大寶領著追風一家來吃早飯，上房又熱鬧起來。

這一天，陳阿福可謂度日如年，一直等到傍晚，金燕子也沒回來。

陳阿福坐在廊下，時而看看搖籃裡的羽哥兒和明哥兒，時而抬頭看看在院子裡跟動物們鬧著的大寶和嫣兒。

楚小姑娘已經正式跟著黃嬤嬤學習禮儀，她現在雖然玩得開心，但已經不像原來那樣大著嗓門說話了。

去京城前，陳阿福就跟宋嬤嬤談過，若來了教養嬤嬤，宋嬤嬤就要聽教養嬤嬤的分派，還問她，是想要拿著二百兩銀子回家過活，還是繼續跟著小姑娘。

宋嬤嬤考慮後，願意拿銀子回家，所以，跟黃嬤嬤交接過後，宋嬤嬤就離開了。

此時，晚霞滿天，照得世間萬物都泛著金光。

陳阿福看似笑著，實際心裡急得比貓抓還難受。

突然，楚含嫣跑了過來，說道：「娘親，姊兒……」

她看看一旁的黃嬤嬤，趕緊改口道：「娘親，我好像聞到金寶的味道，就在那棵樹下面。」她用手指了指右邊的那棵石榴樹。

黃嬤嬤說她已經快滿七歲了，不能再自稱「姊兒」，而是要自稱「我」。

聽了楚小姑娘的話，陳大寶四周望了望，又跑到那大樹下往上仔細瞧了瞧，失望道：「沒有金寶啊！」

沒多久，那棵樹上果真傳來一陣燕子的呢喃聲，是金燕子的聲音，牠說：「媽咪，快找個沒人的地方，人家找妳有急事。」

陳大寶吃驚道：「這叫聲真的像金寶的聲音啊！」又跳著腳地大叫道：「金寶，是你嗎？快點下來，我們好想你。」

陳阿福對紅斐說道：「看好孩子，我去趟淨房。」然後，趕緊起身進屋。她來到淨房，把通往臥房那道門關上，又把通往後院那道門留了一條縫。

不一會兒工夫，黑光一閃，金燕子鑽了進來。陳阿福又把門關上，一人一鳥進了空間。

金燕子說道：「我找到楚爹爹的叔叔了，是在早晨找到的，就一直跟著他，怕他出事，一直不敢回來給媽咪報信，想著等他夜裡睡覺的時候回來說一聲。哪承想，今天下午，楚爹爹的叔叔臨時決定去另一個營，路過一座山的時候，突降大雨，楚爹爹的叔叔連人帶馬摔下山崖……」

陳阿福本來聽到金燕子找到活著的三老爺還欣喜不已，一聽他摔下山崖，嚇得驚叫起來。

金燕子繼續說道：「媽咪莫慌，聽我慢慢講來……」

陳阿福急得都要跳起來了，牠還慢慢講，真是氣死人了。摔下懸崖，若斷成幾截，有再多神藥都沒用。

只聽金燕子繼續道：「那座山不算太高，山崖也不是很陡，下屬很快就找到楚爹爹的叔叔。他只是腦袋磕了個大血洞，不停地往外流著血，還剩下一口氣。他的隨隊軍醫應該得到過吩咐，趕緊把那顆藥拿出來分成兩半，一半給他吃下，一半兌了點水敷在大洞處。藥少，斷了的胳膊和大腿只能用軍醫的藥。」

陳阿福終於鬆了一口氣，說道：「好了，三叔無事，大災終於過去了。」

金燕子又道：「媽咪，人家還沒講完啊！」

陳阿福的心又提起來，急道：「那你快講啊！急死人了！」

金燕子又說道：「楚爹爹的叔叔雖然沒死，但也沒醒。那個軍醫說，或許那顆藥的分量太少，只是暫時保住性命，卻不能治好。楚爹爹的叔叔若沒有那神藥救命，可能還是活不成，軍醫又讓人趕緊去找神醫歸零和尚，看能不能在楚爹爹的叔叔死之前，讓小禿驢趕到那裡想想法子……」

後面的話，陳阿福根本不想聽，她彎腰在地上撿起一個錦盒，這裡放著另一顆神藥，是專門為小十一留的。她回來後，為了保險起見，都把它放在空間裡。

陳阿福把藥拿出來，說道：「有了這顆藥，應該能治好三叔的病了吧？」

金燕子唧唧說道：「那老禿驢既然留下兩顆藥，就應該能治好。」又說道：「若這顆藥真能治好楚爹爹的叔叔，人家就從心裡佩服那個老禿驢，以後不再叫他老禿驢了。」

陳阿福把藥交給牠，叮囑道：「把這藥啄碎，趁人不備放入三叔的湯藥裡……」她想著，這藥沾了金燕子的口水，藥效會更好。

金燕子點頭，把那顆藥夾在翅膀下飛走了。

陳阿福緊張得要命，以至於全身無力，身子還微微有些顫抖。她無力地坐在地上，想著若三老爺死了，楚家的天真的要塌了。

老天真是眷顧楚家，讓他拖到今天、在金燕子的眼皮底下出事。這個時代，一天能夠飛行幾千里又能為他們所用的，也只有金燕子。

早知道，應該把兩顆藥同時拿給三老爺。當初老和尚給了兩顆藥，應該是有用意的，只可惜他們沒完全明白他的意思。

突然，外面傳來楚小姑娘的大哭聲。

陳阿福趕緊起身，抽出帕子擦了擦前額的汗，出了空間。

來到外面，楚含嫣正抹著眼淚，大寶和黃嬤嬤在哄著她。

「嫣兒怎麼了？」陳阿福走過去問道。

楚含嫣的眼淚大顆大顆地落下來，說道：「娘親，姊兒剛才真的聞到金寶的味道了，可是，那股味道又沒有了，姊兒把院子裡找遍了都沒找到，金寶不會不要我們了吧？」

陳大寶搖頭說道：「妹妹，金寶年年都會來找我們，牠有情有義，不會不要我們的。」

陳阿福蹲下給小姑娘擦眼淚，說道：「妳哥哥說得對，金寶不會不要我們的。牠定是遇到了什麼急事，看了一眼你們，又趕緊去辦事，等牠辦完事，又會來找我們的。」

這一宿，又注定是個失眠之夜，陳阿福在床上翻來覆去睡不著。

翌日一早，陳阿福帶著大寶來到西側屋，桌上擺著兩大碗碎肉炸醬麵，還有兩小碗銀耳羹，兩小碗鴿子湯。

陳大寶一看到炸醬麵就笑了，這麼久了，他還是喜歡這一味。

看到笑得眉眼彎彎的大寶，陳阿福抬手想捏捏他的小胖臉，胳膊都舉起來了，最後只摸了摸他的頭。畢竟他七歲了，以後應該藉口他長大了，不要太親近；雖然她極其不捨，但總會迎來分離的那一天，不能讓他太黏自己。

陳大寶可不會如陳阿福所願，他等到娘親坐下以後，湊上去親了她一口。「娘親，我一看這麵條，就會想起在響鑼村的時候，那時，咱們家好窮，想吃一碗炸醬麵，哪怕是素的，都不容易。不過，我還是喜歡那時候，因為我和娘親會睡一個炕……」

陳阿福截住了他的碎碎唸，說道：「小孩子家的，要多說未來，只有老年人才喜歡說以前。」

陳大寶呵呵笑了兩聲，把一大碗麵條吃完了，又喝了半碗銀耳羹、半碗鴿子湯。

送走大寶，陳阿福突然想到，若是楚令宣他們要用那顆神藥怎麼辦？自己總不能說已經讓金燕子拿去給三老爺吃了吧！

陳阿福去了西屋，這裡是她的書房，也有許多楚令宣的東西，她記得有一個小箱子裡裝了一些治外傷的藥丸。楚令宣是武將，屋裡一直常備著這種藥。

陳阿福拿出一個紫色錦盒，看看盒裡的藥顏色跟那顆神藥相似，便把錦盒拿出來，放進空間。以後，向金燕子要點燕沉香的綠葉，搗成漿揉進藥丸，藥丸就有了那股特殊的味道，除了小姑娘那特殊的鼻子，別人是不可能聞出不同的。

金燕子是在兩天後的夜裡回來的。

陳阿福被幾聲鳥鳴聲叫醒了，因為楚令宣睡在旁邊，所以金燕子沒敢飛進羅帳中。她趕緊把左手伸出羅帳，感覺金燕子飛進了空間。

楚令宣還是聽到了動靜，嘀咕道：「奇怪，我怎麼聽到有鳥在屋子裡叫呢？」

陳阿福道：「肯定是在窗外叫的，你聽錯了。」

見楚令宣翻過身又睡著了，她便起身去淨房，把門鎖上，進了空間。

金燕子累壞了，牠趴在地上，一雙翅膀攤開，小腦袋側著，張著小尖嘴喘著粗氣。

陳阿福又心疼、又過意不去，把牠抓起來放在手心上，輕輕摸著牠的後背。「寶貝辛苦了。」

她哪怕再著急，也得等到牠把氣喘順了再問。

金燕子說道：「媽咪，危險還沒有解除，楚爹爹的叔叔還沒有好。」

陳阿福一愣，問道：「什麼意思？」

「唉，都是人家輕信了他人……」金燕子沮喪地說。

牠回到遼州的時候，歸零和尚已經被找去救治楚三老爺。

歸零和尚說，三老爺摔下懸崖，本來是將死之人，被那顆神藥逆天救了過來，暫時保住性命，但劑量不夠，三老爺只能活十至十五天的命。除了那種神藥，沒有任何藥物能夠救治三老爺，他也無能為力，若不趕緊吃到那救命的神藥，少則十天，多則十五天，三老爺就會斃命。

服侍三老爺的人嚇壞了，趕緊修書一封，讓人給京城的楚侯爺送去。

金燕子知道歸零和尚是老禿驢的大徒弟，連三色球和綠燕窩那樣的東西都能交給他，對他還是放心的。牠覺得讓歸零餵楚爹爹的叔叔更好，便趁歸零睡覺的時候，把藥丸放在他的手中，飛到窗外後又故意弄出響聲。

歸零被驚醒，先是聞到一股特別的藥香味，再一看手心，竟然有一顆藥丸。這藥丸是師父當初製的，他也見過。

歸零和尚喜出望外，一下子坐起來。望了望空無一人的四周，雙手合十說道：「阿彌陀佛，貧僧謝謝高人相助。」

他沈思片刻，只掰了四分之一的藥丸放入湯藥中，把湯藥給楚三老爺餵下，而另四分之三的藥丸卻被他藏起來……

金燕子說道：「媽咪，那小禿驢為什麼不把所有的藥，都餵給楚爹爹的叔叔呢？餵了那麼一點，人家看到楚爹爹的叔叔還是沒有清醒，只是臉色好看了些而已，要不要人家去把藥丸偷回來，自己餵？」

陳阿福想了想，說道：「無智大師把那麼重要的事交給歸零師父做，他絕對是值得信賴的人。他如此作為，應該是在保護我和你，不讓別人有所懷疑。他先把三叔的命保住，等到取藥的人把『藥』取回，再把剩下的神藥餵給三叔吃。」

金燕子恍然大悟，勾著嘴角說道：「那小禿……」又趕緊用翅膀拍拍自己的小尖嘴，說道：「人家再不叫他小禿驢了，那個歸零和尚是個好和尚，比老禿驢好。」

陳阿福又說：「寶貝，楚家保的是九皇子，九皇子的頭號敵人是二皇子。媽咪已經看出來，二皇子是重生人，他知道許多先機，很不好對付。你這麼有本事，能不能整整二皇子？放心，不需要你直接傷害他，就像整榮昭那麼整他就行。」

金燕子搖頭說道：「重生人和穿越人都是得上天眷顧的人，我不能直接與他們為敵，除非他們先要傷害我，否則，可要損耗我的修為。」

陳阿福當然不願意讓小東西折損修為，說道：「那就算了，媽咪可捨不得讓你受傷害。」

第二天一早，當大寶起床的時候，就看到金燕子站在窗檯上對他唧唧叫著。

大寶高興壞了，顧不得穿衣，衝上前把金燕子捏在手裡，捏得金燕子直翻白眼。

大寶趕緊穿上衣裳，帶著追風一家，一路叫著跑去悅陶軒，把小姑娘和七七、灰灰吵醒。

兩個小人兒又帶著動物們跑到正院，沿路都是笑鬧聲和狗叫聲。

黃嬤嬤看到沒有淑女樣的小姑娘也不忍說她。那隻小小的燕子讓她瞠目結舌，牠居然真的會勾著嘴角笑……

陳阿福在屋裡就聽到了他們的聲音，笑著迎出去。

大寶捧著金燕子獻寶道：「娘親，金寶回家了，牠真的有情有義又聰明，一直記著我們。」

楚小姑娘捧著金燕子去小哥兒倆的床上說：「弟弟，牠是金寶，乖得緊，還會笑哦！」

今天的正院歡聲笑語，熱鬧得像過年。

夜裡，陳阿福和楚令宣正睡得沈，院門突然猛地響了起來。

接著，看門的小丫鬟在窗下說道：「大爺，外院的人來報，說京城有急件。」

楚令宣一下子坐起來，披著衣裳出門。

陳阿福猜測，肯定是取神藥的人來了。

果然，沒多久楚令宣又匆匆返回，一臉嚴峻地說道：「快把神藥拿出來，三叔出事了。」

陳阿福趕緊把準備好的「神藥」交給他，楚令宣打開看看沒有異樣，又返身出了門，之後，便是焦急地等待。

陳阿福的心裡不算很著急，她知道楚三老爺應該沒事，可楚令宣不知道，他又氣又急，嘴上還長了一圈水疱。

他極是自責，覺得若是自己當初猜準老和尚的話，把兩顆藥丸都給三叔帶去，那麼三叔就會無事了。他的臉色相當陰沈，孩子們都不敢靠近他；甚至，連他一走近小哥兒倆的身邊，明哥兒就會癟嘴大哭。

兄弟兩個真如名字一般，楚司羽武力值高些，個子比弟弟大，四肢特別有力，又愛動；而楚司明能文，比哥哥聰明些，小小年紀就會看人臉色。

陳阿福看到楚令宣白天忙碌，夜裡又睡不好，時刻擔心三老爺出事，又氣又急，眼睛都紅了，人也瘦了不少。她極是心疼，又不能說實話，只得安慰他。「三叔有福，肯定無事。」

楚令宣搖頭道：「歸零師父說三叔只能堅持十至十五天，若能挺過去，便能等到神藥送去，若是沒挺到，就危險了……唉，若是三叔一去北邊，我就讓人把那顆藥送去給他該多好；哪承想，一顆藥的劑量不夠，讓三叔遭遇危險。」

五天後，金燕子還是很有心眼地去了一趟遼城。牠到達的時候，取藥的兵士還沒到，等到第二天凌晨人才來。牠親眼看到歸零和尚，把那顆假藥和著真藥一起捏碎放入水裡，給楚爹爹的叔叔餵下，半個時辰後，楚爹爹的叔叔終於清醒過來……

窗外樹枝上的金燕子勾著嘴角笑起來，一躍飛上天際，向南而去。

這天上午，陽光明媚，春風和煦，風裡瀰漫著陣陣花香，兩個寶寶在樹下曬太陽。陳阿福坐在東廂廊下，她半瞇眼睛望著天空發呆。天空蔚藍而悠遠，幾朵淡淡的白雲像薄紗飄浮在空中，時而有幾隻鳥兒掠過，只要一看到快速飛過的燕子，她的心就會提得老高。

終於，她看到一道黑色的閃電在天空快速劃過，在上空盤旋一圈，飛了下來。

金燕子剛唧唧叫了一聲。「媽咪……」就看見楚含嫣，還有院子裡的動物們向牠奔來。

金燕子趕緊飛到屋簷上，也沒管跟上來的七七和灰灰，扯著嗓子對陳阿福唧唧叫道：「媽咪，告訴妳兩個好消息，楚爹爹的叔叔終於無事啦！疫病也得到全面控制啦！」

聽了金燕子的話，陳阿福提了幾個月的心，終於完全放下來。她熱淚盈眶，站起身來，捂著嘴跑回房間，把臥房門關著哭了一陣，又笑了一陣，平復心情後，才走出房門。

兩世為人，陳阿福真真切切體會到多日神經極度緊繃到突然放輕鬆，從山窮水盡到絕處逢生，心情是如此愉悅飛揚。

楚令宣連著幾天沒回來，他不在的日子，陳阿福和孩子們都照常過生活。

幾日後的晚上，陳阿福正領著孩子們在東側屋的炕上逗著小哥兒倆玩，說笑聲飄出門窗。

楚令宣一進院門就聽見了，他皺了皺眉頭，臉色更加陰沈。

孩子們一看臉色陰沈的楚令宣走進來，都嚇得噤口，大寶和楚小姑娘乖乖地行禮回了自己院子。

陳阿福走上前幫楚令宣把外衣脫下來。她雖然不喜歡楚令宣把孩子們嚇跑，但看到他消瘦的臉頰和緊抿的嘴唇也說不出埋怨的話來，畢竟此時此刻他的壓力太大。

不出意外的話，今晚或是明天早上就能得到遼州府傳過來的消息，楚三老爺是否安然無恙就要傳到這裡了。

等楚令宣從淨房洗漱出來的時候，小哥兒倆已經被嬤嬤抱去小床，炕桌上也都擺好飯菜。

陳阿福給楚令宣滿上酒，楚令宣一口喝盡，悶頭吃著飯。

飯後，楚令宣就盤腿坐在炕上望著窗外發呆。他薄薄的雙唇抿成一條線，劍眉緊皺，拳頭握得緊緊地放在腿上，像尊俊美而冷然的雕像。

陳阿福張了張嘴，還是把勸慰的話吞了回去，無聲地坐在楚令宣身邊做針線。

楚令宣、楚侯爺和三老爺，他們的確做了太多太多準備，但是，還有一句話是「謀事在人，成事在天」，人做得再好，準備再充分，還要靠老天的成全。

楚令宣也知道這個道理，所以才會緊張地等待上天的宣判。

他們一直坐到夜深，值夜的紅斐在門口張了張嘴，還是沒敢說出勸他們歇息的話來。

突然，院門猛地響起，在寂靜的夜裡顯得異常突兀。

楚令宣側過頭看了陳阿福一眼，起身急步衝了出去。

不一會兒工夫，楚令宣又返身回來，咚咚咚的腳步聲像叩在陳阿福的心上，讓她的心猛烈地跳動起來。

楚令宣進了屋，來到陳阿福的面前，臉上難掩興奮，眼裡似有水光，冷峻的臉龐因為極度激動而鮮活了幾分。他先捧起陳阿福的臉深深地吻了她一口，然後一把將她摟進懷裡，顫聲說道：「阿福，阿福，三叔的病好了，咱們楚家挺過了這一劫，妳和孩子們，無事了！」

陳阿福被楚令宣摟得緊緊的，她把臉埋在他的頸窩處，也興奮地說道：「好啊！真的太好了！」說完，又一次流出劫後餘生的眼淚。

楚令宣的胳膊摟得更緊了，繼續說道：「阿福，等待宣判的日子真不好過——度日如年，心焦難耐……以後，我會跟祖父、爹和三叔一起，盡一切所能，考慮周全，護住我們的家族，讓妳和孩子無事，接母親回家……」

「嗯，我和孩子們，還有婆婆，我們都等著……」

陳阿福的話還未說完，就被楚令宣打橫抱了起來。他抬腿去了臥房，把她放在床上。

楚令宣壓抑多日的情緒，在此刻全都發洩了出來。陳阿福今天也格外興奮，隨著他一起，一次次躍上雲端……

因兩人動靜有些大，把平時乖得不得了的小哥兒倆都驚醒了，還嚇哭了。

陳阿福猜測，不要說睡在側屋裡的丫鬟，或許連睡在廂房裡的下人都能聽到動靜。

特別是空間裡的金燕子，牠全身的毛都立了起來，還流著鼻血，唧唧說道：「媽媽咪啊！楚爹爹真是太威猛了，人家都鑽進水缸裡了，還能感受到震動，空間像地震了一樣……」

牠的話讓陳阿福羞得不行，但此時她已經控制不了楚令宣了。

終於等到完事，楚令宣還摟著她捨不得鬆手。陳阿福使足勁才把他推開，起身給兩個孩子餵奶，嘟嘴說道：「討厭，你這樣，我明天怎麼有臉出去見人。」

楚令宣不以為意，看到被自己啃得又紅又腫的小嘴，情不自禁地又俯身親了幾口，一本正經地說道：「又沒有被別人聽去，這個院子裡的人都是貼身服侍咱們的，怕什麼。」

陳阿福無言以對，古代人的很多邏輯思維都讓人無語。

之後，楚令宣又忙碌起來，難得回家一趟。

幾日後，楚令宣帶著王成小舅舅及一些人證、物證去了京城。

楚侯爺傳來消息，三老爺已經回了京城，雪災引起的疫病也全面壓了下去，王成這件事，他們做了一年的調查和準備，該是收網的時候了。

送走楚令宣，陳阿福就讓人去把舅母吳氏、王小弟和王小妹接回他們自己的家。

之前，王家人被安排住在定州府郊外的一處農家院子，被照顧得非常好。

王氏聽說消息後，一早就去了王家，領著人把自家院子收拾乾淨，又做了一桌子好菜、好飯。

等吳氏三人回到陳名在府城的住家，跨了火盆，洗漱完又穿上大紅衣裳，和王氏抱頭哭了一陣。

王氏看到吳氏母子不僅沒瘦，還白胖了，很是欣慰，只是沒見到王成，又有些遺憾。還是吳氏告訴她，王成長胖了好幾斤，王氏心裡才好過些。

吳氏聽說陳名一直幫家裡照看著田地，自是一番感激，當然更感激楚令宣對他們一家的照顧。

王氏笑道：「我是成子的姊姊，阿福是成子的外甥女，應該的。」

陳阿福等到阿祿和大寶下晌放學後，才帶著孩子們去王家。

看到又白又胖的小弟和小妹，陳阿福笑道：「沒想到，表弟和表妹長得這麼好。」

吳氏笑道：「在那裡吃得好，玩得好，什麼事都不用做，像養豬一樣養著，能不長好嗎？」

眾人大樂。

王氏把孩子們打發走，又悄聲問陳阿福道：「妳舅舅此去真能打贏官司？娘覺得，多一事不如少一事，咱們老老實實過日子，不該去招惹那些大官。」

陳阿福只大概跟王氏講了王成的事情，根本不敢講得太詳細。「若不把搶舅舅功勞的人拉下來，他們知道舅舅還活著，會來殺人滅口，咱想過清靜日子也過不了。」看到吳氏擔心的目光，又勸道：「你們放心，令宣和他三叔準備了一年多，找了好幾個證人，還有物證，定會給舅舅平反的。」

二月二十八日，宜搬家，這天也是楚令奇喬遷的日子。他們的院子買在陳名家的前一條街，三進宅院，很是不錯。

轉眼到了四月，陳阿福的小日子已經遲來十五天。

上午，李嬤嬤讓人去請大夫進府把脈，陳阿福果然是懷孕了。

李嬤嬤笑得開心，讓陳阿福好好坐在炕上別亂動，至少三個月內要萬般小心。

楚含嫣高興地圍著陳阿福轉。

晌午大寶和阿祿回來，聽說了這個好消息，皆是興奮地咧著大嘴笑。

陳大寶說道：「娘親，妳這次最好生女孩，我喜歡跟嫣兒妹妹一樣好看的妹妹。」

下晌，陳阿福就讓人去外面買兩頭哺乳期的羊，再買些杏仁回來。

孕婦的奶會越來越少，也沒有多少營養。小哥兒倆的胃口已經養刁了，除了她的奶，他們不喝別的乳娘的奶。陳阿福只得藉口用杏仁煮羊奶去羶味，到時候把杏仁用布巾包上，裡面加一小根燕沉香木渣。有了那股特殊的味道，小哥兒倆肯定會喝。如今小哥兒倆已經半歲了，加了輔食，每天只喝兩次奶。

羊買回來後，養在正院的後院，方便擠奶。

陳阿福進了空間，一個小錦盒裡裝了幾根小牙籤那麼大的燕沉香木渣。這些木渣沒有綠葉那樣珍貴，所以金燕子給陳阿福啄了幾根放在這裡，方便她做飯用。

陳阿福出了空間，悄悄把那根小木渣交給紅斐，說道：「這是無智大師當初給我的稀世藥材，能強身健體，妳把它跟杏仁一起放進去煮羊奶，煮完的杏仁丟了，但這根小籤不能丟，留著下次煮。」

紅斐點頭，把羊奶煮開，放溫。

小哥兒倆起先還有些嫌棄，皺著眉不肯喝，但兩個嬤嬤哄了一會兒，還是喝了。只是這個時代沒有奶瓶，用小匙餵，有些麻煩。

吃完晚飯後，金燕子終於領著七七和灰灰回來了，這次還跟來兩隻漂亮的翠鳥。孩子們極高興，跟著小鳥和追風一家在院子裡玩，熱鬧非凡，連小哥兒倆都被嬤嬤抱著加入在其中，邊拍巴掌邊叫，嗓門特別大。

楚小姑娘獻寶地跟金燕子說：「金寶，告訴你個好消息，我娘親的肚子裡又有妹妹了。」

她和大寶都盼望娘親再生個妹妹，所以先入為主地認為，娘親的肚子裡是妹妹。

金燕子聽了，高興得小尖嘴張得很大。

當晚霞隱去最後一抹紅暈，夜色如潮水般湧來，圓月在群星的烘托下斜掛在天邊。廊下的燈籠也點亮了，把院子照得透亮，孩子們玩得正在興頭上，都不想回屋。

陳阿福想著他們好久沒有這麼玩了，也就由著他們繼續在院子裡鬧騰，她則坐在廊下，一隻手扶著肚子，溫柔而安祥地看著他們。

正鬧著，楚令宣和老侯爺突然出現在院門口，他們的身後，還跟著楚令智，以及一直在京城跑腿的羅管事。

陳阿福和幾個孩子都起身給老侯爺和楚令宣行禮，長大了的楚小姑娘已經不好意思撲進爹爹的懷裡，而是給他行了個標準的福禮。

楚令宣有些失落，笑道：「吾家有女初長成，嫣兒跟爹爹生分了。」

楚老侯爺哈哈笑道：「令宣媳婦快帶人弄些酒菜來，老頭子想吃妳親手做的飯菜想很久了。」

人逢喜事精神爽，陳阿福好久沒聽見楚老侯爺如此爽朗的大笑聲了，她也極是歡喜，讓人端水上來給他們淨臉、淨手，她親自帶人去小廚房做飯。

楚含嫣和陳大寶又獻寶似地跟楚令宣說了娘親懷寶寶的事，楚令宣大喜，楚老侯爺也喜出望外，讓小墨快去把陳阿福請回來，別讓她累著。

陳阿福對小墨搖搖頭，她就坐在一旁指揮，不親自動手。

因為算到楚令宣這些日子要回來，所以小廚房裡隨時都預備了食材，老滷湯也一直存著。

菜擺在西廂飯廳，又拿出兩罈青花釀。

楚令宣嘴角上揚，對陳阿福說道：「妳坐著歇息，那些事讓下人做。」

老侯爺也笑道：「孫媳婦是有福氣的，要愛惜身子，再給我添個大胖孫子。」站在一旁的楚含嫣說：「娘親這次要生妹妹。」

老侯爺又笑道：「孫女也好，這次生了孫女，下次再生孫子。」

楚令宣去淨房洗漱完，換上中衣、中褲出來。陳阿福拿著布巾要幫他擦頭髮，他先看了她的肚子一眼，臉上的笑意更濃，把她拉進懷裡說道：「這些事讓下人做，妳別太辛苦。」

陳阿福的臉埋在他懷裡，聞著熟悉的味道，心裡無比安穩。「以後，你不會經常不著家了吧？」

楚令宣笑道：「嗯，這段時間會閒散些。」

陳阿福的臉在他厚實的懷裡蹭了蹭，又說道：「那你要天天回家……」

「好，我一定努力天天回家。」楚令宣嘴角上揚，他一直覺得妻子太過獨立、太過聰慧，沒想到還有這樣纏人的時候。

之後，陳阿福還是讓他坐下，堅持要替他擦頭髮。

聽他講，王成的事情辦得非常順利。皇上聽說這件事後，龍顏大怒，已經讓人去捉拿相關人員，王成和兩個證人也進了大理寺，被嚴密地保護起來。雖然現在結果還沒出來，但人證、物證俱全，冒領軍功的人和幫他的人肯定會受到嚴懲……

楚令宣又看了看小床上的小哥兒倆，他們睡得正香，說道：「妳現在有身子了，不能太勞累，孩子就讓嬤嬤們帶吧！」

這點陳阿福也同意。現在不用自己餵奶，小哥兒倆也不需要跟自己住一個屋了，只讓他們晌午在自己這裡歇晌，趁他們睡著時，帶進空間吸收靈氣就行了。

金燕子說過，這兩個孩子聰明，九個月以後便不能讓他們再進空間了。

終於等到五月底，陳阿福懷孕滿三個月，她便要回棠園住一段時間。其一是讓了塵見見小哥兒倆，了塵現在越來越失望，心境也越來越冷清，楚令宣想用小哥兒倆留住她對塵世的眷戀；其二是她想王氏、陳名和福園了。農忙開始，陳名一家和吳氏母子三人已回去祿園。

楚令宣前兩天去了京城，聽他的意思，王成的事情快有結果了，他也會趁著這件事的東風，挪挪窩。

陳阿福暗想，定州算是京城南邊的門戶，戰略地理位置極其重要。楚令宣是九皇子和楚家安在這裡的暗樁，九皇子掌權之前，楚令宣會一直堅守在這裡。他挪窩，不會是挪去別處，依然會在定州。

楚令宣在定州的上峰，一個是付總兵，一個是何副總兵。呵呵，這次他肯定會想辦法把何副總兵擠走，這也是他多年的夢想。

啟程那日，陳阿福坐著軟轎，楚老侯爺和其他孩子坐著馬車，在楚令奇和一些護衛的護送下，回了鄉下。和他們一起回鄉的，還有廖先生。

因為小轎走得比較慢，他們晌午在小鎮上吃完飯，在下晌申時末才到上水村。

陳阿福掀開轎簾，看到熟悉的小路、村落，心裡甚是激動。離開這裡，已經將近一年了。

羅管事父子和羅大娘已經等在那條小路口。

羅管事來到陳阿福的轎邊說道：「稟大奶奶，主子今天晌午時就已經來了棠園，她甚是想念哥兒、姊兒。」

陳阿福點頭笑道：「羅叔辛苦了。」

金燕子、七七、灰灰和追風一家更興奮，一起向福園衝去。特別是追風和颯颯，牠們在府城悶了將近一年，想鄉下想得發狂，帶著長長和短短不顧一切地跟著金燕子跑去。

來到棠園門口，眾人下車、下轎。大門口不只有下人等在這裡恭候，旁邊還站著笑咪咪的王小弟和王小妹。

阿祿笑著牽著兩人回祿園，陳大寶想姥姥和姥爺了，也跟去祿園；而楚令智想兒童樂園了，帶著幾個下人去了福園。

陳阿福一行人則進了棠園，領著小哥兒倆和楚含嫣直接去了塵住持住的小禪院。

一身素衣的了塵坐在羅漢床上，臉上看似平靜，可眼圈卻是紅著的。

陳阿福給她行了禮，楚含嫣給她磕了頭。

了塵含淚說道：「這麼久沒見到妳們了，真想啊！」看看陳阿福的肚子，又說道：「阿福快坐下，別累著。啊！嫣兒長這麼高了，更漂亮了。」

楚含嫣過去倚在她腿上說道：「我們也想奶奶，好想，好想。」

之後，小哥兒倆被兩個嬤嬤抱著磕了頭。

了塵的眼淚還是落了下來，招手道：「快，快把哥兒抱過來，讓我好好瞧瞧。」

了塵先把羽哥兒抱在懷裡，激動地說道：「奶奶的大胖孫子，長得可真好，真俊。喲，像你爺爺多些。」她覺得說這話不妥，閉上了嘴，抱著孩子使勁親了幾口，羽哥兒格格直笑，也反親了她幾口，糊了她一臉口水。

了塵更高興了，抱著他捨不得放手。

小哥兒倆或許是在空間裡待久了的原因，比同齡的孩子聰明得多。明哥兒知道，別人只要抱了哥哥，親了哥哥，就馬上會抱他、親他；可他等了好久，都沒見這個人抱自己、親自己，便對著了塵大聲號哭起來。

楚小姑娘知道弟弟的心思，拉了拉奶奶的衣袖笑道：「奶奶，妳不抱明弟弟，他不高興了。」

了塵笑意更盛了，趕緊把羽哥兒還給嬤嬤，又從另一個嬤嬤手裡接過明哥兒，親了親他的小臉笑道：「哎喲，明哥兒這麼小就知道吃醋了。好，好，奶奶抱你。」

明哥兒高興了，抓著她的素衣親了她幾口，還高興的用小腳使勁踢了塵的大腿。

這兩個孩子逗得了塵又是哭，又是笑，很是喜歡。

陳阿福低聲笑道：「羽哥兒和明哥兒真喜歡奶奶，抱著都親不夠，婆婆在棠園多住些日子吧！我自從有了身子就精神不濟，只得麻煩婆婆多疼疼妳的孫子和孫女。」

了塵看看旁邊的孫女，再看看自己懷裡的一個孫子，嬤嬤懷裡的一個孫子，實在說不出明天就回庵裡的話。她想了一會兒，還是點點頭。

陳阿福竊喜。楚侯爺父子現在最怕了塵真心向佛，等到能把她迎回家的那一天，她卻不想回家了，現在，要用孫子、孫女把她的凡心留住，讓她多些牽掛。

看著秀美溫婉的了塵，陳阿福又想到前額頂著一條疤的楚侯爺。

這兩人才是相愛、相配的一對，可惜被棒打鴛鴦，不知道最後能不能破鏡重圓。

第四十七章

飯後，陳阿福帶著楚小姑娘和半車禮物去祿園。

此時正值盛夏，定州府炎熱難耐，而鄉下卻涼爽多了。特別是傍晚，站在空曠的大門外，微風習習，風裡還夾雜著花草香味，愜意無比。

向西望去，大片稻田的盡頭是響鑼村，極目處是紅林山。晚霞把山頂照成金黃色，顏色漸次淡下來，到這裡便成了柔和的黃色。

陳阿福喜歡廣闊的天地，也喜歡寧靜的鄉間，但她知道，她和孩子已經不屬於這裡。這裡只是她暫住的一處別院，歇息好了，她又會回到府城，乃至京城。

來到福園門口，福園大門是敞開的，從後院傳來孩子們的笑鬧聲，不僅有楚令智幾個孩子的，好像還有羅明成以及其他幾個下人孩子的。

曾老頭趕緊出來向陳阿福行禮道：「大奶奶回來了。」

陳阿福點頭笑道：「曾老伯辛苦了，身體還好吧？這幾天讓夏月回來好好陪陪你。」

身後的小墨遞上來一個裝了銀錁子的荷包，曾老頭接過，又躬身謝過，笑道：「謝謝大奶奶的體恤，這裡空氣好，又清閒，老頭子越活越硬朗。」

陳阿福點點頭，去了祿園。

祿園大門大開著，老遠就聽見裡面的說笑聲。她一來到門前，就看見院子裡坐著許多人在聊天。

王氏趕緊起身過去扶著陳阿福，說道：「妳坐了這麼久的轎子，怎麼不好好歇歇，明天再來，有了身子也不知愛惜自己。」

陳阿福笑道：「我想爹和娘了，想早些來看你們。」

楚含嫣也說道：「我也想姥姥和姥爺了。」

陳名招手笑道：「快來坐，別累著。」又埋怨王氏道：「閨女一來就說嘴，快去把下晌煮好的酸梅湯，拿來給閨女和嫣姊兒喝。」

陳阿福坐下，跟陳名說笑幾句，又跟吳氏說了王成的事情或許快有結果了，吳氏聽了歡喜不已。

幾人說了一陣話，陳阿福讓人把禮物拿出來，又做了一番分配。一大半是給陳名夫妻，也有吳氏母子幾個的，剩下的點心、糖果還有尺頭，是給大房、胡老五、武木匠和高里正家的。

當夜幕襲來，天際布滿星星，陳阿福便起身回棠園。大寶想在祿園住兩天，陳阿福也就隨他，讓他的長隨王老五和小廝小路子也住在祿園。

回到燕香閣，李嬤嬤笑著稟報，了塵住持稀罕小哥兒倆，今天留他們在禪院住一晚。

陳阿福又是欣喜、又是酸澀。牽掛是一條線，親情是一張網，還不會說話的小哥兒倆把了塵牽來了家裡，又罩住了她……

翌日，小哥兒倆被領去福園玩了一圈後，徹底玩上了癮，樂此不疲，連晚上都不想歸家，一說歸家就不自在。

了塵陪著小哥兒倆天天來這裡玩，也就安心在棠園住下來。

幾天後，了塵想回影雪庵看看，陳阿福就故意跟小哥兒倆說：「怎麼辦，奶奶要走了，不要我們了。」

小哥兒倆很聰明，一聽就大哭起來，了塵心疼得要命，嘆道：「好，好，快莫哭了，奶奶陪孫子。」

陳阿福心滿意足地把了塵留在了棠園。

鄉下的日子是愜意寧靜的，陳阿福的肚子已經漸漸顯懷。她挺納悶，上次懷孕的時候，她的反應特別大，天天想吃酸的、辣的，而這次似乎沒什麼反應；若不是漸漸大起來的肚子，還有人時不時地提醒她注意，她經常會忘了自己是孕婦。

六月中旬，她接到楚令宣讓人送來的信。楚三老爺已被封為左軍都督府左都督，正一品，他也是大順建朝以來最年輕的正一品大員，今年才剛剛三十八歲。

王成之前被冒領軍功的事件已經平反，皇上還專門把王成宣上金鑾殿表彰，說讓這樣為國盡忠的英雄蒙難是朝廷的恥辱。

皇上賞賜了王成五百兩白銀，一盒東珠，十疋宮緞，並封他為左軍都督府的從五品經歷。經歷是軍隊裡的文職官員，因為王成已經殘疾，皇上體恤他，封了這個官。

之後，皇上問王成還有什麼要求，之前嚇得連話都說不順暢的王成，居然出乎所有人的意料，為自己的姊姊王氏請封誥命。

王成說自己母親早逝，是姊姊把他從一歲養到六歲，六歲被賣後的日子苦不堪言，小時候唯一對他好的人就是姊姊，所以他想為姊姊請封誥命。

皇上已經知道他姊姊就是陳世英的童養媳，陳世英和這位童養媳的女兒，就是小十一的養母。便說能帶出王成這種英勇果敢，身殘志堅的女人，定是秀外慧中、心性堅韌的女子……

皇上不僅准了王成的奏請，誥封王成的姊姊王氏、妻子吳氏為宜人，同時也誥贈王成的母親賀氏為宜人。

凡五品以上的官員，可以為母親和妻子請封，王成因為自己母親已經去世，便想給如母親一樣的姊姊請封，沒承想，皇上不僅誥封了姊姊，還誥贈了母親。

王成感動得痛哭流涕，直說「皇上仁慈」。

而冒領王成軍功的陝西總兵楊慶，犯欺君罔上、殘害忠良之罪，被皇上革職抄家，判秋後處斬；幫助楊慶冒領軍功的幾人也都被革了官職，有被砍頭的，也有坐牢的。

這些人都是二皇子一黨的得力大將，俱是三品以上大員，其中還有兩個是王國舅的族人。王國舅因監管族人不力，被皇上下旨斥責。

同時，三皇子一黨又參吏部右侍郎錢大人，勾結廣東巡府黃大人買官賣官、陷害忠良，這兩人也都是二皇子的人。

二皇子一黨又參工部嚴尚書貪贓枉法，貪污治理河道的銀子，累計多達十萬兩白銀之鉅。

嚴尚書既是尚書，又是閣老，是三皇子一黨的中堅力量，若他被拉下馬，三皇子可謂損失慘重。

皇上大怒，嚴尚書、錢侍郎及有關人員已被停職，送進大理寺；同時，又派人去廣東捉拿黃巡府……

現在的朝堂，更亂了。

楚令宣如願以償當上定州副總兵，何副總兵則被調到京郊左衛營任護軍參領，雖然同為正三品，其權力和作用可比定州副總兵小多了。

楚令宣還說，他已經想辦法把王成調來定州總兵衙門任文職，此事正在處理，他現在還忙，等過些日子再去鄉下看望他們；而且，封王氏和吳氏誥命的聖旨隨後也會來鄉。

這幾個好消息讓陳阿福興奮不已，不僅為王成、王氏、吳氏，更為九皇子和楚家取得階段性勝利。她顧不得已經天黑，起身要去祿園告訴他們好消息。

李嬤嬤勸道：「大奶奶，現在已經戌時三刻，或許親家老爺和太太已經歇下了。」

陳阿福說道：「那就把他們叫起來。」

李嬷嬷無法，只得讓夏月和小墨提著羊角燈，再讓紅斐扶著她。

外面星光燦爛，晚風拂面，讓陳阿福激動的心情稍稍平復了一些。

從棠園到祿園的小路修整得非常平整，幾人快步來到祿園。

小墨敲開大門，除了阿祿在燈下用功，陳名等人果真已經睡下了。

陳名等人知道陳阿福這麼晚來訪，肯定有要事，都起床來到廳屋。

當陳阿福說了王成獲得平反並當了從五品的官後，吳氏和王氏都激動地哭起來；再聽說王氏和吳氏會同時受封誥命，更是激動不已。

阿祿對王氏笑道：「娘，兒子一直在努力發憤，沒承想舅舅先掙到了。」

那封信在陳阿福的心裡掀起了一陣漣漪，之後便平靜下來，繼續過著平靜小日子。

祿園徹底熱鬧起來，吳氏、王氏和陳名三人急切地盼望著王成快些回來。

隔天，祿園還請了客，請棠園的主子和羅管事一家去吃飯。

當然沒說請客的真正原因，只說閨女回來他們高興，大家一起樂呵樂呵。

幾日後的傍晚，吃完晚飯後，陳阿福領著孩子們又來了福園。

大寶和楚令智白天上課，不能來福園，每天便會在晚飯後、天黑前來這裡玩一玩。

小哥兒倆因為下午玩累了，已經睡下。他們不來，了塵也不會來，而是在禪房唸經。

突然，楚小姑娘指了指西方天際，大聲說道：「快看，那麼多鳥鳥，肯定是金寶回來了。」

那些鳥有近百隻，先在福園和祿園之間的上空下了一陣「糞雨」。

一看牠們的這個經典動作，大寶和楚小姑娘就笑起來，喊道：「果真是金寶回來了。」

接著，又聽見狗吠聲，追風一家和旺財也回來了。旺財直接去了祿園，而追風一家則來了福園。

陳阿福讓丫鬟們多撒些糙米在地上，請小鳥吃飯，又讓人準備大木盆，給家養的動物洗澡。

金燕子和七七、灰灰、追風一家洗淨後，就被幾個孩子圍著說起話來。

這時，王小妹跑來福園，大聲說道：「阿祿哥哥讓我來告訴你們一聲，旺財帶回來一個媳婦，原先看著又髒又醜，洗乾淨一看，哎呀，好漂亮。」又在大寶耳邊說：「比颯颯還漂亮，還會笑，真的。」

陳阿福等人都是一驚，一窩蜂地去了祿園。

陳名幾人正圍著旺財和另一隻狗在說著話。

陳名見陳阿福來了，對她說道：「阿福，妳看，這是什麼狗？長得可真俊。」

陳阿福仔細看了幾眼這隻狗，樂了起來，牠應該是隻銀狐犬，渾身的毛雪白，尾巴是鬈的，兩隻眼睛像圓圓的杏仁，水靈靈的真好看。關鍵是嘴尖尖的，舌頭一伸出來就像在微笑。

老天，這個時代竟然有這種狗。

這時，金燕子飛了過來，掛在陳阿福的衣襟上唧唧說道：「媽咪，這狗是旺財拐來的。我們在紅林山遊玩時，看到幾個人帶著這條狗，旺財趁人不注意就把牠拐來了。人家看著，丟了狗的姊姊都快哭死過去了，人家想讓旺財把狗還回去，可旺財就像瘋了一樣，領著這狗一溜煙地跑進了深山。」

這麼可愛的狗狗丟了，是挺心疼的……

陳阿福看了一眼想媳婦想瘋了又極其瞧不起土狗的旺財，說道：「這狗不像野狗，是不是哪家丟了的？主人得多心疼。」

旺財也懂人話，牠生怕陳阿福讓人把牠媳婦還回去，對著陳阿福一陣狂吠，厲害得不得了。那隻狗似乎跟旺財也玩出感情，見旺財生氣了，趕緊伸出舌頭舔舔旺財的腦袋，安慰牠別生氣。

陳阿祿氣得打了一下旺財的後背，罵道：「厲害什麼，別把我姊嚇著。」

陳名說道：「我也覺得這狗不像野狗，脾氣溫馴，生活習慣也好，定是被訓練過。」幾個孩子也喜歡這隻狗，都央求著。「別把牠還回去，咱們用銀子買下來。」甚至還自發地開始湊自己的私房銀子。

陳阿福說道：「即使想還也不知道還給誰，算了，先養著吧！沒人來認，就是咱們家的了，有人來認領，看能不能把牠買下來。」

陳名也說道：「這麼好的狗，旺財又喜歡，若原主人找上門，再多的銀子我都買了。」

幾個孩子一陣歡騰，紛紛給牠取名。楚令智取的「銀狐」最貼切，楚含嫣取的「雪兒」最形象，但眾人都說這兩個名字跟「旺財」不搭，最後，大寶取的「元寶」跟旺財最像兩口子，便叫這個名字了。

眾人在祿園裡一直鬧到星星布滿天際，陳阿福幾人才帶著自家的動物們一起回棠園。

時序到了六月底，楚令宣終於回來了，跟他一起回來的，還有王成。

楚令宣沒有回棠園，而是跟王成一起去祿園。

那天下晌，陳業、胡老五和高里正都在祿園，突然看到一身官服的楚令宣和王成出現在祿園門口。

王成穿著從五品的官服，雖然背挺不直，但在王氏、吳氏的眼裡就是威風十足，幾人都衝過去把他圍起來。

陳業幾人狐疑不已，王成不是個餵馬的嗎？怎麼穿上了官服？

楚令宣急急對陳名說道：「岳父，馬上有傳旨官員來傳聖旨，快讓人拿香案出來擺上。」

那一定是封王氏和吳氏誥命夫人的聖旨到了。

陳名又是興奮、又是害怕，抖著雙腿叫山子，進屋拿出香案擺好。

楚令宣又過去低聲跟王氏和吳氏講了接聖旨的注意事項。

不一會兒工夫，祿園便來了幾個官員。

其中一個拿聖旨的官員高聲喊道：「王氏聽旨。」

王氏趕緊跪了下來，其他的人都跪在她的後面。

傳旨官員朗誦了皇上封王氏為五品宜人的聖旨，又奉上誥命衣冠。接著，又讀了誥封吳氏為五品宜人及誥贈賀氏為五品宜人的聖旨，並奉上誥命衣冠。

之後，楚令宣悄悄遞給傳旨官一個荷包，又把他們送了出去後，直接回了棠園。

等那些人都走了後，祿園裡的人還跪著發愣。

王成前些日子已經見過大場面，第一個站起來，笑道：「大姊，姊夫，小弟娘，你們起來吧！他們已經走了。」

陳名和王氏把聖旨恭恭敬敬地供在香案上，等明天把聖旨請入陳氏祠堂。

王成跟王家已經不親近，他準備在府城的家建個小祠堂，屆時把聖旨供奉進去。

王氏被封誥命的消息，像插了翅膀一樣在響鑼村裡迅速傳開，人們奔走相告，喜氣洋洋。

王氏跟陳阿福受封不同，陳阿福是楚家的媳婦，已經不是響鑼村人，而王氏，才是響鑼村的第一個誥命夫人。

幾乎所有村人都派代表，拎著東西造訪祿園，關係好的全家都來了。陳氏家族的族長都激動哭了，直說祖宗顯靈。

王氏領著穆嬸去做晚飯，招待來恭賀的村人。胡老五的媳婦和高里正的兒媳婦趕緊把她勸下，讓年輕的媳婦、姑娘去廚房幫忙做飯。開玩笑，怎麼能讓誥命夫人給他們做飯吃。

由於沒有那麼多食材，王氏又讓山子去棠園拿了許多肉和魚過來。

對比另一廂的歡樂，棠園這邊倒是冷清多了，楚令宣正在禪院跟了塵住持說話，他想說服了塵去府城家裡。

現在，榮昭已經被整得灰頭土臉，根本顧及不到遠離京城的定州；而且楚家也不怕榮昭和馬淑妃了，便想讓了塵在家裡的庵堂修行，晚輩可以時時孝敬，也安全得多……

陳阿福帶著花嬤嬤在小廚房忙碌，因為今晚楚令宣會陪著了塵吃齋飯。

楚令宣亥時才回燕香閣，臉色不太好看。

陳阿福起身迎上前，問道：「婆婆不同意跟我們回家？」

楚令宣牽著她的一隻手向臥房走去，答非所問地說道：「這麼晚了，妳怎麼還不歇息？」

陳阿福說道：「你不回來，我睡不踏實。」

楚令宣嘴角上揚笑了笑，但想到母親的固執，臉色又冷峻下來，他擁著她在床邊坐下，說道：「母親不同意回家裡，還非常堅持，說咱們在府城的家也稱作楚府，她是不會再進楚家的。娘對爹的怨念猶深，雖然知道這事怪不得爹，但她還是不願意原諒爹。以後……唉，我再勸勸她吧！」

陳阿福勸道：「事情要一步一步來，婆婆這次在棠園住了一個多月，已經很不容易了。」又笑道：「都是咱們的兩個兒子有面子，天天把奶奶纏得緊，一看見奶奶，就猴急地往上撲。」

楚令宣也笑道：「娘喜歡他們，一直誇著。」

兩人躺上床，楚令宣用大手輕輕摸著陳阿福已經微微凸起的肚子，掩飾不住笑意。「希望這次是一個，生兩個太辛苦了。」

「九皇子現在順利嗎？」陳阿福想到二皇子是重生人，又遲疑著說道：「二皇子似乎有高人指點，能預知未來的一些事情。若他覺得自己沒有希望了，很可能鋌而走險，阻止某些事的發生；若有好的契機，最好一舉拿下他，不能拖泥帶水。」

楚令宣嘆道：「一舉拿下他，談何容易！不過妳放心，九皇子臥薪嚐膽十年，我們楚家也在暗中準備了十年，皇上依然初心未變……不過，自從折損楊慶幾人後，二皇子和王國舅好像已經著急了……其實，我一直勸母親去家裡修行，就是怕二皇子狗急跳牆，派人去脅迫母親。影雪庵太遠，那裡雖然有我的人在保護母親，離靈隱寺也近，但還是怕有閃失。」

陳阿福心裡一沈，說道：「事關母親安危，還是把她接進家裡為好。」

楚令宣嘆道：「這件事母親特別固執，無論我怎樣勸她都不聽，還說，生死有命，若不幸被奸人脅持，她就自盡……」

陳阿福說：「明天，我領著孩子們一起去勸勸她。」

翌日大概午時初，無論楚令宣怎樣挽留，了塵仍是堅持回影雪庵。後來陳阿福又把三個孩子帶過來，齊齊給她跪下，說願意在棠園住下陪她，她還是執意走了。

楚令宣十分後悔，若是自己不說服母親去家裡修行，母親還會在棠園多住一陣了吧？

小哥兒倆看奶奶沒有帶他們，而是自己坐上馬車走了，都大哭不已。

了塵坐的車都走了一段路，還能聽到兄弟兩個的號哭聲，她的眼淚也流了出來。她捨不得他們，捨不得兒子、媳婦還有孫女，但是她卻不能去楚家的庵堂，那樣，她算什麼呢？也不能一直讓兒媳、孫子住在棠園陪自己，她不能這樣自私。

她覺得自己很沒用，原來她放不下塵事，一心想著兒子、閨女能平安，她就能了卻塵事一心向佛；可等兒子、閨女平安了，又想孫女平安，想兒子有後；現在孫女平安了，兒子也有後了，兩個孫子又這麼可愛，她卻依然不能靜心。

了塵，當初起這個法號的時候，就是希望自己能了斷一切塵事，可這麼多年了，她卻難以了斷……

送走了塵住持，陳阿福幾人去了福園，情緒都很低落，特別是楚小姑娘和小哥兒倆，都是眼淚汪汪的。

老侯爺重重地嘆了幾口氣，眼神望向遠方，變得幽深起來，說道：「唉，應該快了吧？那樣，咱們一大家人就能聚在一起，永遠不分開了。」說完，就起身去逗廊下的鳥。

正房、東廂、西廂，每個廊下都掛了許多鳥籠，一共有五十幾個，裡面的鳥兒有近百隻，都是金燕子帶回來的。這些鳥兒似乎更願意住在這裡，平時能吃飽，偶爾又能跟著鳥大王去山裡放鬆筋骨，日子過得愜意、快樂。

除了七七和灰灰，還有最開始的錦兒，陳阿福只帶了幾隻小鳥去府城的家裡養，其餘的鳥都留在福園，還有少數留在棠園和祿園。現在大順朝的百姓幾乎都知道榮昭被群鳥攻擊的事，她不願意讓人看出自家跟鳥兒有特別的關係。

陳阿福看到楚令宣緊皺的眉頭和緊抿的薄唇，悄聲問道：「婆婆不同意跟我們回家，又離得這樣遠，怎麼辦呢？」

楚令宣低聲說道：「只得在定州府外修個庵堂，把母親接去那裡修行。」

七月初，楚令宣帶著一家人回府城，一同回去的還有王成一家。陳名要忙農事，暫時住在鄉下。

下晌，一行人馬進了定州府，楚令宣直接去衙門，陳阿福等人回參將府——不，現在要稱之為副總兵府了。

打發孩子們回屋歇息後，陳阿福就讓人給宋氏送帖子，讓他們一家來府裡吃晚飯。

自從楚老侯爺來了定州府，宋氏隔幾天就會帶著文哥兒來向老爺子請安，楚令奇休沐無事也會來老爺子跟前盡孝。

上。

楚令宣一回定州府，就開始派人為了塵修建小庵堂，位置選在距定州府十里處的華景山上。

華景山風景秀麗，是附近的著名風景名勝，離定州城近，也離楚令宣的軍營不遠。山上的寺廟、庵堂、道觀就不下十座，雖然遠沒有紅林山上的靈隱寺聞名，但還是香火不斷。

庵堂設在華景山的北面山腰處，上山不過半里地。那裡之前是一座廢棄的小寺廟，再往兩邊闢建，大小大概近八畝地，把前面的三進殿宇翻修一下，再把後堂拆了，重新建兩個小禪院，一個給了塵住，一個給香客住。

因為了塵喜歡海棠花，楚令宣便派人種上秋海棠，庵堂就取名為靜棠庵。為了了塵的安全，他還準備讓心腹在庵堂的禪房內挖個小暗室。

陳阿福見楚令宣連這招都使出來了，心裡緊了緊。

楚令宣安慰她道：「這裡是我們的勢力範圍，二皇子一黨的手應該伸不到這裡，挖個暗室，也只是以防萬一，讓母親更安全。」

楚令宣請的人多，又讓人日夜趕工，靜棠庵工程量大，大概會在十月建好，而山腳下的羅家莊，必須在兩個月內完工。

因為九月中旬是楚含嫣的生辰，十月初小哥兒倆滿週歲，楚家和羅家肯定都會派人來，到時候想辦法把了塵接到羅家莊住，等靜棠庵建好後，她再去靜棠庵修行。

雖然平時不太容易勸了塵離開影雪庵，但那時候用雙方親人來勸她，她應該會聽勸。

七月底，金燕子又快進空間了，牠便想帶著七七和灰灰去紅林山遊玩兩天。陳阿福勸牠去華景山，可金燕子嫌那裡沒有紅林山的深山開闊，鳥兒也沒有紅林山多。

陳阿福勸道：「華景山離得近，帶追風一家去那裡放鬆筋骨，牠們在家裡已經待得焦躁不安了；再說，長長和短短也長大了，總要練些本事。」

追風和颯颯都是山裡長大的狗，牠們對紅林山熟悉，對華景山卻不熟，讓金燕子帶牠們去一次，以後牠們在家裡待得實在煩了，就可以自己去山裡玩了。

這天下晌，秋陽西斜。小哥兒倆正騎著「學步車」，滿院子追著長長和短短，正院裡一片人笑狗吠的熱鬧聲。這個簡易學步車當然也是陳阿福的傑作，她想著前世看過的樣子，畫了圖樣，讓人做出來。

現在已經很涼快了，但瘋跑著的小哥兒倆，小胖臉紅得像蘋果，兩個嬤嬤不時地過去給他們擦擦小臉，再把後背心被汗浸濕的絨布換成乾絨布。

玩得正熱鬧，大寶、楚令智和阿祿放學回來了，他們的身後居然還跟著幾天沒回來的楚令宣。

小哥兒倆看到他們，樂壞了，掉頭向他們跑去，嘴裡還「哇哇」大叫著。

看到這個情景，楚令宣再累，心裡都高興。他一手一個，把小哥兒倆抱起來，又對走上前跟他行禮的楚含嫣笑了笑。

再抬頭看向妻子，她被丫鬟從椅子上扶起來，一隻手扶著肚子，一隻手扶著後腰向他走來。

楚令宣或許是被妻子上次生孩子嚇著了，每次看妻子的第一眼不是看她的臉，而是肚子，等陳阿福走到他面前，他笑道：「妳的肚子還好，不像上次那麼大。」

陳阿福看到楚令宣直達眼底的笑意，打趣道：「這麼高興，是有什麼好消息？」

楚令宣笑道：「還真有好消息，九皇子又添了一個哥兒，一個姊兒。」

這倒真是好消息。上個月九皇子妃生了一個兒子，如今九皇子就有兩個兒子，一個閨女了，大寶就更安全了。

楚令宣又笑道：「還有，三叔和大舅、妹妹來信了，妹妹和四表哥他們會在十日左右來這裡，大舅會在九月底來，搞不好，爹也會來。」又得意地看了看小哥兒倆一眼。「兒子的面子比他們老子還大。」

楚華和羅四爺夫婦會來，陳阿福猜得到，但沒想到，楚侯爺和羅巡府這樣重量級的人物也會來。

陳阿福抿嘴笑道：「嗯，能把公爹和大舅請來，當真面子大。」

楚令宣又道：「我爹要來的事，別說出去，特別是不能跟我娘說。」

吃飯的時候，楚令宣跟老侯爺說，他明天一早就去影雪庵，勸了塵來靜棠庵修行，暫時先在羅家莊住一個多月；再把楚華和羅巡府寫給她的信帶去，他們兩人也一定會勸了塵。

老侯爺道：「我也給她寫封信，你一起帶去。唉，是你爹負了她，讓她多往好處想。」

楚令宣又安排陳阿福初六那天，帶孩子們去羅家莊，他也會帶著了塵住進羅家莊。這次算是搬家，他們要準備兩日。

轉眼來到初六上午，陳阿福便帶著楚含嫣、楚令智、陳大寶和小哥兒倆一起去羅家莊。阿祿要在家用功，廖先生讓他明年春下場，還說他考上秀才不難，主要是看名次。廖先生的話不僅讓阿祿更加用功，也讓陳名喜不自禁。要知道，整個響鑼村，至今還沒出過一個秀才。

羅家莊離華景山只有兩百多公尺的距離，離村裡有一百多公尺，哪怕已經秋天，也濃蔭密布，極其涼爽，往山上看去，多彩多姿，紅、黃、綠三色相間。

羅方領著媳婦及幾個下人在莊門口迎接他們。

羅家莊是個典型的三進宅院。陳阿福先去看了了塵的房間，了塵好靜，安排她住的是後罩房。東屋是臥房，東耳房是小佛堂，擺設和床褥既素雅又精緻，屋裡還瀰漫著好聞的檀香味，是了塵喜歡的風格。

西耳房給服侍了塵的兩個小尼姑住，以後客人們來了，楚華領著恒哥兒住東廂，羅四奶奶領著女兒住西廂，男客們就住外院。

陳阿福和楚令宣暫時住在正院上房東屋，楚小姑娘住西屋，大寶和楚令智住東廂，小哥兒倆住西廂。

參觀了一圈，各方面都做得非常好，陳阿福點頭表示滿意。

當晚霞的最後一道光隱去，夜幕即將降臨之際，楚令宣和了塵終於到了。

陳阿福領著幾個孩子在垂花門口迎接他們。

行完禮，楚含嫣就上前抱住了塵，極是得意地說道：「奶奶，弟弟們都會走路了。」

了塵看著嬤嬤懷裡的小哥兒倆，驚道：「這麼快？」

小哥兒倆也知道姊姊在炫耀他們，鬧著下地，由各自的嬤嬤牽著走到了塵面前，一人抱住一條腿，抬頭望著了塵笑。兩個小子一咧小嘴，一串口水流了出來。

了塵高興得眼圈都紅了，心顫了又顫，欣喜地說道：「好孫子，都隔這麼久了，難為你們還記得奶奶。」

陳阿福暗樂，小哥兒倆怎麼可能還記得她，她幾乎天天當著他們的面說好多次奶奶，今天一整天都在教他們要把奶奶哄好，他們討好奶奶，不是記得她這個人，而是「奶奶」兩個字。

不過，小哥兒倆討好人的功力真不是蓋的，一見面就把了塵哄得如此高興。

吃了素宴後，眾人在了塵的廳屋裡鬧了她一陣子，才各自回屋歇息。

翌日天不亮，楚令宣就趕回定州府上衙。

陳阿福等孩子醒了，吃過飯，又領他們去後院給了塵請安。

了塵正在小佛堂裡誦經，他們在廳屋裡等了一會兒，了塵才出來。

陪她說了一陣話，楚令智和大寶就有些坐不住了。

了塵便笑道：「兩個小猴兒，在我這裡拘著了，去玩吧！」又對陳阿福道：「阿福也去忙吧！讓嫣兒和雙雙陪著我就是。」

了塵喜歡統稱小哥兒倆為「雙雙」。

陳阿福回到正院，聽羅管事和羅大娘稟報搬家的一些情況。現在了塵住在這裡，以後羅管事一家也會住在這裡服侍，不僅影雪庵的許多東西要搬過來，棠園的要緊東西也會搬到這裡來。

下晌，陳阿福便帶著孩子們和追風一家告別了塵，回到府城。因楚老爺子在府裡，他們不能在外面住太久。

幾天後，楚華領著恒哥兒，羅四爺夫妻領著女兒羅櫻先後來了。他們都沒有去定州府的楚府，而是直接去城郊的羅家莊，這些人會一直待到小哥兒倆的週歲宴後再走。

十四日這天，陳家三房都來楚府給小姑娘送生辰禮，還帶來了旺財和元寶。

陳名兩口子不想明天跟陳世英夫婦同時出現在公眾場合，便提前把禮物送來。

陳阿福看出來，除了陳名夫妻外，其他人都想參與明天的生辰宴，便笑道：「你們明天來府裡吧！我們專門請了戲班來唱堂會，都是名角兒。」

陳老太太笑得一臉褶子，說道：「阿福不嫌我們粗鄙，我們就來見識見識有錢人家的生辰宴，再看看大戲。妳放心，我不會帶胡氏那娘兒們來，她嘴上沒把門。」

陳實也想來多結交一些貴人，笑著點頭應是。

陳阿福留三家人吃了晚飯。陳名一家走的時候，把旺財和元寶留在這裡玩兩天，不留也不行，因為兩隻狗已經跟孩子們和追風一家去後花園玩了。

陳阿祿也留下來住在楚府，明天他會幫著姊夫一起招待客人。這是陳阿福提的要求，他不僅要好好讀書，還要學會待人接物。

十五這日，陳阿福起了個大早，親自去廚房煮了幾份麵條，早飯擺在上房西側屋，孩子們今天都會來這裡吃。

辰時正，除了小哥兒倆，幾個孩子都來了。大寶、楚令智、阿祿分別送了他們在街上買的番人小玩偶、竹編小花籃、粉瓷花鳥。

楚小姑娘從昨天晚上開始，就接禮物接得手軟，笑得眉眼彎彎說謝謝。

飯後，陳阿福先回臥房把自己拾掇索利。

為了突出今日的生辰主角，楚小姑娘的衣裳是由陳阿福親自設計，霓裳繡坊隆重推出的高檔童裝。上身是楊妃色刻絲立領斜襟短衣，五對玄色雙耳盤鈕和衣領、衣襬滾的一圈玄色是衣服上的幾處點綴，下穿大紅色長紗裙，裙襬很大且蓬鬆。

上衣有些像前世民國時的學生裝，跟這個時代時興的小襖比較相似，只不過學生裝偏短，腰緊襬寬。

小姑娘的包包頭上，插了兩支碧玉蓮花簪、兩朵楊妃色絹花，又在她的眉心點了一點朱砂，還給她稍稍描了一下眉毛，腮邊打上淡淡的一層胭脂。

陳阿福知道小姑娘特別愛美，昨天晚上，就用蔻丹把她的指甲染紅了。她調了一下顏色，不是大紅，偏粉，又放了一點珍珠粉在裡面，隱隱泛著瑩光。

小姑娘不拾掇都好看，再一拾掇，漂亮得不像話。

不說小姑娘照了鏡子後直樂，連大寶都激動得不行，不停地說著。「妹妹真好看，跟娘親一樣好看。哎呀，再沒有比妳們更好看的人了。」

阿祿和楚令智也覺得楚含嫣今天美得像個小仙女，卻不好意思像大寶那樣誇人家小姑娘。

楚令宣看著漂亮的小姑娘，嘴角含笑，表面平靜，內心卻是澎湃不已；再看看由衷誇著自己媳婦和閨女的小十一，此時他打從心底不覺得這個小東西討嫌，還挺可愛的。

之後，楚令宣帶著陳阿祿、楚令智和陳大寶去前院待客，陳阿福則帶著楚含嫣來到花廳，在那裡招待女客。

花廳在後花園旁，是一排廂房，專門用來招待客人，或是賞花歇腳用的。

秋意正濃，秋陽明媚。園子裡不僅菊花和茶花開得正豔，還有四季海棠、月季、美人蕉等花，開得都很好。

陳阿福又進屋看看，裡面佈置得花團錦簇，極是喜慶。

這時，宋氏領著文哥兒來了，她要幫著陳阿福招待女客。

第一波來的客人，是楚華母子和羅四奶奶母女，一看到今天的楚含嫣，眼睛都瞪圓了。

兩年不見，眼前這個對著她們淺笑盈盈的小姑娘會是嫣姊兒嗎？若不是相似的五官，還有站在她身邊的陳阿福，以及之前了塵的誇讚，她們都不敢相信這個小姑娘，就是那個曾經癡傻的嫣姊兒。

楚華驚喜道：「天啊！嫣姊兒，好孩子，都長這麼大了，還這麼俊俏伶俐。」

羅四奶奶也笑道：「嫣姊兒，還記得我嗎？」

楚含嫣當然不記得她們了，但剛才已經聽母親叫了她們，便抿嘴笑著，給她們行了個標準的福禮，喊道：「大姑姑，四表伯母。」又叫羅櫻和恒哥兒道：「櫻姊姊，恒弟弟。」

楚華和羅四奶奶都拉著小姑娘一番誇讚。

陳阿福有身孕不能累著，因此主要是楚大奶奶宋氏在幫忙招呼客人。

今天的客人並不多，除了楚華幾人外，都是定州府的一些親戚、朋友。因為小哥兒倆的週歲宴在半個月以後，楚令宣外地的很多朋友會在那時前來恭賀。

生辰宴結束後，楚含嫣的那套衣裳也在定州府悄悄流行起來，然後越傳越遠。

月底，羅巡府秘密到了羅家莊。

老侯爺、楚令智和楚令宣一家都去羅家莊迎接他，連知道消息的陳世英也去了。

羅巡府是冀北省第一地方長官，今天來不敢告訴其他人，否則羅家莊可不會清靜。

知道兄長今天要來，了塵從早上起就坐立不安，激動難耐。她跟大哥的感情最好，家裡出事的時候，大哥在戶部當侍郎；但因為她，大哥負氣去冀北省當巡府，不僅因為他生氣不願意繼續待在京城，也是為了更方便照顧妹妹。

大概申時末，前院傳來了喧譁聲，了塵的眼圈也紅了起來。

羅巡府穿著藏藍色繡祥雲紋花樣錦緞長袍，五十歲左右，玉面長鬚，長得很是威儀。他一進二門，了塵就上前拉著他的袖子哭起來。

看著身穿素衣、頭戴僧帽的妹妹，羅巡府也難過異常，噙著眼淚說道：「妹子，哥哥無用，讓妳受苦了。娘還惦記著妳，妳要好好保重身體，以後去看望她老人家。」

一提到老娘，了塵哭得更厲害，哽咽道：「是妹子不孝，氣得娘身患重病……」

楚華過來扶著了塵，勸道：「娘，舅舅舟車勞頓，有話坐下說。」

眾人寒暄一陣子，進了上房廳屋。

羅巡府和了塵坐在上座，陳阿福帶著楚含嫣和一雙兒子來到羅巡府面前磕頭。

大寶非常自覺地跟他們一起排排站，也要跟著磕頭。他已經在見面的時候，給羅巡府做了揖，楚令宣並沒有讓他再去行禮，誰知他這麼自動自發。

羅巡府已經知道大寶特殊的身世，因此大寶給他磕頭時，很不自在，還欠了欠身。

他又多看了兩眼陳阿福，這個外甥媳婦不只長得好，還天庭飽滿，耳垂肥厚，的確長了一副福相。再看看嫣姊兒和小哥兒倆，嫣姊兒明眸皓齒，哪裡有一絲癡呆；小哥兒倆聰明健壯，將滿一歲就會自己磕頭了，雖然姿勢不標準，差點沒整個人趴在地上，但已經非常不容易了。

還有尊貴的小十一，聰明伶俐，眉目俊朗，教得非常好。

羅巡府對楚令宣點點頭，滿意地說道：「嗯，你這個媳婦不錯，是個知禮聰慧的。」又給了他們每人一份見面禮。

素宴擺在正院上房的廳屋。晚飯後，羅巡府便與了塵去側屋單獨說話，其餘人都沒去打擾他們兄妹，在廳屋裡說笑。

羽哥兒和明哥兒剛學會自己走路，十分有興致地在廳屋中央轉圈圈。儘管搖搖晃晃的，還時不時摔個跟頭，卻不許嬤嬤牽，也不許別人扶，而是自己手腳並用，爬起來繼續走。

正笑鬧著，羅管事悄悄進了廳屋，在楚令宣耳邊低語幾句。

楚令宣點頭，起身和他去了前院。

不多時，楚令宣又回到廳屋，低聲對羅四爺夫妻和楚華說道：「我有個軍中的朋友來了前院，要見見阿福和孩子們。」

羅四爺忙說道：「你們請便。」

陳阿福已經猜到了，楚侯爺這次來，不一定完全是為了參加小哥兒倆的生辰宴，或許跟羅巡府見面也是一個重要原因。現在是最關鍵的時候，他不會光明正大地出現在小哥兒倆的生辰宴上，那就一定會來羅家莊。

穿過月亮門，便是外書房，看到從窗戶裡透出微弱的燈光，只有楚懷和一個似曾相識的人守在門口。

楚令宣低聲對楚含嫣和大寶說道：「書房裡的人是你們的爺爺，他想你們和弟弟了，所以來看你們，但是，這是我們家的一個大秘密，你們誰也不能說，包括奶奶。」

楚小姑娘對爺爺已經沒有多少印象，只隱約記得自己有一個爺爺，但爺爺有另外的家，不要奶奶和自己這個家了。

陳大寶的記性超好，他還記得爺爺現在的媳婦是公主，是被「烏鍋蓋」拉了烏糞的壞女人……

陳大寶已經完全把自己當成楚家人，當他一聽說爺爺來到這裡，就高興地問道：「爹爹，你已經把那個壞女人趕走，把爺爺搶回來了？」

楚令宣愣了愣，想一想，好像自己是說過要把壞女人趕走的話，嘴角浮現一絲笑意，說道：「現在還沒有徹底趕走，不過快了，所以，我們要更加小心，不能讓別人知道我們有趕走壞女人的心思。」

這麼大的秘密都能讓自己知道，陳大寶很是開心和自豪。他抿嘴笑起來，點頭道：「好，我們誰都不說。」又囑咐楚小姑娘道：「妹妹聽到了嗎？爺爺來看我們的事，誰都不能說。」

楚小姑娘忙點頭道：「好，我誰都不說。」又疑惑道：「奶奶也不能說嗎？」

楚令宣道：「嗯，也不能跟奶奶說，奶奶對爺爺還有誤會，她知道了會傷心。」

他們進屋時，廳屋裡空空如也，又隨著楚令宣去西側屋。

偌大的屋裡只點了一盞燈，燈光昏黃暗淡，楚侯爺坐在北窗下的炕上。見他們進來了，一臉潮紅的楚侯爺立即堆起笑意，掩飾剛才的尷尬。他的耳朵特別靈敏，他們在窗外的談話，他都聽到了。他覺得自己的所做所為，哪怕是無奈，也是沒臉的；特別是聽到「把爺爺搶回來」這話，真是太讓他丟臉了。

楚令宣把小哥兒倆放在地上，陳阿福向楚侯爺屈膝福了福。

楚侯爺滿意地對陳阿福點點頭，笑道：「兒媳辛苦了，妳做得很好。」又指指旁邊的椅子。「你們坐吧！」

陳大寶領著妹妹、弟弟站在楚侯爺面前，跪下給他磕頭。

楚侯爺也不自在小十一給他磕頭，但他無法，必須接受。

孩子們見完禮，他招手讓他們上前，給每個孩子一份禮物。

陳大寶和楚小姑娘接了禮物後，就乖巧地坐到爹爹和娘親的身邊。小哥兒倆不認生，他們爬上楚侯爺的膝蓋，抬頭看著爺爺笑，一張嘴，一絲銀線就流出嘴角。

楚侯爺笑了笑，從袖子裡取出綾帕，把他們的口水擦乾淨，笑道：「我記得宣兒和華兒週歲時都還不會走路，這兩個小子倒是壯實得緊，連磕頭都會了。」說完，把小哥兒倆抱上炕，逗了他們兩句。

或許覺得自己有些厚此薄彼，楚侯爺又和大寶跟楚小姑娘說了幾句話。問小姑娘認了哪些字，大寶讀了哪些書，又勉勵了他們幾句，之後，又問了塵現在如何。

楚令宣說道：「我娘身體還好，就是還惦記著影雪庵，想等阿福生了孩子後就回去，無論我和妹妹怎麼勸，她都不願意待在靜棠庵修行。不過，她比較聽我大舅的話，大舅勸她，她或許會聽吧……」

楚侯爺嘆了一口氣，說道：「唉，無論如何，都必須把她留下。」

一家人說了一陣子話，直到小哥兒倆有了倦意，楚令宣和陳阿福才帶著孩子們走了。

楚令宣把陳阿福幾人送回正院，又回了外書房，後半夜才回臥房歇息。他同楚侯爺和羅巡府在外書房裡商量到後半夜，後來又把陳世英請去了。

本來皇上要任命陳世英為工部侍郎，卻遭到二皇子一黨和三皇子一黨打壓，還把他娘做的一些舊事翻出來說事。

因為定州培育出多種高產糧食，為黎民百姓做出了大貢獻，再加上楚家幕後支持，他功過相抵，繼續留任定州知府。

深夜，陳阿福聽見楚令宣回來了，問道：「外面的雨大嗎？」

楚令宣說道：「不大，卻冷得緊，妳和孩子們要多穿些。」

楚令宣睡不到一個時辰就天光微亮，他和陳阿福都起了身。

陳阿福幫楚令宣整理著外衫，見丫鬟去淨房準備，低聲問道：「公爹呢？他會去家裡嗎？」

楚令宣低聲說道：「今天晚上會去跟爺爺見一面，然後就走。聽大舅說，娘已經同意在靜棠庵長住，說會等到局勢平穩後再回影雪庵，只要她能安心住下來，就不會讓她再想著回影雪庵了。」

陳阿福抿嘴笑道：「這下好了，都放心了。」又壞壞地笑道：「大舅罵公爹了吧？」

楚令宣想到昨天大舅見到老爹時的暴怒，何止是罵了他，若不是自己拉著，還想打他。

這話不好意思跟媳婦說，他揉了揉陳阿福的頭髮，低聲嗔道：「妳是兒媳婦，說什麼呢！」

辰時初，一家人便冒雨離開了羅家莊。小哥兒倆還在夢中，被嬤嬤用被子抱著坐到車上。

到了府城，楚令宣直接去衙門，陳阿福則回家，開始籌備起小哥兒倆的週歲宴。

陳阿福不能勞累，只拿主意，主要由宋氏在府裡坐鎮管事。

十月初一，定州楚副總兵府張燈結綵，喜氣洋洋。

巳時，陳阿福牽著小姑娘，兩個嬤嬤抱著小壽星，一起去了花廳。

今天老天爺很給力，昨天夜裡雨就停了，此時天高氣爽，秋陽燦爛。

親戚、朋友都到了，看到討喜的小哥兒倆，自然又是連番誇讚。

午時初，便到了今天的重頭戲——抓週，十幾個男人也來了花廳。

大廳的中央，擺了一個花梨木雕花嵌玉大圓桌，桌上擺了許多東西：有印章、經書、筆、小弓箭、小算盤、金元寶、帳冊、絹花、胭脂、吃食、玩具……

因為有兩個孩子，所有東西都是雙份的。

在一陣笑鬧聲中，小哥兒倆被抱上了大圓桌。

昨晚睡覺前，楚令宣就抱著小哥兒倆作弊。他把印章、弓箭、筆、經書拿出來，反覆告訴羽哥兒一定要抓印章和弓箭，明哥兒一定要抓印章和筆或是經書，金元寶和吃食也可以抓，其他就算了。

還告訴他們，每樣有兩份，不許搶、不許打架，否則，哼哼……老爹他就要用大耳光打人了。

楚令宣極是得意，別的孩子週歲還傻傻的什麼都不知道，而他的孩子早慧近妖，已經能聽懂很多話了。

兩個孩子坐在圓桌中央，瞪著圓眼睛四周望望，還沒等大人吩咐「抓」，他們就開始把自己能抓到的東西抓到自己身邊。沒辦法，從會抓東西開始，他們就習慣了搶。

由於搶得厲害，小哥兒倆抬起小屁屁去抓離得稍遠的東西，小肥白屁股都露在開襠褲外面，逗得眾人大笑不已。

不一會兒工夫，桌上所有的東西，便都被他們抓到自己的面前，羽哥兒動作要快些，所以搶的東西多些。

明哥兒見爹爹讓他必須抓的筆和官印都被小哥哥搶過去，不高興了，伸手就去搶哥哥面前的東西；而羽哥兒覺得花花綠綠的東西都被弟弟抓過去了，也不願意了，伸手又去搶弟弟的東西。

他們一隻手抓對方的東西，還知道用另一隻手護著自己的東西，護著護著，那隻手就開始往對方的臉上掐，但搶東西的那隻手依然沒停下來。

小哥兒倆的行為已經讓眾人驚呆了，根本沒想著去勸架，只想看他們最終誰會搶贏。楚令宣和陳阿福則是感到又好笑、又好氣，也沒去管他們，只有小姊姊楚含嫣捨不得讓弟弟打架，想去勸架，被老侯爺攔住了。

這一番下來，東西被搶亂了，明哥兒稍顯勢弱。

明哥兒終於知道自己搶不贏，鬆了手，大聲說道：「爹，爹，打，打……」

別人不懂明哥兒的意思，羽哥兒卻聽懂了，他也鬆了手。

小哥兒倆的臉雖然被掐紅了，卻沒有哭，排排坐好，看看自己面前的東西，再看看對方面前的東西，開始坐地分贓。

羽哥兒和明哥兒一人先拿了一個印章，羽哥兒再把兩支小弓箭拿過來，明哥兒又把兩枝筆拿過來，然後，他們又看看那些東西，再各自拿著各自喜歡的東西。

這個過程比較和平，沒打架，只有在拿金元寶的時候，羽哥兒先拿起來一個，明哥兒也喜歡，便去搶。羽哥兒見前面還有一個，便鬆手給了弟弟，又伸手把另一個金元寶拿過來，直到把所有的東西都瓜分完了，才拿著各自的東西玩起來。

除了官印和金元寶一人一個，其他東西分得不平均，但哥兒倆自覺把自己喜歡的東西拿到手了，也都認可了這個結果。

待他們停下來，廳屋裡才爆發出大笑聲。

付總兵大笑道：「將門虎子，兄友弟恭，不僅能搶，還知道謙讓，不錯，不錯。」

江氏摸著小哥兒倆的頭頂笑道：「我這兩個外孫可不得了，這麼小一點就如此聰慧，親家有福了。」

辦完了兒子的週歲宴，陳阿福便有些不舒服起來，腳和腿腫得更厲害了，只得臥床靜養。

——未完，待續，請看文創風689《春到福妻到》5（完）

文創風
688

春到福妻到 4

國家圖書館出版品預行編目資料

春到福妻到 / 灩灩清泉著. --
初版. -- 臺北市 ： 狗屋, 2018.11
冊 ； 公分. --（文創風）
ISBN 978-986-328-930-2（第4冊：平裝）. --

857.7　　107016160

著作者　灩灩清泉
編輯　黃鈺菁
校對　沈毓萍　周貝桂
發行所　狗屋出版社有限公司
地址　台北市104中山區龍江路71巷15號1樓
電話　02-2776-5889～0
發行字號　局版台業字845號
法律顧問　蕭雄淋律師
總經銷　知遠文化事業有限公司
電話　02-2664-8800
初版　2018年11月
國際書碼　ISBN-13　978-986-328-930-2

本著作物由起點中文網（www.qidian.com）授權出版

定價250元
狗屋劃撥帳號：19001626
網址：love.doghouse.com.tw　E-mail：love@doghouse.com.tw